AMERICAN WITCHES

Ce livre est une fiction. Les noms, caractères, professions, lieux, événements ou incidents sont les produits de l'imagination de l'auteur utilisés de manière fictive. Toute ressemblance avec des personnages réels, vivants ou morts, serait totalement fortuite.

Image de couverture :
Personnages féminins : Shutterstock : © Aleshyn_Andrei / © Fernando Cortes / © Alta Oosthuizen
Fond : Shutterstock : © komkrit Preechachanwate / © Sundari

Couverture : Marion Rosiere

34-36, rue La Pérouse
75116 Paris
Collection dirigée par Franck Spengler
Ouvrage dirigé par Marie Maublan

ISBN : 9782755686180
Dépôt légal : janvier 2020
Imprimé en Espagne par CPI Blackprint

KATIA CAMPAGNE

AMERICAN WITCHES

Hugo Poche

SUSPENSE

« Yes, I was born a woman.
I'm glad it happened that way. »

Sandy Posey
– Born A Woman

PROLOGUE

Le papillon de nuit qui se pose sur son avant-bras lui tire un sourire. Un maigre mouvement de ses lèvres pâles, qui chasse un instant son affliction. Elle pose un index glacé sur les ondulations marron de ses ailes. Il s'envole, s'élève au milieu d'un feuillage vert sombre plusieurs mètres au-dessus de son corps allongé sur le sol au milieu des racines, et se fait avaler par la brume. Le bras retombe et elle reste figée dans la contemplation du brouillard qui avance vers elle comme une bête prête à l'engloutir.

C'est une idée délicieuse que celle de disparaître dans cette blancheur cotonneuse. Elle l'imagine enveloppante et chaude comme une couverture, réconfortante. Qui apaisera les douleurs qui engourdissent ses membres depuis… Depuis combien de temps, d'ailleurs ? Elle ne sait plus. Ses pensées se délitent à mesure que la nuit avance. Une multitude d'images venues d'un temps où sa vie était encore pleine de promesses défilent sous son crâne douloureux. Des rires, le crépitement des branches dans le feu, les chansons au clair de lune. Elle se rappelle qu'elle se sentait bien. Et puis… elle ne sait plus.

Elle est ici depuis un long moment, c'est sûr. Car elle s'est endormie et réveillée plusieurs fois. Elle sait qu'elle a froid, qu'une migraine atroce lui laboure le crâne, que son ventre brûle et qu'elle a en bouche un goût amer. Celui de l'espoir qu'elle nourrissait ce matin encore – s'il s'agit bien de la même journée. Il s'est envolé lui aussi. Mais elle ne sait plus pourquoi elle est ici, ni pourquoi elle a si mal. Pourquoi elle se sent si mélancolique.

Un cri transperce le silence, assourdi, comme lointain, englouti par le brouillard. Puis des craquements retentissent autour d'elle.

« Il y a quelqu'un ? » voudrait-elle crier, mais les sons refusent de se former dans sa gorge.

Elle tire la tête en arrière. Sa nuque est raide, douloureuse. Elle tient la position quelques secondes, les yeux écarquillés, puis elle finit par se résigner et retombe sur le sol en respirant péniblement. Elle ferme les yeux. Elle ne peut plus bouger et c'est bien ainsi. Elle n'en a plus envie. Elle aimerait simplement sortir de ce corps, planer comme ce papillon, s'envoler légèrement. N'avoir à penser qu'aux battements de ses ailes, circuler librement entre ciel et terre. Le sifflement du vent dans les arbres lui fait rouvrir les yeux. À moins que ce ne soit un ricanement ? Elle peut presque voir le rictus méchant qui l'accompagne.

Un sanglot emplit sa gorge. Pourquoi rit-on dans son dos ? Pourquoi personne ne vient l'aider ? Pourquoi faut-il toujours qu'elle se batte seule ? C'était déjà comme ça, enfant. Elle se rappelle ses parents qui lui serinaient sans cesse que la roue tournerait un jour, qu'il ne fallait pas baisser les bras. La sienne devait être sacrément rouillée.

Une chouette hurle, elle pivote à peine la tête, cligne des yeux et finit par reprendre sa position initiale. Elle reste par terre un long moment, immobile, les yeux rivés à la blancheur étincelante qui a avalé le ciel et s'attaque désormais à la ramure des arbres. Elle soupire et laisse ses pensées s'y perdre et l'emporter partout et nulle part.

Au moment où son cœur renonce enfin, alors que le brouillard se pose au sol, elle se souvient. Le choc de la pierre contre son crâne, le poison, elle avait rendez-vous avec…

CHAPITRE 1

Ethel Green lève la tête vers le ciel une dernière fois. Il fait, chose rare à Hinsdale, un temps splendide pour ce début octobre et il ne serait pas contre en profiter un peu. Lézarder dans le beau jardin de Marysa Clarks, la femme chez qui il loue une chambre avec salle de bain sur le palier pour cinquante dollars la semaine. Une somme dérisoire pour une location avec petit déjeuner et dîner inclus. Ça aurait dû lui mettre la puce à l'oreille, ça lui aurait évité des tête-à-tête gênants. Il est plus doué pour les déductions d'habitude.

La proposition, un peu précipitée, que lui a faite Sanders Mills dans son bureau il y a deux mois de cela, lui a embrouillé les méninges. *Faible taux de criminalité et un village où il fait bon vivre*. C'est ainsi que son chef lui a vendu le lieu et le poste de shérif. Il n'a pas été dupe. On le mettait à l'écart, car il a tendance à trop l'ouvrir, à contester les décisions, à prendre des initiatives qui ne sont pas les bienvenues quand elles émanent d'un jeune flic.

Mais contre toute attente, on lui permettait de rebondir. Il a alors entrevu son avenir sous des auspices plus reluisants qu'à Boston, où ses capacités se noyaient dans la masse des plus ou moins bons inspecteurs de police de la capitale du Massachusetts et où seule son insubordination le démarquait réellement. Devenir shérif à vingt-six ans était une opportunité qu'il ne pouvait refuser, lui ouvrant les portes d'un horizon plus glorieux, même si c'était dans un bled paumé au milieu de nulle part. Même s'il devait se farder pendant quelques années les crêpages de chignon entre voisins. Il a donc accepté sans réfléchir, avec un grand sourire même, en remerciant chaleureusement Sanders de sa confiance. Puis il a fait ses valises, a dit au revoir à ses quelques amis et a pris l'avion, l'esprit rempli de projets. Le moins qu'on puisse dire, c'est qu'il a été bien naïf.

– Tu comptes rester planté là ? grommelle Karl Rosenberg en le doublant.

Ethel soupire, accorde un dernier regard au ciel et s'enfonce à la suite du shérif en chef sur le chemin de randonnée de Kay Wood Shelter. Ils entrent chacun leur tour sous la couverture sombre des arbres. Le ciel disparaît de leur champ de vision et l'humus qui tapisse abondamment le sol étouffe leurs pas. Le silence se fait autour d'eux, comme si la forêt absorbait toute vie en elle. C'est comme ça à Hinsdale, on a la sensation que la ville marque la frontière entre l'humanité et le règne végétal.

Ethel sent des petits picotements sur sa nuque, cette fichue forêt lui file la chair de poule. « On dirait qu'elle vibre », lui a fait remarquer sa logeuse en lui faisant faire le tour du propriétaire. Il secoue la tête. *Non, on dirait qu'elle transpire*. Une sueur moite et âcre qui vous colle à la peau et pénètre dans votre corps comme l'humidité dans les murs. Il agite de nouveau la tête pour chasser ses pensées et rejoindre Rosenberg qui l'a devancé sur le chemin escarpé. Une des premières choses qu'il a apprises ici, c'est qu'il ne faut pas faire attendre le vieux shérif.

Le pantalon de tweed de son chef s'accroche pour la troisième fois à l'un des buissons épineux qui segmentent le chemin. Il l'arrache d'un coup sec en râlant, mais Rosenberg râle toujours, et accélère encore le pas pour rejoindre la scène de crime, derrière un labyrinthe de pierres et de racines qui empêche de la localiser. *Une belle planque*, songe Ethel en avançant au trot. Au bout de deux ou trois minutes d'ascension, les deux hommes tombent sur une rubalise jaune plantée à la hâte entre les troncs. Seul petit point lumineux dans cette immensité de verdure neurasthénique. Et juste derrière elle, l'escouade du comté de Berkshire au grand complet.

Zucko Mirandi et Dany Pirel, un duo d'inséparables qui se substituent habilement à l'équipe scientifique, mitraillent consciencieusement la zone avec leur appareil photo. Les Laurel et Hardy du Massachusetts. Le premier frise le mètre quatre-vingt-dix pour cent kilos. Une carrure de rugbyman sans en avoir la passion. D'après ce qu'Ethel a pu en voir, lui, ce serait plutôt les gosses – il en a quatre pour le moment – et la pâtisserie. Les nombreux dessins d'enfants tachés de gras sur son bureau peuvent en témoigner. Un physique de gros dur avec un cœur de chamallow, loin de son compère, gringalet décharné qu'on pourrait croire malade. Ce serait une erreur. Ce que la génétique a loupé, Dany Pirel le compense en endurance et défie quiconque de le battre à la course. Régulièrement – ce qui a le don de fatiguer Ethel. Non pas que ce soit très utile à Hinsdale, mais les passions ne s'expliquent pas. En attendant, Starsky et Hutch se dépêchent de prendre en photo la scène de crime sous toutes les coutures pour libérer la place au médecin légiste.

Ou plutôt le seul médecin généraliste du coin, qui alterne à l'occasion entre les deux postes. John Eymer, un grand sec aux tempes grisonnantes et grand ami de Karl Rosenberg – ce qui ne facilite pas le contact non plus –, actuellement agenouillé à côté du corps pour relever les empreintes, gère son double emploi avec une aisance qui dépasse un peu Ethel. Les fonctions multitâches, encore une particularité d'Hinsdale à laquelle Ethel a dû s'habituer. Autant qu'au manque de moyens : quatre policiers à plein temps pour gérer une zone de soixante kilomètres carrés de plateaux verdoyants sur lesquels s'éparpillent mille neuf cents habitants.

Et un homme pour les commander tous. Du moins dans son esprit mégalomaniaque. Weld attend qu'ils s'approchent et lève une main dans une esquisse de salut. Il ne bouge pas son postérieur du rocher sur lequel il l'a assis en arrivant avant eux. Il observe avec un air indifférent la scène et le cadavre qui gît au milieu de celle-ci, les mains croisées sur ses cuisses, serrant son téléphone qui ne le quitte jamais.

– Eh bien, mon cher, vous avez une drôle d'affaire sur les bras, on dirait. Vous allez savoir gérer, à vous cinq ?

Ethel a un sourire aimable pour le maire. S'il avait espéré une plus grande liberté en prenant ce poste, c'était sans compter Charlie Weld. Son devoir, se plaît-il à répéter, est de savoir tout ce qui concerne Hinsdale, tant pour le bien-être de ses concitoyens que pour le bon fonctionnement de la ville. Ethel n'est pas persuadé que seule la bonne marche de sa commune l'intéresse, mais il garde pour le moment son opinion pour lui.

– On va savoir gérer, ne t'en fais pas, Charlie, intervient le chef derrière son dos.

Le maire pousse un soupir qui en dit long sur leur relation et se retourne pour faire face au shérif, tandis qu'un sourire las étire les lèvres d'Ethel. Il soulève le ruban jaune et abandonne les deux hommes à leur discorde. Pirel et Mirandi ont fini de photographier la zone et ils s'attaquent désormais au corps, collectant dans de petits sachets tout ce qui se trouve sur et à côté de la victime. Même s'il regrette le manque de moyens policiers – en même temps, il ne se passe jamais rien à Hinsdale –, Ethel ne peut que saluer le travail de ces deux gars. Un sacré bon boulot ! Ils feraient même une super équipe tous les trois, si les deux autres ne le considéraient pas comme l'intrus venu de la grande ville pour marcher sur les plates-bandes de leur chef. Il chasse encore une fois ses pensées d'un revers de main, éloignant un moustique au passage, et s'approche de la victime.

Son cadavre est étendu au milieu du sentier, pile à la croisée des chemins menant à Hinsdale, Pittsfield, Lanesborough et Windsor. Un membre dans chacune des quatre directions, comme autant de points cardinaux qui ne guideront plus le chemin de personne. Elle repose sur un lit circulaire d'herbe brûlée et, accolés à ce cercle, deux autres, formés par une poudre blanche, sont entrelacés.

– Salut les gars. Alors, on a quoi ?

Ethel a pris le ton du type heureux de retrouver ses collègues, bien qu'il sache parfaitement que les collègues en question ne sont pas spécialement ravis de le voir. Ce ne sont pas des mauvais gars, juste des personnes accrochées à leurs petites manies qu'Ethel, rien que par sa présence, a fait voler en éclats. Mirandi prend le temps de poser un doigt dans la poudre blanche qui forme les cercles. Il le porte à ses narines et finit par le goûter sous les yeux éberlués d'Ethel qui fait mentalement la liste de tous les protocoles que l'agent vient d'enfreindre, puis il se redresse et tourne sa tête au crâne rasé vers Ethel. Mirandi fait bien vingt centimètres de plus que lui et le tout jeune shérif doit lever son visage pour soutenir son regard.

– C'est du sel, grimace-t-il. Jeune femme d'environ trente ans, retrouvée morte ce matin par un chasseur.

Ethel scanne les alentours à la recherche dudit témoin.

– Il est rentré chez lui pour nous appeler, répond son collègue comme s'il avait lu dans ses pensées.

– Le légiste en pense quoi ?

Il sent que Mirandi hésite à lui répondre et le voit porter le regard par-dessus son épaule. Ethel retient un soupir de frustration. Évidemment, il attend que son chef, le seul, le vrai shérif du comté de Berkshire, les rejoigne pour faire son rapport. Il déglutit et se retourne en fourrant ses mains dans ses poches, attendant que Rosenberg daigne les rejoindre.

Le vieux tire une dernière fois sur sa cigarette, expire la nicotine accrochée à ses poumons et dépasse Ethel en le bousculant un peu pour se placer face à la victime. Il croise les bras sur sa petite bedaine de sexagénaire et scanne la scène d'un œil expérimenté. Il a un petit sourire en coin qui amène Ethel à penser qu'il n'est pas mécontent d'avoir pour une fois une vraie enquête à se mettre sous la dent. Il a pris comme un petit coup de jeune ce matin.

Il s'accroupit, exactement comme l'a fait Mirandi quelques minutes plus tôt, pour examiner les cercles de plus près. Il pose les mains entre ses chaussures noires rutilantes pour garder l'équilibre, plonge l'index dans la poudre blanche et le porte à ses narines pour le renifler.

– Du sel, grogne une voix dans son dos.

Rosenberg se redresse en faisant craquer ses articulations. Il toise Ethel avec un air indifférent. Ce dernier a beau être de trente ans son cadet, il est censé prendre sa place bientôt, et ça n'a pas l'air de le ravir.

– Du sel ? répète-t-il.

Ethel hoche la tête. Une mèche de ses cheveux vient caresser ses longs cils bruns, il la replace derrière son oreille de façon adroite avant d'expliquer :

– Mirandi a fait un prélèvement avant de… goûter. C'est du sel.

L'officier confirme d'un hochement de tête. Ethel regarde autour de lui, sourcils froncés.

– C'est étrange comme mise en scène, on dirait…

– Un rituel de sorcellerie, achève Rosenberg en soupirant, je sais.

Forcément, quiconque vivant à Hinsdale ne peut ignorer ces petites bizarreries ésotériques qui fleurissent tous les trois ou quatre matins aux abords de la ville. Le chauffeur de taxi qui a récupéré Ethel à l'aéroport pour le ramener dans cette ville paumée

– vu que personne n'a daigné venir l'accueillir à son arrivée – l'a directement rencardé sur le sujet. « Des casse-couilles de féministes », selon ses termes. Et, depuis qu'il vit ici, Ethel a en effet remarqué quelques tags ou pancartes revendicatives plantées sur les bords des routes. Mais aucune n'a jamais compris de cadavre.

– Encore des timbrés qui auront voulu jouer aux sorcières, déclare Weld dans son dos. Ce sera une enquête vite bouclée.

Ethel sursaute. Le maire a une capacité incroyable à se faufiler derrière vous sans bruit malgré un certain embonpoint. Il se tapote le menton avec l'index, geste qu'il fait régulièrement lorsqu'il est sûr de lui.

– J'ai une réunion avec mon père, le gouverneur, ne peut-il s'empêcher de rappeler, vous m'envoyez votre rapport dans la soirée ?

Ethel confirme du bout des lèvres, tirant un sourire satisfait à Weld. Deuxième chose qu'il a apprise ici : toujours caresser le maire dans le sens du poil.

– Il t'a à la bonne, dis donc, raille Rosenberg en tournant la tête vers le sentier accidenté que le maire attaque au pas de course.

Il s'imagine sûrement le voir se rétamer dans un buisson épineux, car il l'observe quelques longues secondes avant de reporter son attention sur le chemin.

Un kilomètre de dénivelé, avec une pente à quasi treize pour cent. Pour traîner un corps mort jusqu'ici, il faut être costaud. Comme s'il lisait dans les pensées d'Ethel, le shérif enchaîne :

– Elle a été tuée à cet endroit ?

Ethel se tourne vers Mirandi. Il va enfin répondre, maintenant que c'est le chef des chefs qui a posé la question.

– D'après John, oui. Aux alentours de minuit, une heure du matin. Elle a des pétéchies sur le dos, mais beaucoup de contusions sur le corps qui sous-entendraient qu'elle s'est débattue ou a tenté de fuir. Un hématome à l'arrière du crâne suggérerait qu'on l'a frappée par-derrière. Pour le reste, il faudra attendre son analyse complète.

– Je me doute. On a son identité ?

Ethel se tourne vers Rosenberg, un sourire satisfait sur les lèvres :

– Vous vous foutez de moi ? Vous ne l'avez pas reconnue ?

Pris d'un doute, le vieux policier s'attarde sur le visage blanchâtre qui fixe la forêt de ses pupilles voilées. Ethel voit d'ici ce qu'il doit se dire : elle est plutôt mignonne, mais beaucoup trop jeune pour faire partie de ses fréquentations. Le shérif secoue finalement la tête, arrachant au jeune homme un petit gloussement satisfait.

– Elle s'appelle Tara Stevens. C'est l'une des plus grandes influenceuses du moment sur Instagram !

Et un point pour le gars de la ville.

Rosenberg sourit. Du moins, ses lèvres s'étirent.

– Mon pauvre, je ne sais même pas ce que ça veut dire, *influenceuse*…

– C'est quelqu'un qui se sert de sa notoriété pour influencer les autres.

– Dans quel but ?

– Marketing. C'est un job. Les marques la rémunèrent pour qu'elle parle d'elles.

Le shérif se gratte le menton, l'air perplexe, ce qui fait sourire le garçon. Pas évident à comprendre pour les gens de sa génération, ce besoin de partage d'informations. Même Ethel se pose parfois la question.

– Demande plutôt qu'on recouvre son corps, cette pauvre fille mérite un peu de respect, finit-il par dire.

Du doigt, Green montre le légiste qui s'approche.

– Ils allaient le faire, rétorque-t-il en repoussant une nouvelle fois la mèche rebelle.

Ce geste a le don d'agacer Karl au plus haut point. *Qu'est-ce que c'est que cette manie de garder les cheveux longs pour un homme ?* De son temps, son père aurait mis un bon coup de ciseaux là-dedans sans lui demander son avis.

– On vient juste de finir les prélèvements, renchérit Zucko. Elle était couverte de tout un tas de trucs. De la suie, des poils et des espèces d'hosties.

– Des hosties ?

– De radis noir, ajoute John en faisant irruption dans leur champ de vision pour justement balancer un sac en plastique à côté de la jeune fille.

La barbe bleutée et drue même quand il se rase, le seul médecin à la ronde et accessoirement expert en médecine légale a l'air dur. Cheveux noirs coupés courts, chemise en jean noir, Dr. Martens à bout coqué et cargo beige, quasiment la tenue officielle des policiers d'Hinsdale. Il pousse le sac avec le bout de ses godasses avant de préciser :

– Ça en a l'odeur, en tout cas. Sûrement une sataniste du coin !

Décidément, ça semble être la déduction de tout le monde. Des décennies de chasse aux sorcières et de massacres en tout genre ont laissé leurs traces.

– Ce n'est pas une fille du coin, ne peut s'empêcher de dire Green.

– Fais ton job et laisse-nous le nôtre, grogne Karl à l'attention de son légiste.

– C'est bien mon intention.

John rit, il est habitué. Ça fait plus de trente ans que ces deux-là se pratiquent, ils ont dépassé le stade des engueulades et des réconciliations.

– Elle est morte de quoi, d'après toi ? demande Karl.

Le médecin prend une profonde inspiration puis soupire.

– Je ne peux pas te répondre sans un examen plus poussé. Le coup à la tête lui a fait une belle entaille et ça l'a sonnée, c'est une certitude, mais je doute que ça l'ait tuée. En revanche, je peux te dire qu'elle était morte avant d'avoir été placée dans cette position. Le tueur a été patient. Elle a des hématomes sur les genoux, les coudes et le bout des doigts abîmé. On peut voir que la terre a été remuée.

– Elle s'est débattue ? demande Green.

John secoue la tête tout en continuant de regarder Karl.

– Non, il n'y a pas de marques de défense, j'ai plutôt l'impression qu'elle a tenté de fuir, en rampant peut-être, et qu'elle a fini par laisser tomber. Elle était peut-être droguée. Je vais devoir faire des analyses pour en savoir plus, va falloir attendre le labo.

– Ouais, souffle Karl avec dépit, espérons que ce ne soit pas trop long. On se rejoint pour l'autopsie ?

– Avant midi, après j'ai des visites à faire, répond le légiste en faisant signe au second adjoint, Dany Pirel, pour qu'il vienne l'aider à porter le corps.

Le petit gringalet à la tête pleine d'épis rapplique au pas de course. Il lance à Ethel un salut discret. Des quatre, c'est lui qui a été le plus sympathique avec Ethel. Pas au point d'engager une vraie conversation autour d'un verre, mais suffisamment pour le saluer cordialement tous les matins en lui demandant s'il va bien. Ethel lui répond sur le même ton et s'empresse de rejoindre Rosenberg, qui a déjà attaqué la descente du chemin sans l'attendre.

Si la montée a été difficile en raison de la forte inclinaison du terrain, la descente n'est pas plus simple. Des éboulis roulent et crissent sous leurs pieds, menaçant de les faire chuter à chaque pas. Ethel comprend mieux pour quelles raisons ils portent tous les mêmes godasses de randonnée dans le coin. Ses petites Converse sont en train de morfler. Ça confirme aussi son hypothèse au sujet du lieu de la mort.

– La fille n'a pu venir ici que de son plein gré, dit-il, arrivé à la hauteur de Rosenberg.

Le pauvre n'a pas l'air au mieux de sa forme. Il se tient le bas du ventre, enfonçant ses doigts dans ce qu'il suppose être un point de côté. Son souffle est haché et bruyant et Ethel se fait la réflexion que si son patron souhaite une retraite anticipée, ce n'est peut-être pas pour se la couler douce en faisant du jardinage. C'est peut-être son corps qui le pousse vers la sortie.

– Ou le tueur est un costaud, répond Karl entre deux grandes inspirations.

– Mouais. Je reconnais que la thèse du rituel satanique qui a mal tourné est plausible.

– Qu'est-ce que t'y connais, aux rituels sataniques, toi ?

– Rien, avoue Ethel, mais quand on considère les différents éléments…

Le shérif se plante devant lui, l'air agacé :

– Les éléments nous indiquent que cette jeune femme est morte. Point barre. Les analyses nous permettront ensuite de savoir dans quelles conditions, et seule notre enquête en déterminera la raison. Il va falloir que tu apprennes à mettre de côté tes premières impressions, gamin.

– On dit pourtant que les premières impressions sont souvent les bonnes, répond Ethel avec un petit rire moqueur.

Qu'est-ce qu'il croit ? Que c'est la première enquête sur laquelle il bosse ? Ce n'est pas à cause de son manque d'efficacité qu'il s'est retrouvé dans ce patelin.

– Dans ce cas-là, j'aurais dû te renvoyer dans tes pénates la première fois que je t'ai vu, bougonne Rosenberg en se remettant en chemin.

CHAPITRE 2

La pièce est moins froide que dans son souvenir, ou alors le temps est moins chaud que la première fois qu'il y est descendu, mi-juillet, lors de la visite express du poste que Rosenberg a consenti à lui faire faire à son arrivée. Après l'avoir fait patienter une heure devant les portes closes du cube de briques rouges faisant office de poste de police, parce que le shérif et ses deux adjoints étaient partis manger. « Il ne se passe jamais rien à Hinsdale », avait répondu Karl à son interrogation quant à une éventuelle permanence, « et tout le monde a mon numéro ».

À voir l'éclat de la table en inox qui se dresse au milieu de la pièce, Ethel ne peut que le croire. A-t-elle servi, au moins une fois ? Les deux chambres froides individuelles ne portent aucune inscription, de quelque part monte le bourdonnement doux et régulier du système de refroidissement. Il est bien loin de Boston, où les odeurs chimiques des produits de conservation se mélangeaient en permanence à celles des cadavres en cours d'autopsie. Ne serait-ce le corps bien réel de Tara Stevens sur la table, il pourrait se croire dans un décor de cinéma.

– C'est pas joyeux, commence John Eymer de sa voix rocailleuse et traînante, façonnée par son addiction de trente ans aux cigarillos.

Ethel sort de ses pensées pour se concentrer sur l'instant présent.

– C'est-à-dire ? demande Rosenberg.

Le vieux shérif s'est placé aux côtés du médecin, reléguant Ethel seul à côté de la porte.

– C'est-à-dire que celui ou celle qui lui a fait ça voulait vraiment s'assurer qu'elle ne sorte pas vivante de cette forêt. J'ai retrouvé sur son corps tout un cocktail de symptômes. D'abord, la blessure au crâne.

Pour appuyer ses propos, il saisit le menton de la jeune femme et force sa tête scalpée à pivoter. La nuque raidie craque, mais obtempère sous la pression. Ses yeux se posent sur Ethel. Il n'en a jamais vu d'aussi bleus. On dirait deux gouttes d'eau arrachées aux mers du Sud et placées dans ses pupilles. Deux petites îles envoûtantes et troublantes de vivacité, que la mort elle-même n'a pas réussi à assujettir. Ses yeux semblent étincelants de vie. Et ils le regardent, lui.

– Là, indique John de l'index, on voit nettement que la région occipitale gauche du crâne est enfoncée sur une profondeur d'un centimètre, plus ou moins ovale, avec des arêtes tranchantes. Tes gars ont retrouvé une pierre sur le sentier qui pourrait correspondre aux marques, il faut que je vérifie quand j'en aurai fini avec elle.

– C'est un coup porté de bas en haut, remarque Rosenberg.

– Oui, affirme l'expert. Son agresseur devait être derrière elle, un peu sur le côté et un peu plus petit, je dirais. Entre un mètre soixante-dix et soixante-quinze.

– Comme les trois quarts de la population, donc… rétorque le flic.

– Quelle population ? fustige John en fronçant les sourcils. Tu ne crois tout de même pas que c'est quelqu'un de chez nous ?

Rosenberg hausse les épaules. Si le métier d'enquêteur apprend bien une chose, aux jeunes comme aux vieux, c'est qu'on ne connaît jamais vraiment les gens. John fait la moue et remet la tête en place sans plus de délicatesse, puis abaisse le drap qui recouvre le corps dénudé désormais paré d'une entaille en forme de Y. Ethel détourne la tête un instant. Il a toujours besoin d'une minute ou deux pour s'habituer à cette vue.

– Comme je te l'ai dit sur place, ce n'est pas ça qui l'a tuée, continue John.

Il introduit son index et son majeur entre les lèvres pâles et gercées de Tara pour forcer l'ouverture de sa bouche.

– Tu vois ça ? dit-il en désignant l'intérieur. C'est une inflammation. Tout le tube digestif est comme ça.

Le shérif fronce les sourcils et se penche sur le visage de la jeune femme pour l'examiner. Le palais et les joues sont à vif.

– Elle a bu quelque chose qui l'a brûlée ?

John confirme en se redressant.

– Bu ou mangé. Et après elle a vomi ce qu'elle avait ingéré, ce qui a enflammé le conduit. Vous avez relevé des traces de régurgitation dans les bois ?

Karl secoue la tête. Il n'en sait rien. John jette un coup d'œil à Green, qui répond de même. Pirel et Mirandi se sont chargés de tout et il n'a pas encore eu le temps de regarder leur rapport.

– Il faudra vérifier, parce que le sac digestif était pratiquement vide. Je vais envoyer ce que j'ai pu collecter au labo pour voir s'ils en tirent quelque chose. Mais ce n'est pas ça qui l'a tuée.

Le chef soupire, ça commence à devenir long.

– Tu pourrais en venir au fait ?

– La médecine légale est une chose minutieuse, qui prend du temps et doit être faite correctement.

– Oui, mais on ne fait pas une formation, donc si tu pouvais abréger et en venir directement aux conclusions, ça m'arrangerait.

John ravale sa fierté dans un soupir.

– Soit. Elle a succombé à une paralysie cardio-respiratoire.

– Une crise cardiaque ?

– Les ventricules ne se contractent pas correctement pour envoyer le sang vers le corps, la circulation sanguine s'arrête, puis c'est l'inconscience et la mort.

– Tu chipotes.

– Je précise.

– À quoi cela peut-il être dû ? les coupe Green, pour en revenir à ce qui les intéresse.

– À beaucoup de choses, mais associé aux brûlures dans la bouche et aux vomissements, je pencherais pour un empoisonnement.

– Dont on ne connaîtra la cause qu'après les résultats du laboratoire. On n'est pas sortis des ronces, grommelle Karl.

– On n'est pas obligés d'attendre les résultats du laboratoire pour enquêter, objecte Green.

Le regard que lance le shérif lui suggère de ravaler son conseil, mais contre toute attente, John se range à l'avis du gamin.

– D'autant qu'il me reste un truc à vous montrer, dit le légiste d'une voix qui se veut enjouée, mais dont le ton rauque suggère plutôt un chien prêt à se jeter sur un intrus.

À l'évidence, ce petit suspense l'amuse beaucoup.

– Bordel, c'est une blague ! Qu'est-ce qu'il y a encore ?

John glousse, saisit une boîte hermétique derrière lui et la lui tend. Un bout de papier à moitié cramé est posé dedans.

– N'ouvre pas, c'est de la vapeur d'iode et le papier est fragile, le prévient-il, ça devrait me permettre de faire un relevé d'empreintes et quand j'en aurai fini avec les prélèvements de notre victime, je te ferai une analyse plus poussée pour te dire de quel type de papier il s'agit.

– Elle avait ça dans la gorge ? demande Ethel en se rapprochant. On dirait un parchemin.

– Ça y ressemble. Il est pas mal abîmé et son séjour dans la gorge de notre victime n'a pas arrangé les choses. Mais on voit un peu de texte quand même. Le creux du papier à cet endroit révèle une écriture tremblotante, les caractères sont gravés si fort qu'on croirait une impression sur un vinyle. Ça a été écrit à la va-vite, sur un support instable. J'ai retrouvé dessus des traces de cendres, comme sur notre victime, et une écharde de bois en bas de la feuille. J'en ai donc conclu que le truc avait été fait dans les bois, près du cadavre, dans la précipitation et après la mort de la victime. J'ai pris quelques photos si tu veux bosser dessus en attendant.

Karl récupère les clichés pour les observer. On ne distingue que quelques lettres sur le morceau de papier. Si c'est un message que le tueur a voulu leur adresser, il s'est gouré de technique. Ça va leur prendre des plombes pour le reconstituer.

– Autre chose ? demande-t-il en soupirant.

Pour sa part, il espère que non. Il a eu sa dose. Et il a faim. À son âge, le corps a des habitudes.

– Les autres analyses ont révélé que la suie sur son corps provenait du charbon qui avait été utilisé pour brûler l'herbe sur laquelle elle était couchée. Les poils sont des poils de chat, noir pour bien faire, et ce sont bien des hosties de radis.

Il observe le shérif quelques secondes avant d'ajouter :

– Toujours pas convaincu ?

– De quoi ? marmonne le vieux flic sans prendre la peine de lever les yeux des clichés.

Il sait très bien de quoi le légiste veut le convaincre et il n'en a strictement rien à faire.

– Rituel de sorcellerie, insiste John.

Il le regarde enfin et affiche un sourire de complaisance.

– Sauf erreur de ma part, c'est sur un bûcher qu'on brûlait les sorcières, pas avec un rituel de sorcellerie.

– Les méthodes évoluent, raille Eymer.

– Beaucoup trop vite pour moi ! clame Karl en faisant claquer les clichés dans la paume de sa main. Merci pour tout, je vais aller étudier ça.

John éclate de rire :

– Rosenberg le grand sceptique ! Tu n'aurais pas plutôt du mal à lâcher ta dernière enquête ?

– Va savoir, répond le policier en tournant les talons.

Il pousse Green vers la sortie et entend dans son dos le rire de gorge de John et le sarcasme qui y est dissimulé. Il se dit que ça, en tout cas, ça ne lui manquera pas. Mais il se ment. L'idée seule de laisser sa ville au jeune freluquet lui donne des sueurs froides et des piqûres de jalousie.

Il a atteint la porte automatique quand il se retourne brusquement vers l'expert.

– Tu ne trouves pas ça étrange, qu'elle ne sente pas ?

Eymer est en train de ranger ses instruments. Il arrête son geste pour fixer le corps de la jeune femme, perplexe. Puis il hausse les épaules avec un air dubitatif.

– Je ne les sens plus vraiment, je t'avoue. Mais c'est vrai, reconnaît-il, elle ne pue pas trop. Ça me change du cadavre du père Barks, tu te rappelles ?

Et comment, il se rappelle. C'est lui qui avait sorti le pauvre octogénaire après son séjour d'une semaine dans l'East Branch River. Il était gorgé de flotte, gonflé comme un ballon de baudruche et des poissons avaient élu domicile dans ses entrailles. Le poste de police avait senti la fange pendant un mois. Et sa femme, qui lui avait ordonné de prendre une douche dès qu'il rentrait sous peine de dormir dehors tous les soirs.

Ça non plus, ça ne lui manquera pas.

CHAPITRE 3

Le *Lester's Steak & Eggs* est un restaurant familial situé à une rue du poste de police et pourrait s'apparenter au quartier général des flics d'Hinsdale vu le temps qu'ils y passent – presque autant que dans le bâtiment en briques rouges qui accueille leurs bureaux.

Hachis de corned-beef pour Karl, omelette monstrueuse aux pommes de terre accompagnée de saucisse pour le duo Pirel-Mirandi, Ethel se demande comment ils peuvent prendre le temps de manger autant alors qu'ils ont une enquête importante sur les bras. À Boston, il mangeait toujours sur le pouce, et bien souvent en fin de journée. Quelle perte de temps !

Rose, la fille de Lester, serveuse du *diner*, brique la table avec une éponge humide et pose une assiette de frites au milieu. Elle adresse un bref bonjour aux trois autres, mais darde sur Ethel un long regard langoureux avant de remettre son stylo derrière son oreille.

Une boucle de cheveux blonds s'échappe de son filet et retombe sur sa joue légèrement rosie.

– Et pour vous ?

– Juste un café, répond-il en espérant que ses comparses se dépêchent un peu d'ingurgiter tout ce qu'ils ont commandé.

– Je vous apporte ça tout de suite, dit-elle à l'assemblée, mais elle ne semble s'adresser qu'au jeune flic.

Ethel plonge le nez dans son verre d'eau tandis que Dany Pirel glousse bêtement en secouant ses frêles épaules.

– Je crois que tu as une touche, le bleu !

Il part d'un rire sec qui agite son corps comme s'il allait se disloquer tandis qu'Ethel se renfrogne. Ce qu'il déteste cette expression ! Il a l'impression que ces simples mots lui enlèvent toute légitimité d'être là, à ce poste, qu'il n'a d'ailleurs pas vraiment pris, à vrai dire. Rosenberg ne sera à la retraite qu'à la fin du mois et Ethel est persuadé qu'il ne lui laissera la direction qu'à ce moment-là. Et encore, il serait bien capable de faire machine arrière, vu qu'il le considère comme un gamin incapable.

– Elle est juste polie avec la clientèle.

Le gloussement de Pirel se propage aux deux autres jusqu'à ce que les plats arrivent.

– Alors ? Que t'a appris notre cher expert en bidoche froide ? demande Zucko en enfournant un énorme bout de saucisse.

Le chef lui lance un regard sévère que l'Italien ignore superbement. Tout comme John, il connaît les grognements de Karl depuis longtemps, depuis qu'il est gosse précisément, et ses réflexions coulent sur lui comme la pluie sur un imperméable.

– Tu devrais apprendre à être poli avec nos victimes, le sermonne le shérif.

Il avale un morceau de hachis avant d'ajouter :

– Selon John, notre victime serait morte d'un arrêt cardiaque consécutif à un empoisonnement.

– Merde ! souffle Pirel. On sait quel poison ?

Le vieux le regarde comme s'il le prenait pour un ahuri.

– Tu te rappelles où tu te trouves ?

Dany fait la moue, blasé. Ethel tend la main pour piocher une frite, mais arrête son geste.

– C'est quoi le problème avec le labo ?

Le shérif finit sa bouchée, la fait passer avec une gorgée de café moulu – une autre spécialité du *Lester's Steak & Egg* – et s'affale contre le dossier de sa chaise avant de répondre.

– Le problème, c'est qu'on vit dans un bled et que les gars du labo de Boston à qui on envoie tous les prélèvements pour analyse nous considèrent comme des trous du cul dont les enquêtes ne sont pas prioritaires.

– Mais il y a eu un meurtre, quand même !

– Ouais, dans un bled de trous du cul, renchérit Mirandi en mâchouillant sa patate.

– Tara n'est pas un trou du cul, s'agace Ethel. Il faut leur foutre la pression !

Une petite chaleur lui enflamme les joues. Il s'attaque à sa crêpe pour se donner une contenance.

– Eh bien vas-y, lance Rosenberg en finissant son café, fous-leur la pression si tu as envie. Mais tu vas vite déchanter.

– Qu'est-ce que vous voulez dire ?

– Je veux dire que tu vas vite te rendre compte que tes amis de la grande ville n'en ont plus rien à foutre de toi ici.

Ethel le regarde dans les yeux.

– Je pourrais appeler Sanders et lui demander.

Le flic se met à rire, comme s'il ne pouvait s'en empêcher. Quand enfin il retrouve son calme, il dit :

– Tu ne t'es pas encore rendu compte où tu avais mis les pieds ? On est trois pour tout faire. Le légiste, c'est le médecin du coin. On est seuls au milieu de vingt mille hectares de forêt avec une seule bagnole de patrouille. Il fait moins vingt l'hiver, trente l'été, à part ça, tout va bien. L'aide, on l'a demandée plus d'une fois. Ma dernière tentative, c'est quand la mine a fermé. Deux semaines d'émeutes, cinq morts et des dizaines de blessés. Et qu'est-ce qu'on a eu ? Un adjoint du procureur qui a fait un rapport et est reparti dans la journée.

Il hausse les épaules et lève le bras pour héler Rose et lui commander un autre café. Ethel repose le sien sur ses genoux. Il n'a définitivement plus faim.

Il reste silencieux jusqu'à ce qu'ils rentrent au poste. Il a bien essayé d'intégrer la conversation, mais le cœur n'y était pas – et de toute façon, sa participation était facultative. Il sait très bien que s'il mange avec les autres, c'est simplement parce que, officiellement, il fait partie du groupe. Officieusement, il va encore devoir ramer. En attendant, si l'aide ne vient ni de l'intérieur, ni de Boston, il faut qu'il prenne les choses en main. Une fois dans le bâtiment, il s'installe donc à son bureau, un paquet de bonbons dans les mains, et se concentre sur les clichés du parchemin sorti du gosier de Tara Stevens. Bouffer des bonbons, c'est sa façon de décompresser.

– Tu arrives à déchiffrer quelque chose ?

Il lève les yeux de la photo pour les poser sur Rosenberg, inspire profondément pour faire passer son amertume et répond :

– On voit quelques lettres, oui, mais pas vraiment de phrases. On dirait que la feuille est déchirée par endroits et la salive de Tara a effacé des mots entiers.

Le flic fait le tour de son bureau et se penche par-dessus son épaule, intrigué. Il se concentre quelques secondes sur le message.

– C'est un M, ça.

– Sur la première ligne, je déchiffre comme un M, oui, et un I là, non ? Sur la deuxième, on dirait un E et « pou » plus loin ou « mou ». Et sur la dernière ça pourrait être « bannis », « bannir » peut-être. Le reste je ne vois pas, le papier est trop abîmé.

Il soupire, dépité. Rosenberg approuve en tapotant de l'index le dernier mot :

– Ouais, c'est un S, ça fait « bannis ».

– Ça fait tout de même très sorcellerie, rétorque Ethel en se mâchouillant la lèvre inférieure.

Il s'attend à ce que son collègue lui répète de la boucler avant de raconter des âneries… mais il ne dit rien.

– C'est vraiment n'importe quoi, reprend-il. Est-ce que John va pouvoir en tirer quelque chose ?

Le shérif arque un sourcil ironique qu'Ethel préfère ignorer.

– Il va nettoyer le papier au maximum, puis l'envoyer à un labo à Boston qui l'étudiera de façon plus approfondie et nous renverra ensuite ses résultats. Quand ils auront le temps.

Un frémissement secoue la mâchoire d'Ethel. Il préfère ne pas relever. Il note dans un recoin de sa tête de passer un coup de fil à Sanders dans la soirée, sans en parler à Rosenberg, du moins pas tout de suite. Cet homme est plus borné qu'une mule, il ne serait pas étonné d'apprendre que c'est son attitude qui freine le laboratoire – on n'a pas envie de rendre service à un type qui vous traite comme de la merde. Il chope le dernier bonbon gélifié de son paquet et le fourre dans sa bouche.

Le chef finit son premier café de l'après-midi – sa façon à lui de se détendre – et retourne s'asseoir à son bureau.

– C'est quoi le problème avec les sorcières ? lui demande Ethel après quelques secondes.

Finalement, c'est lui qui n'arrive pas à lâcher.

Rosenberg redresse le nez de ses papiers et le fixe avec un petit sourire agaçant.

– Reconnais que c'est étrange, non ? insiste Ethel. Au moindre problème, tout le monde ne parle que de ça, ici ! Weld, John, Mirandi… Même le taxi qui m'a amené, c'est dingue ! Et c'est quoi, le rapport avec le féminisme, d'ailleurs ?

Son collègue ne répond pas tout de suite. Il se passe d'abord la main sur le menton et se racle un peu la gorge, et Ethel se demande ce qu'il va encore bien pouvoir lui sortir comme leçon de morale. Depuis son arrivée, il a droit à une réprimande par jour. Il faudrait qu'il fouille dans ses tiroirs, il est persuadé que le vieux possède toute une série de bouquins sur la moralité à inculquer aux jeunes banlieusards.

– Cette ville a une relation historique avec la sorcellerie, commence-t-il calmement. Un lourd passé dont on sent encore la présence dans les rues, je suis sûr que même toi, tu t'en es aperçu.

Il ouvre son tiroir et sort un paquet de cigarettes au lieu d'un manuel de morale.

– Faudrait être aveugle pour ne pas l'avoir vu ! Il y a des tags et des espèces d'autels à tous les coins de rue, sans parler des sortes de runes gravées sur toutes les portes, s'agace Ethel. Mais de la sorcellerie… (Il a un petit rire ironique.) Ils croient vraiment à ce genre de conneries ?

Rosenberg fronce les sourcils, puis sort lentement une cigarette du paquet et tapote le bout pour tasser le tabac.

– Tu vas devoir protéger ces gens bientôt, tu sais. Si tu veux qu'ils coopèrent avec toi, il va falloir que tu te renseignes sur les choses qui les concernent.

Puis il se lève sans ajouter un mot et attrape sa veste d'un geste vif. Ethel ne sait pas vraiment pourquoi, mais il a l'impression de s'être pris un taquet derrière la tête. Une petite claque méritée.

Arrivé à la porte, le shérif se retourne, le visage fermé, le regard impatient.

– Allez, bouge-toi, je t'emmène au bureau des légendes.

CHAPITRE 4

Son sang bat dans ses tempes de manière désordonnée. Karl n'a jamais aimé les disputes, encore moins quand c'est lui qui en est à l'origine. Il a tendance à éviter les orages pour la paix de son esprit, et force est de constater que ça lui a toujours très bien réussi. Notamment avec sa femme.

Il expire la fumée qui s'accroche à ses poumons en se penchant un peu par la fenêtre de la voiture. Ils approchent. Ça se sent dans l'air. Comme une vibration électrique, une infime pulsation agitant les feuilles. Il rentre la tête et se tourne vers le gamin. Il semble pensif, fatigué. Comment va-t-il s'en sortir ici ? Comment sera-t-il à même de les aider, alors qu'il ne les connaît pas ? Avec sa tête bourrée de préjugés, il n'ira pas bien loin. Un flic ne résout pas seulement les enquêtes, à Hinsdale ; il n'y en a pas tant que ça à vrai dire, le dernier meurtre de la région remonte à au moins cinq ans. Des chapardages, oui, quelques dérapages les nuits de pleine lune quand les gosses ont le sang bouillonnant et les hormones comme des électrons libres. Mais la plupart du temps, le flic est une sorte de figure paternelle : celui qui écoute les peines, celui qui rassure quand les bruits de la nuit font peur et que les hivers moroses et trop longs abîment le moral et les cœurs. Celui qui apaise les maux, les tensions avant qu'elles ne dégénèrent. Comment peut-il comprendre l'âpreté de cette vie, la corne sur les mains des mineurs ou le visage hâlé des laboureurs, lui, le petit gamin de la ville, avec sa dégaine de surfeur qui n'a jamais rien vécu ? Karl soupire. Il est vraiment mal barré.

De son côté, Ethel observe le paysage avec une pointe d'inquiétude. Ils ont quitté la 143 depuis un petit moment, une route qu'il pourrait qualifier de potable, pour s'enfoncer sur un chemin perforé par des nids-de-poule dans un brouillard qui s'épaissit au fur et à mesure de leur pénible progression. Il n'aime pas cette forêt, au départ, mais là c'est encore pire. Qu'est-ce que c'est que cette purée de pois qui apparaît soudain au détour d'un virage ?

La voiture a un soubresaut, s'enfonce dans une ornière, l'arrière dérape et se remet difficilement droit. Ethel s'accroche à la portière en priant pour qu'ils ne s'enlisent pas, il n'a pas prévu les godasses adéquates. Il n'a pas encore enfilé la tenue des gars du coin, se cramponnant à son jean et à ses Converse comme à sa patrie. Ça lui tire un sourire. C'est vrai que lui non plus ne fait pas beaucoup d'efforts pour s'intégrer. En même temps, quelle idée, de vivre dans un patelin qui nécessite d'avoir des semelles de quatre centimètres pour ne pas finir embourbé ?

– Qu'est-ce qui te fait rire comme ça, gamin ?

Le sourire s'évanouit. Pourquoi est-ce qu'ils le traitent tous comme un gosse ? Il a vingt-six ans, bordel ! Il se démerde tout seul depuis belle lurette, encore plus depuis que ses parents sont morts.

– Je m'extasiais sur la beauté de la forêt, répond-il, sardonique.

Rosenberg ne percevra sûrement pas le trait d'humour, vu qu'il n'en a aucun.

– Une beauté empoisonnée, marmonne le vieux shérif dans sa barbe. Il faut t'en méfier comme d'une femme jalouse.

Ethel se contente de lever les yeux au ciel.

– Tu as réussi à avoir des infos sur Tara Stevens ? lui demande le flic en ralentissant un peu.

Le chemin rétrécit et le brouillard n'est vraiment pas coopératif. Ethel n'a pas du tout envie de finir dans le fossé, à pousser le vieux tacot qui leur sert de voiture, alors penser à autre chose ne peut pas lui faire de mal.

– Que dalle ! C'est assez surprenant d'ailleurs vu sa popularité. Tara Stevens n'existe que depuis dix-huit mois, à la création de son compte Instagram. Elle connaît une ascension fulgurante et devient d'un coup l'égérie de plusieurs marques qui la propulsent encore plus haut – il faut dire qu'elle a un sacré potentiel. Elle fait la une de divers magazines, mais en dehors de ce qu'elle affiche sur les réseaux, rien. Nada.

Et tout cela dans une seule respiration.

– C'est un pseudo, argue Rosenberg sans quitter la route des yeux.

L'embranchement se rétrécit encore, Ethel serre les fesses, frotte ses mains sur son jean pour s'occuper l'esprit. Une branche vient griffer la carrosserie de son côté. On dirait un monstre étendant ses longs bras pour les attraper. Il se racle la gorge avant d'ajouter :

– C'est ce que je me suis dit, donc j'ai fouillé ses comptes sur les réseaux sociaux, mais rien, impossible de trouver quoi que ce soit sur sa véritable identité. Il faudrait poursuivre les recherches avec un expert en informatique. En l'état, Tara Stevens est une énigme.

– Mais chaque énigme a sa solution.

Ethel se retient de commenter. Il ne doit pas y avoir non plus d'expert en informatique dans ce bled. Il ajoute ça à la liste. Sanders ne lui refusera pas des moyens techniques.

Il n'a pas le temps de réfléchir à la manière dont il va s'y prendre, déjà Rosenberg gare la voiture en plein milieu du chemin. On ne voit pas plus loin que le bout du capot, pourtant le bonhomme ouvre la porte et s'étire.

– Ses empreintes nous en apprendront peut-être un peu plus, poursuit le shérif en joignant les mains au-dessus de lui pour faire craquer ses vieilles articulations.

Ethel hoche la tête.

– On est arrivés ? demande-t-il avec un air sceptique en se penchant du côté conducteur.

Il n'a absolument aucune envie de descendre. C'est le trou du cul du trou du cul du monde, ici. Ethel a l'impression d'être enfermé dans une pièce basse de plafond. Ça lui rappelle un souvenir d'enfance, quand il se cachait sous la couette pour effrayer sa mère. Sauf qu'ici, ça n'a rien d'agréable du tout. L'air semble irrespirable, ouaté. C'est comme s'étouffer avec des bouts de coton. Un grand sourire éclaire la face de Rosenberg :

– Oui, c'est ici le bureau des légendes.

Voyant qu'il renâcle à sortir, le vieux se penche vers lui :

– Allez, viens, tu ne crains rien avec moi.

Dites à quelqu'un de ne pas paniquer et c'est exactement l'inverse qui se produira. Est-ce qu'ils vont vers quelque chose qui devrait l'inquiéter ? Le sang d'Ethel se glace dans ses veines. Où est-ce que l'ancien l'entraîne, encore ? Aucun des lieux qu'il a arpentés jusqu'ici ne correspond à l'image qu'il s'en était faite : le QG de la police au *diner*, la chambre froide du légiste aussi propre que si on venait de la lui monter, même son appartement grande classe avec la salle de bain sur le palier n'y échappe pas… Il va devoir s'y faire : dans cette ville, il ne faut présumer de rien.

Résigné, il attrape le haut de la portière et se glisse dehors.

Il s'attend à s'enfoncer dans la masse nébuleuse puis à s'asphyxier, réapparaître ailleurs peut-être, dans une autre dimension, sorte de *Twilight zone* qui collerait à la perfection au décor, mais pas à heurter la première marche d'un perron après quelques pas à l'aveugle.

Un cri étouffé s'échappe de ses lèvres. Rosenberg lui jette un regard moqueur et lâche son bras pour tendre le poing en avant et… frapper. Ethel se sent tellement con que sa peur reflue dans ses tripes, absorbée par sa colère. Le vieux s'est bien foutu de lui. Le bureau des légendes ! C'est juste une bicoque paumée de plus au fond des bois ! En même temps, à quoi pouvait-il s'attendre d'autre ?

– Qu'est-ce qu'on fout ici ? grogne-t-il.

– On se renseigne, rétorque le flic avec un sourire. C'est comme ça qu'on procède dans les vieux bleds pourris. Ici, le bouche-à-oreille va plus vite que le wifi, et ce qui se rapproche le plus de ton Facebook se trouve derrière cette porte.

Ethel fronce les sourcils, intrigué malgré lui. La porte déchire le brouillard au même moment, comme dans un timing parfait, et une petite vieille ridée à l'âge indéfinissable leur offre un sourire chaleureux. Du moins au vieux flic, car elle louche vers Ethel avec suspicion. Il se demande ce qu'il doit faire : lui tendre la main, lui offrir une obole, sacrifier un poulet ? Elle finit par hausser les épaules et par déplacer son corps sec et dézingué de côté pour les laisser passer. Rosenberg précède le jeune et ôte sa veste comme s'il était chez lui.

Ethel fait deux pas en avant et s'arrête net. S'il avait cherché la définition de « bordélique » sur le Web, nul doute que des photos de cette baraque seraient ressorties. L'unique pièce croule sous un bric-à-brac indescriptible. Un amoncellement d'objets aussi hétéroclites qu'abscons : chaudrons en cuivre, bougies à moitié fondues, animaux empaillés, bouquins, rondins de bois et tas d'herbe se disputent le moindre centimètre carré de parquet poussiéreux. L'odeur a sans nul doute gagné la bataille. Un mélange d'essence résineuse, de remugle et de fumets corporels qui soulève le cœur. La vieille et sa bicoque se sont échappées d'un bouquin de Koontz.

– Christabella, je te présente Ethel Green, annonce Rosenberg en raclant bruyamment une chaise sur le parquet vétuste.

Deux traînées poussiéreuses se dessinent sur le sol. Ethel se fait violence pour ne pas paraître impoli et force sur son plus beau sourire.

– Oh, souffle la vieille femme en posant son regard vitreux sur lui. Ton remplaçant.

Elle le détaille sans vergogne de haut en bas, instillant un malaise chez le garçon. Puis elle sourit :

– Tes parents avaient beaucoup d'humour pour te donner un nom de fille.

OK, donc la politesse n'a pas cours ici. Sa gêne retombe comme un soufflé ; on lui a déjà tellement servi cette réflexion qu'elle lui passe désormais au-dessus de la tête.

– Ma mère était fan du *Magicien d'Oz*[1], rétorque-t-il en soupirant.

– Ethel est aussi le diminutif d'un prénom de roi, ajoute-t-elle en lui tournant le dos pour tirer deux chaises brinquebalantes et encombrées, laissant le garçon éberlué.

Celle-là, on ne la lui avait jamais sortie.

Christabella a une démarche brinquebalante, traînant son pied droit maigrelet comme s'il était cassé. Ses longs cheveux sont d'un blanc laiteux, un lait qui aurait caillé : sale et malodorant. Il se demande quel âge elle peut bien avoir, sans arriver à le déterminer. Elle est vieille à n'en pas douter, mais elle a dans le regard un dynamisme étonnant.

Tandis qu'il est plongé dans ses réflexions, elle dépose le bordel des chaises sur le bordel de la table et les prie de s'asseoir. Ethel regarde avec appréhension la couche de poussière et autres saletés indéterminées qui recouvrent la paille. Encore une fois, sa bonne éducation force son dégoût à obtempérer. Tant pis, il brûlera son pantalon ce soir.

– Je suppose que tu viens me voir à cause du meurtre ?

Elle pose trois tasses sur la table, dans lesquelles elle verse un liquide carbonisé, à la fragrance de café plusieurs fois réchauffé. Ethel se pince

---

1. Judy Garland, l'actrice qui joue le rôle de Dorothy dans *Le Magicien d'Oz* de Victor Fleming, s'appelait en réalité Frances Ethel Gumm.

le nez discrètement. C'est à croire que se joue dans cette pièce le jeu de celui qui puera le plus. Il en a la nausée. Elle s'assied en bout de table, entre eux deux.

– Ce n'est pas un coup des Sorcières de Salem, si c'est ce à quoi tu penses.

Rosenberg dénie en secouant la tête, puis rapproche sa tasse pour souffler dessus.

– Salem est à deux cent cinquante kilomètres, réplique Ethel, ça ferait loin pour un meurtre, non ?

Christabella se contente de sourire sans lui adresser un regard.

– La ville de Salem n'est qu'un piège à touristes, l'informe son collègue. La plupart des sorcières ont choisi de s'exiler pour avoir la paix, mais elles restent attachées à leurs origines et, par conséquent, à leur nom.

– La plupart des sorcières ? se moque ouvertement Ethel.

– Heureusement qu'il est venu avec toi, cingle Christabella, sinon je l'aurais laissé se perdre dans le brouillard.

Ethel se fait la réflexion que sans le shérif, il ne serait jamais venu tout seul mettre à l'épreuve ses défenses immunitaires dans cet endroit. Ce dernier se met à rire en frottant sa joue râpeuse.

– C'est un gamin de la ville, il ne connaît pas tout ça. C'est pour ça que je te l'ai amené, pour qu'il apprenne.

Elle émet un petit bruit de gorge qui rappelle vaguement à Ethel le couinement d'une souris prise dans la gueule d'un chat, puis elle hausse les épaules encore une fois.

– Quoi qu'il en soit, les sorcières sont calmes en ce moment.

Rosenberg avale une gorgée du liquide bouillant en approuvant d'un hochement de tête. Pour Ethel, ça ne fait pas un pli, les deux sont carrément timbrés.

– Et tu verrais la mise en scène ! s'exclame soudainement l'ancien. On a retrouvé des hosties de radis noir !

Il part d'un rire sec, bientôt suivi par celui encore plus sec de leur hôtesse. Ils se bidonnent pendant cinq minutes.

– Vous m'expliquez ce qu'il y a de drôle ?

Juste pour ne pas être mis de côté, parce qu'à vrai dire, il n'est pas sûr d'avoir envie d'entendre leur théorie farfelue. La vieille s'arrête de rire, pointe le pouce dans sa direction tout en regardant son chef :

– C'est vraiment lui qui va te remplacer ?

Le flic acquiesce avec un petit sourire. Pas un sourire méchant, plutôt le genre qu'on adresse à un enfant naïf. Elle pivote la tête vers Ethel. Un tour à cent quatre-vingts degrés qui imprime de nombreux plis dans son cou. Elle ressemble à la fille dans *L'Exorciste*.

– Tu vas avoir beaucoup de choses à apprendre si tu veux travailler ici, c'est une terre de…

– De légendes, je sais, la coupe Ethel en levant les yeux au ciel.

Sa patience flirte dangereusement avec ses limites. Il en a ras le bol. Une fille est morte, bon sang, et ils perdent leur temps chez une folle ! Il commence à se lever, mais Christabella frappe la table du poing, le faisant sursauter. Il lui semble que ses yeux vont lui sortir de la tête. Il se rassied sagement. Un frisson lui tombe sur la nuque et lui hérisse le poil. Elle est flippante, et une pensée furtive et glaçante s'insinue dans son esprit : si elle est vraiment une sorcière, il est déjà maudit.

– Il va falloir que tu écoutes ! le sermonne la vieille femme.

Elle se rapproche de lui pour le renifler, l'envahissant de son haleine putride.

– Tu as l'air d'un bon garçon, mais tu es stupide. Trop immature pour cette ville.

Elle frappe de nouveau la table, la discussion est close, et se retourne vers Rosenberg, le visage renfrogné, laissant à Ethel le sentiment de s'être fait gronder par sa grand-mère.

– Qui est ta victime ? demande-t-elle plus sèchement. C'est pour ça que tu es là, non ?

Le shérif tire son téléphone de sa poche et y affiche la photo de la jeune femme.

– Elle s'appelait Tara Stevens. Mais on ne sait rien d'elle, ni qui elle était vraiment.

Christabella se penche sur la photo en plissant les yeux.

– Une beauté pareille doit susciter beaucoup de jalousie, dit-elle.

– Au point de la tuer ? John pense à un empoisonnement qui lui aurait en plus brûlé la bouche et la gorge. Le tueur a mis tout en œuvre pour singer un rituel de sorcellerie.

La vieille fronce les sourcils et se gratte le menton d'un index sale.

– Brûlée de l'intérieur, marmonne-t-elle.

Elle secoue la tête de gauche à droite :

– Le prochain rituel sera en hiver, pour le solstice. Ce ne sont pas les sorcières, je te dis !

– Ce n'est pas ce que je prétends, Christabella, la rassure Rosenberg en rangeant le téléphone, mais il faut que j'enquête, tu comprends ?

Elle lui fait signe que oui. Il allonge les bras devant lui, entourant sa tasse de ses mains.

– Je vais te dire ce que je pense, commence-t-il. Je pense que quelqu'un a orchestré ce meurtre de sorte à incriminer les filles. Je pense que quelqu'un cherche à faire le ménage.

– Comment ça, le ménage ? réplique Ethel, agacé de ne pas avoir été mis dans la confidence.

– La fille était rousse et on l'a tuée en mimant un rituel de sorcellerie, poursuit le flic sans prêter attention au jeune. Mais celui ou celle qui a fait ça en a trop fait. Il voulait qu'on pense qu'elle était une sorcière. Tu es sûre que tu ne la connaissais pas ? Elle ne faisait pas partie du groupe de Salem ?

– Non, j'en suis certaine, répond Christabella en se resservant un café.

– Quel groupe ? demande Ethel.

Il couvre sa tasse de sa main par précaution, mais elle ne lui en propose pas, alors qu'elle ressert son collègue. Il inspire profondément pour se calmer – grossière erreur qu'il regrette aussitôt. Sa gorge se met à le chatouiller et il s'imagine les milliards d'acariens qui viennent de pénétrer à l'intérieur de sa gorge. Il tousse pendant cinq bonnes minutes, à en devenir écarlate.

– Bois un coup, ça va passer, dit Rosenberg en désignant sa tasse.

Il préférerait mourir. De la main, Ethel leur fait signe que ça va, il essuie les larmes qui ont coulé sur ses joues et inspire dans ses mains pour se calmer. Il profite d'avoir enfin leur attention et répète :

– Quel groupe ?

Karl glisse un coup d'œil à Christabella, qui approuve d'un hochement de tête.

– Elles se font appeler « les Sorcières de Salem ». Il s'agit d'un groupe féministe qui agit, entre autres, en faveur des droits des femmes.

– Quel rapport avec les sorcières ?

Christabella a un petit gloussement sarcastique.

– Tu ne vois pas ? Vraiment ?

Il hausse un sourcil en se demandant ce qu'il risquerait à dire non, mais Rosenberg vient à son secours.

– C'est une image. La sorcière représente la femme qui dénonce les persécutions, qui se bat contre la vision d'une femme soumise.

Ethel a un petit sourire en hochant la tête qui fait aussitôt sortir l'hôtesse de ses gonds.

– Qu'est-ce qui te fait marrer ?

– Rien, répond-il, paumes en avant en un geste de défense. C'est juste que la sorcellerie, les nez crochus…

– On ne parle pas d'occultisme ou de potion magique, raille la vieille femme, même si c'est vrai que les filles s'en amusent, un peu comme un hommage. On te parle d'un temps où les femmes étaient brûlées en place publique si elles osaient vouloir rester célibataire ou avoir un métier considéré comme réservé aux hommes. Si les sorcières sont représentées vieilles au nez crochu, c'est surtout parce que les femmes âgées ont plus d'assurance. Elles sont moins manipulables que les jeunes filles.

– Et le balai ? Ça a une signification, ça aussi ?

Il voit les mâchoires de Christabella se contracter et se dit que son trait d'humour n'était peut-être pas indispensable. Rosenberg pose une main sur les épaules de son amie pour l'apaiser – parce qu'à l'évidence, c'est ce qu'elle est : une amie.

– La femme au foyer qui s'échappe de son quotidien, répond-il à sa place. Il y a énormément de livres sur le sujet si ça t'intéresse, mais j'aimerais qu'on en revienne à l'enquête.

– Oui, je suis désolé, s'excuse Ethel en baissant les yeux. Je ne savais simplement pas qu'un mouvement féministe avait repris cette image comme symbole de ses revendications.

– Un mouvement ? ricane la vieille femme. Non, il en existe des centaines dans le monde qui se sont réappropriés cette figure. Des mouvements artistiques, sociaux ou politiques. Qui sont toujours chassés, d'ailleurs.

– Chassés ? Ce n'est pas un peu excessif ? Et les Sorcières de Salem, pourquoi on les chasse ?

– Parce qu'elles réclament un meilleur traitement judiciaire à l'égard des violences conjugales et sexuelles, répond Rosenberg en soupirant. Ce qui nous ramène à notre victime.

Le regard d'Ethel se reporte sur son collègue, intrigué.

– Les Sorcières de Salem, lui explique le vieux shérif, ont fondé une association qui vient en aide aux femmes battues. Il arrive qu'elles leur fournissent une nouvelle identité. Une sorte de programme de protection.

Ethel secoue la tête et fronce les sourcils en même temps.

– C'est légal, ça ? Non, ce n'est pas important, enchaîne-t-il avant même d'avoir eu une réponse. Tu penses que c'est pour ça qu'on ne trouve rien sur elle avant la création de son compte Instagram ? Mais Tara était un personnage public, quel intérêt de changer d'identité si c'est pour ensuite s'afficher partout sur les réseaux sociaux ?

Karl hausse les épaules en poussant un long soupir.

– Ça, je n'ai pas encore la réponse.

– Mais ça corroborerait votre théorie du grand nettoyage. Sa notoriété aurait pu mettre en danger l'association ou quelqu'un qui était lié à Tara, au point qu'on décide de la tuer. Même s'ils auraient mis un sacré bout de temps avant de prendre les choses en main…

– Sache que je ne suis pas du tout d'accord avec cette théorie, argue Christabella en se tassant sur sa chaise. Mes sorcières ne sont pas des meurtrières !

Ethel se tourne vers elle, étonné.

– « Vos » sorcières ?

– Je t'expliquerai après, intervient Rosenberg. J'aurais aimé aller les interroger avant qu'il fasse nuit.

– Vas-y en douceur, réplique-t-elle en pointant un doigt sur lui. Sinon, il pourrait t'en coûter !

Ethel fronce les sourcils. *C'est quoi, ça ? Une menace ?*

– Je vais m'en occuper, conclut le shérif en vidant sa tasse. (Il ajoute en regardant Ethel :) Si tu bois pas ton café, on y va.

Son silence déclenche une nouvelle hilarité chez Christabella :

– Trop fort pour les mauviettes dans son genre. (Elle fait craquer ses articulations.) Tu devrais, pourtant, on a tendance à avoir froid après avoir traversé mon brouillard.

On a surtout tendance à se croire chez les fous, songe le jeune homme. Mais ça aussi, il décide de le taire.

CHAPITRE 5

– Alors, vous m'expliquez ? C'est quoi vos petits secrets ? demande Ethel une fois assis dans l'habitacle sécurisant de la voiture.

Ça empeste le tabac froid et le graillon, mais après l'atmosphère qu'il vient de côtoyer, il a l'impression de respirer l'air le plus pur de la planète. Ses fesses le démangent, elles sont sûrement en train de se faire grignoter par l'un des microbes qu'il a dérangés sur la chaise. Il rêve d'une douche, d'une décontamination à l'ammoniaque, de s'arracher la peau et se promet de ne plus jamais remettre les pieds chez cette folle !

– Quels secrets ?

Rosenberg le regarde comme si tout ce qui venait de se passer était le plus normal au monde.

– Des sorcières ? De Salem ? C'est quoi, cette blague sur le radis noir ?

Le vieux se marre.

– À l'époque, lui explique son mentor, les sorcières utilisaient des hosties consacrées pour leurs cérémonies, de préférence volées dans une église. Le radis noir, par sa couleur, rappelle les hosties, mais il n'en a aucunement la fonction. C'est l'acte, le vol, qui est symbolique dans l'histoire, il incarne la rébellion contre le Christ dans sa propre maison. Foutre un légume à la place, c'est de la sorcellerie bas de gamme.

– Du foutage de gueule…

– C'est ça. Notre assassin se moque des sorcières. Ça pourrait être toi, ajoute-t-il avec un sourire en coin.

– Hilarant. Et maintenant, quel intérêt ? De nos jours, je veux dire, ça sert à quoi ces hosties, ou ce radis noir ?

– À rien. C'est un accessoire pour coller au personnage. Quand les filles défilent dans les rues avec des balais et des chaudrons, c'est de la provocation. Ça attire l'œil forcément, les gens regardent, certains frissonnent, d'autres se marrent, mais ça provoque des réactions, et c'est le but.

– Elles cherchent à attirer l'attention.

– C'est ça.

– Cette femme, Christabella, c'est une sorcière ? Je veux dire, au sens féministe ?

– En un sens, oui, répond Rosenberg en souriant affectueusement. Elle a toujours été une femme indépendante. Elle était même médecin à une certaine époque.

– Médecin ? raille Ethel.

Il a du mal à le croire. Rebouteuse, à la limite.

– Oui, médecin. Ça n'avait rien d'officiel évidemment, à l'époque, une femme ne pouvait pas travailler comme tel. Elle a essuyé un nombre incalculable de refus d'admission dans des écoles, avant d'en trouver une qui accepte une femme pour autre chose que des études d'infirmière. Mais par la suite, aucun hôpital n'a accepté de l'engager. Elle a fini par échouer ici, à Hinsdale, dans la pension d'un révérend ancien médecin, qui lui a offert le logis en échange de consultations gratuites pour ses ouailles.

Ethel est choqué. Ce qu'il vient de voir ne correspond pas du tout à la description qu'est en train de lui faire le shérif.

– Mais comment on en arrive à… ce qu'elle est devenue ? Enfin, c'est-à-dire… bafouille-t-il en cherchant ses mots pour ne pas le vexer.

– À une folle vivant en ermite en pleine forêt ?

Il hoche la tête de bas en haut.

– Ça s'est bien passé pendant quelque temps, et puis elle a eu des soucis de santé et les gens ont commencé à douter d'elle.

– Douter de quoi ? De ses capacités ?

– Ils pensaient qu'elle était une sorcière. Une vraie.

Un petit sourire s'installe sur les lèvres d'Ethel.

– Il faut que tu saches que c'était une époque différente. Les mentalités étaient différentes. Les croyances aussi. Il suffisait à une femme de vouloir être indépendante, de refuser un mariage pour être traitée de sorcière. Alors, quand elle a commencé à être malade, les esprits se sont enflammés.

– Qu'est-ce qui s'est passé ?

– Elle a soudainement eu des bouffées délirantes. Elle entendait des voix dans les murs. Elle déclarait au tout-venant qu'une petite bête velue se terrait dans les poutrelles de la mansarde où elle logeait. Que les ténèbres grouillaient derrière les cloisons et tentaient chaque nuit d'agripper son âme. Elle a aussi évoqué des bruissements inexplicables et la puanteur qui parfois entourait la maison. Elle s'est alors mis en tête d'examiner la charpente et les murs de plâtre dans tous les endroits accessibles, à la recherche de signes énigmatiques qui auraient pu expliquer ses maux de tête et sa sensibilité auditive. Sans rien trouver, évidemment.

– Elle est devenue folle ?

Rosenberg hausse les épaules.

– Aujourd'hui, avec le recul, elle pense qu'on a voulu l'empoisonner, pour la forcer à arrêter. Et force est de constater qu'elle n'est pas insensée, du moins plus maintenant.

Ethel se permet d'en douter.

– Quoi qu'il en soit, poursuit le flic comme s'il l'avait entendu, elle a été obligée d'arrêter ses activités. Elle a préféré s'exiler loin de tout, au milieu de sa forêt. Elle n'est plus à présent qu'une femme de confiance, qui écoute et qui parfois me distille dans son café infâme quelques bonnes informations glanées ici ou là.

La simple évocation du café soulève le cœur du garçon.

– Comment vous faites pour boire ça ? Rien que l'odeur m'a filé la gerbe.

– Je le fais par politesse, parce qu'il est gentiment offert par une vieille dame.

Ethel tourne la tête vers la vitre, rassuré de voir que le brouillard se lève au-dessus de la cime des arbres et qu'ils rattraperont bientôt une vraie route. Même si le terme « route » ne sied pas trop aux chemins d'Hinsdale.

– Elle ne me fait pas l'impression d'être une gentille mamie, marmonne-t-il.

– Elle ne l'est pas.

Rosenberg laisse sa phrase en suspens, un vague sourire flottant sur ses lèvres pincées, et s'engage enfin sur la 143, au grand soulagement des amortisseurs.

– Et donc, les filles de Salem dont vous parliez ? Qui elles sont ? De vieilles et gentilles mamies, elles aussi ?

Cette fois, le shérif éclate de rire. Ses joues prennent une teinte rougeaude.

– Ah non, elles, elles n'ont rien à voir avec de gentilles mamies, tu verras.

– Et Christabella dans tout ça ? Elle semble très attachée à elles.

– Je t'ai dit tout à l'heure que les Sorcières de Salem géraient une association de femmes battues.

Ethel approuve d'un mouvement de menton.

– J'ai omis de te préciser que c'est Christabella qui l'a créée.

– Vraiment ?

L'air abasourdi d'Ethel le fait s'esclaffer.

– Oui, elle ! Elle était très impliquée dans la lutte pour les droits de la femme. Elle a fondé le plus grand mouvement féministe du Massachusetts, voire de toute la côte est des États-Unis. Pas mal pour une vieille folle, non ?

– Ouais, reconnaît Ethel, vraiment pas mal.

Il se demande encore plus comment elle a pu tomber si bas. La pression de ceux qui ne voulaient pas d'une femme médecin ? Une maladie mentale ?

– Maintenant elle surveille de loin qu'on n'enquiquine pas ses petites protégées. C'est pour ça que je passe d'abord par elle avant d'aller les interroger. Par politesse. Et elle a parfois de bonnes informations.

– Si vous le dites. Qu'est-ce qu'on fait alors ? soupire Ethel en se grattant la cuisse nerveusement.

Il a la sensation que la contamination commence à s'étendre.

– On retourne au poste et on fait ce qu'on sait faire de mieux à Hinsdale : attendre.

– Attendre quoi ? Le déluge ?

– Le matin, gros malin.

– Vous ne vouliez pas aller interroger les Sorcières de Salem ?

– Il est trop tard pour Lanesborough, finalement, on n'aura pas le temps de faire l'aller-retour avant que la nuit tombe. Et la route est mauvaise quand il fait nuit.

Ethel regarde autour de lui, il est seize heures, mais il a l'impression que le soir s'abat déjà sur la ville. Cette foutue forêt avec ses arbres vertigineux les emprisonne sous une sorte de dôme. Il acquiesce d'un mouvement de tête faiblard. *Que peut-elle bien cacher comme secret pour que même Rosenberg, qui est né ici, s'en méfie ?* Finalement, il se passe peut-être certaines choses à Hinsdale.

Le temps qu'ils rejoignent la ville, les ombres se sont étendues sur le poste de police, qui ressemble désormais à une phénoménale poche sanguine qu'un géant aurait abandonnée au milieu de la rue. Des nuages noirs se sont regroupés au sommet des bâtiments et des gouttes de pluie s'écrasent sur le pare-brise.

– Chiotte, grogne Rosenberg en coupant le contact.

Il tire un sourire en coin au jeune shérif qui n'imaginait pas son chef sensible à l'averse, mais il ne tarde pas à comprendre ce qui ennuie réellement le flic.

Alors qu'ils pénètrent dans le hall d'accueil carrelé du poste, un petit bout de femme se tourne vers eux, un sourire radieux illuminant son visage. Un joli sourire, oui, mais dans lequel Ethel décèle une certaine malice. Elle dépose un baiser léger sur les lèvres bougonnes du vieux et se tourne vers Ethel en lui tendant la main.

– Ethel Green ! Nous n'avons pas encore eu l'occasion d'être présentés. Je suis Rosalie, la femme de Karl.

Si Karl Rosenberg est l'expression même du mécontentement, Rosalie Rosenberg en est l'exact opposé. Elle serre la main du garçon avec une chaleur qu'il n'aurait pas cru possible dans cet endroit.

– À croire que Karl a oublié toutes les règles de bienséance que sa chère maman lui a apprises, raille Rosalie. Deux mois que tu es ici et il faut que je me déplace moi-même pour t'inviter à dîner.

Elle jette un coup d'œil circulaire sur l'ensemble du personnel policier. Tous gardent étrangement les yeux fixés sur leurs godasses identiques.

– Je suppose qu'aucun de vous n'a songé à inviter ce pauvre garçon une seule fois ?

Personne ne moufte. Le sourire d'Ethel s'agrandit, un poil moqueur. C'est amusant de voir ces trois gaillards plaqués à terre par un être qui doit à peine dépasser le mètre soixante.

– Nous avons un peu été occupés par ma formation, répond Ethel, décidant de soutenir l'équipe.

Rosalie a une moue gouailleuse. Elle n'en croit pas un mot, mais passe outre. Sa position de femme de flic dans un petit bled paumé lui a certainement appris pas mal de choses sur l'entraide masculine, même si elle n'est qu'apparente.

– Que fais-tu ce soir ?

Les sourcils d'Ethel s'arquent sur son front et son regard va de son chef à Rosalie. Le pauvre vieux shérif ne semble plus savoir où se mettre. Ethel est partagé entre le soulager en refusant poliment l'invitation et s'octroyer une soirée loin de sa logeuse un peu particulière qui passe son temps à flirter outrageusement avec lui alors qu'elle a l'âge d'être sa mère.

– Voudrais-tu venir dîner à la maison ? insiste Rosalie.

Les joues de Rosenberg sont cramoisies et il fixe Ethel avec un regard suppliant. Ce qui achève de le convaincre.

– Avec plaisir, Rosalie, c'est très gentil à vous.

Il accompagne sa réponse d'un grand sourire à l'intention du shérif. Il lui fera sûrement regretter son choix plus tard, mais pour l'heure, cette situation l'amuse beaucoup.

– Je dois ramener quelque chose ?

L'image d'un poulet sacrificiel s'impose à son esprit. Il serre les mâchoires pour ne pas rire, Rosalie Rosenberg semble être une femme saine d'esprit. Il gardera l'idée du poulet pour sa prochaine visite à la folle du bois brumeux.

– Rien du tout ! Sois à la maison pour vingt heures.

– J'irai le chercher, maugréé Rosenberg. Il n'a pas de voiture.

Elle se tourne vers son mari, visiblement réjouie, et frappe dans ses mains.

– L'affaire est entendue, donc ! Ethel, je suis ravie, à tout à l'heure !

Il la salue d'un geste de la main et la regarde sortir du poste en emportant son dynamisme et sa bonne humeur. Puis il contourne son chef, qui n'a pas bougé d'un pouce, pour s'asseoir à son bureau.

CHAPITRE 6

Charlie Weld referme le livre de comptes l'esprit plus léger que lorsqu'il l'a ouvert, un brin irrité tout de même, et s'affale dans son fauteuil à haut dossier derrière son bureau. Il prend sa balle de baseball, souvenir offert par un joueur pour son aide dans l'organisation d'un tournoi il y a quelques années, et commence à la lancer d'une main à l'autre. Geste machinal plutôt agréable à faire quand on est agacé.

De l'autre côté de la table, dans un fauteuil moins imposant et bien moins agréable, Emelyne Mailand range ses affaires dans un petit attaché-case en cuir. Avec une lenteur insupportable. Chaque fois qu'elle se baisse pour ranger un dossier, Charlie a l'impression que ses seins vont se faire la malle hors de son tee-shirt. Ça pourrait être une vision agréable, sauf qu'elle en profiterait pour lui foutre un procès au cul juste pour avoir osé mater ce qu'elle expose aussi outrageusement à ses yeux innocents. Toutes les mêmes, ces féministes à la noix ! Ça se trimballe à moitié à poil la plupart du temps et ça vient crier au scandale après.

Il balance la balle deux trois fois encore et la repose sur son support en granit. Si elle ne lui était pas aussi utile, il se serait débarrassé de cette nana depuis longtemps. Le souci, c'est qu'Emelyne et lui collaborent depuis un moment pour que les comptes de la ville soient impeccables. Officiellement, du moins. Il a frôlé la catastrophe il y a deux ans, quand l'État a commandité un audit surprise. Son père avait heureusement eu vent de l'affaire quelques jours plus tôt, et il lui avait même trouvé la perle rare pour corriger tout ça. Cette fille est une peau de vache, mais c'est une spécialiste des chiffres et des manipulations informatiques. Depuis, la fine équipe se voit régulièrement, et il supporte ses remarques féministes à la con et ses regards outragés chaque fois qu'elle surprend son regard sur son postérieur.

– Tout est nickel, Weld, dit-elle en récupérant son attaché-case pour le poser sur ses genoux, à la manière d'une petite vieille qui met son sac à main en sécurité. Jusqu'à la prochaine fois.

Il a un petit soupir. Elle ne peut pas s'empêcher de lui faire des réflexions désobligeantes.

– Merci infiniment ! lance-t-il avec son sourire le plus hypocrite. Vous recevrez votre virement en fin de semaine.

Elle hoche la tête, l'air satisfait, puis soudainement, ses doigts se resserrent sur la poignée de sa mallette et elle penche son visage.

– Est-ce que vous avez des informations au sujet du meurtre ?

Il plisse les yeux et se retient de soupirer de nouveau. Il aurait dû parier qu'elle le ferait suer avec ça.

– Hélas non, souffle-t-il, et ce n'est pas avec l'équipe de bras cassés qu'on a qu'on va avoir des réponses tout de suite.

Il la sent se crisper, la mâchoire serrée. Ce n'est pas elle qui va le contredire quand on sait les relations conflictuelles qu'elle entretient avec les flics, Rosenberg principalement.

– Ce nouveau shérif ? argue-t-elle.

Il balaye la réflexion d'un geste de la main.

– Il est aussi minable que les autres. J'ai regardé son dossier, il n'y a rien de prometteur là-dedans. Sanders nous l'a envoyé parce qu'il ne savait pas quoi en faire, et vous savez aussi bien que moi ce que pense Boston de notre petite ville ! On est coupés du monde.

Il a un petit sourire dépité, mais en vérité ce qu'il a vu dans le dossier de Green l'a un peu inquiété. C'est d'ailleurs pour cette raison qu'il a demandé à Emelyne de venir faire le ménage dans les comptes. Parce que si Sanders l'a envoyé ici, c'est que le petit gars de la ville est un fouille-merde. Et de là à penser qu'il est là pour le surveiller et le faire tomber… il n'y a qu'un pas. Que Weld ne va certainement pas lui permettre de faire.

***

Ethel s'était attendu à ce que ça lui fasse du bien, mais pas à ce point-là. L'eau bouillante lui donne carrément l'impression de revivre. Contrairement à ce qu'il a imaginé, ses fesses, ainsi que le reste de son corps, vont bien. Même pas un petit bouton rouge. Il se savonne malgré tout énergiquement et reste de longues minutes sous le filet d'eau chaude, jusqu'à ce que la pièce sature en vapeur et que sa logeuse vienne frapper à la porte pour savoir s'il va bien.

Il s'enroule une serviette autour des reins et ouvre la porte avant qu'elle ne la défonce. Elle en serait bien capable.

C'est une belle femme, cette Marysa Clarks, Ethel doit bien se l'avouer, avec de grands yeux marron qui s'accordent parfaitement à l'auburn de ses longs cheveux qui lui descendent jusqu'au bas du dos. Toute menue, toute petite, un visage presque enfantin aux joues en permanence rosées, qui donne envie de la prendre dans ses bras quand elle vous implore du regard de ne pas la laisser seule. Et Ethel a bien failli se faire avoir. S'il n'y avait eu ce rentre-dedans fracassant, insistant et clairement assumé. S'il avait été de ceux qui se laissent aller à des désirs sans lendemain, sans attaches. Il resserre les pans de sa serviette autour de sa taille.

– Je vais bien, Marysa, juste un irrépressible besoin de me décrasser, cette journée a été atroce.

Les yeux de la quinqua s'attardent goulûment sur son torse nu et mouillé, jusqu'à ce qu'il croise ses bras dessus en rougissant. Elle s'arrête alors sur ses grands yeux verts et sur les minuscules gouttelettes d'eau qui s'accrochent à ses longs cils. Au point qu'il se demande si elle ne va pas lui arracher sa serviette. Quel dommage qu'il n'ait pas une salle de bain privée !

– Je peux vous aider, Marysa ?

Elle cligne des yeux bêtement, prise en flagrant délit de reluquage :

– Je voulais juste vous amener une citronnade et savoir si vous vouliez quelque chose de spécial, ce soir. Pour manger, s'empresse-t-elle d'ajouter, cramoisie.

Jouer sur la double signification des mots, une technique de drague hautement éprouvée. Il risque un sourire aimable, espérant de toutes ses forces qu'il ne soit pas mal interprété :

– Je mange chez le chef ce soir… désolé.

Autant lui ne l'est pas vraiment, autant, elle, a l'air de l'être. Sa bouche s'affaisse et son petit menton se met même à trembloter un peu, le décidant à fuir.

– Je… dois me préparer, je ne voudrais pas arriver en retard, s'excuse-t-il en prenant mille précautions pour ne pas la frôler en passant à côté d'elle.

Il serait risqué de rajouter du bois sur ces braises brûlantes. Il chope le verre de citronnade pour ne pas la vexer, maigre compensation pour oser l'abandonner ce soir, et court presque se réfugier dans sa chambre.

– Oui, Rosalie ne serait pas contente, bredouille-t-elle en suivant du regard son postérieur jusqu'à ce qu'il referme la porte.

Il tourne la clef par sécurité en étouffant son rire nerveux de la main. Il va vite falloir qu'il trouve un autre logement, au risque de finir à poil, menotté à la tête de lit. Le rentre-dedans n'a jamais été son truc, encore moins par quelqu'un qu'il connaît à peine. *Les gens de ce bled ne sont vraiment pas nets.*

Il vide le verre et le pose sur la commode, se demandant si elle serait capable de foutre du GHB dedans. Il réfléchit deux secondes et secoue la tête. *Quand même pas.* Il tire un caleçon et un jean de la commode et s'assied sur le lit pour se préparer, mais le ding d'une nouvelle notification sur son téléphone attire son attention.

Il soupire, à la fois excité et dépité. Lequel de ses potes de Boston va le faire rêver aujourd'hui ? Foutus réseaux sociaux dont il ne peut se passer, bien qu'ils mettent en exergue un peu plus chaque jour le désert de sa nouvelle vie sociale.

Il clique plus par réflexe que par curiosité. Les mauvaises habitudes ont la vie dure. Demande de nouveau contact. Il appuie sur l'icône pour découvrir son nouvel ami et fronce les sourcils, surpris. La demande émane de Tara Stevens.

CHAPITRE 7

Ethel fixe son téléphone, qui affiche le compte Instagram de Tara. Quelqu'un a modifié sa photo de profil, la remplaçant, comme cela se fait souvent en cas de décès, par un bandeau noir. Il fixe un long moment la nouvelle image et s'aperçoit qu'il a arrêté de respirer. Il inspire profondément, troublé. Qui peut avoir l'idée assez glauque de contacter le flic qui enquête sur la mort de son proche ? Quelqu'un de la famille ? Ce serait plutôt étonnant. En tout cas, quelqu'un qui a les codes de son compte.

Curieux, Ethel clique, comme il l'a fait plus tôt au poste pour trouver des informations sur Tara, sur l'onglet *abonnés*, bien trop rempli, de la jeune femme. Il va être fastidieux de démêler les vrais des faux amis. Ceux qu'elle côtoyait *in real life*, quotidiennement, et les autres, simples *followers* de ses jolis posts où elle se mettait si bien en scène. Sa galerie de photos est envahie de messages de condoléances, de pensées. C'est fou comme les nouvelles vont vite. Qui a bien pu informer le monde de sa mort ?

Il survole les messages, dans l'espoir d'en repérer un plus personnel qu'un autre qui pourrait le mettre sur la piste d'une éventuelle famille. Il y en a des milliers. Répétitifs, enflammés, impersonnels.

Il finit par tomber sur l'une de ses pubs et s'attarde dessus, un peu gêné. Il a toujours trouvé que ça avait un petit côté pervers, de fouiner comme ça dans la vie des gens qu'on ne connaît pas, à l'abri d'une connexion Internet anonyme. Pervers et tellement facile. On peut tout savoir des gens si on regarde ce qu'ils postent avec autant d'impudeur. Une vraie mine d'informations pour les détraqués. Et puis, il y a ceux qui se libèrent. Qui osent sous couvert d'un écran. Parce qu'on peut être n'importe qui à travers ce qu'on expose. S'inventer une vie, une personnalité.

– Alors, qui es-tu, Tara ?

Elle est photographiée, allongée sur le ventre dans une pose lascive, en sous-vêtements semble-t-il, mais sans vulgarité. Magnifique, simplement. Elle a ce regard azur pénétrant qui fixe l'objectif comme si elle savait qui se trouve derrière. Des lèvres maquillées de rouge, un sourire à la limite de l'éclat, de sublimes boucles d'un roux chatoyant qui encadrent son fin visage. Une peau parfaite. Il sait les retouches, il sait les filtres mais cette photo incarne vraiment la perfection. *Elle* est la perfection. Est-ce à cause de ça qu'on l'a tuée ? Une vulgaire jalousie ? Les gens sont tellement fous. Encore plus dans ce milieu du paraître.

Il est saisi par sa singulière beauté, incapable de détourner les yeux de ce charme indescriptible qui se dégage d'elle. Si vivant, alors qu'elle est morte. Alors que son cadavre pourrit dans le frigo d'un pseudo-institut de médecine légale installé au sous-sol du poste de police. Son cœur rate un battement. Il a de nouveau l'impression qu'elle le regarde, lui. L'impression que ses lèvres vont remuer, lui faire une confidence. Qu'un léger frémissement agite ses boucles.

– Parle-moi, Tara, murmure-t-il. Dis-moi qui t'a fait ça…

Il scrute les reflets qui ondulent dans son regard, son sourire. Quel monstre a bien pu lui infliger une telle souffrance ? Pourquoi ? Pourquoi une telle mise en scène au lieu de se contenter du meurtre ?

– Es-tu une sorcière, Tara ?

Il reste de longues secondes à la contempler avec l'impression qu'elle a les mots au bord des lèvres, qu'il suffit qu'il tende l'oreille. Que la réponse est là, dans cette photo. Mais rien ne se passe. Au bout d'un moment, il se sent con à parler à l'image d'une fille morte.

Il ferme l'application, éteint le téléphone et le pose sur le lit, à ses côtés, peinant à se remettre de cette stupide émotion. Il est encore à moitié à poil, avec une logeuse lorgnant potentiellement par le trou de la serrure et un vieux grincheux qui viendra bientôt le chercher pour un repas de famille. Il expulse l'air qui stagne dans ses poumons et enfile caleçon, jean et tee-shirt à la hâte. Il fourre le téléphone dans sa poche, sans jeter un coup d'œil à l'écran, attrape sa veste et sort. Il a besoin d'air.

L'humidité le saisit, salutaire. Il avance dans l'allée sans vraiment s'en rendre compte. Il ressent le besoin de marcher, d'avancer pour faire quelque chose de réel. De reprendre pied. Cette ville est d'un immobilisme affligeant. Les rues lui manquent, la foule lui manque, le son aussi. À Boston, le bruit est perpétuel, il y a toujours des voitures, des chiens, des passants. Ici, il n'y a que le vent pour faire un peu de bruit et cette vibration qui émane de la forêt. La seule nuit où il a vraiment bien dormi était une nuit d'orage. La pluie était tellement forte qu'on aurait dit de la grêle et le vent semblait gémir pour s'engouffrer dans les maisons. Il a dormi comme un bébé.

– Allez Ethel, ressaisis-toi !

Il a la tête engourdie, prise dans un torrent émotionnel aussi inattendu que ridicule. La fatigue sûrement. C'est peut-être aussi la folie de ces gens qui commence à le contaminer. Ou bien la sorcière du brouillard qui l'a maudit. Il secoue la tête en souriant.

– T'es coincé ici pour un moment mon gars. Il va falloir t'habituer !

Formuler cette pensée à voix haute le remet d'aplomb. Il a voulu ce poste, ce n'est pas le moment de flancher. Par défi, il passe le portail en bois peint en rose par sa drôle de logeuse et s'engage sur un sentier forestier. Ça sent la terre, l'humus, le champignon, l'air est saturé d'odeurs, cette ville entière dégage un arôme particulier, saisissant, palpitant. Il l'a perçu dès sa descente d'avion, qu'ici rien n'est ordinaire. C'est un petit comté, une petite bourgade dont la couverture nuageuse est quasi constante, ça rend l'endroit lugubre, déprimant. Les gens triment pour pas grand-chose et n'ont guère d'autres occupations que les rares matchs de foot ou de baseball qu'on arrive à capter quand il ne pleut pas trop. Il songe avec effarement aux plages de Boston, aux cafés, aux restaurants, à ses potes qu'il a laissés derrière lui pour venir s'enterrer ici. *Ne recommence pas, bordel !*

Il inspire et se concentre sur ce qui l'a perturbé et conduit ici : l'invitation fantôme de Tara Stevens. Qui peut bien chercher à le contacter ? Une invitation automatique ? Parce qu'il a fouiné sur sa page en début d'après-midi à la recherche de son identité ? Il se mordille la lèvre inférieure. Il a beau utiliser les réseaux sociaux, leurs algorithmes restent un mystère pour lui. Il se rappelle tout à coup qu'il doit appeler Sanders, voir s'il peut lui envoyer un informaticien pour répondre à ses questions. Tout à l'heure, il l'appellera tout à l'heure. Quand son cœur cessera de battre de façon anarchique dans sa poitrine.

Il continue d'avancer, l'entrelacs de végétation laissé à l'abandon donne une impression d'étouffement, de fin du monde. Comment peut-on apprécier vivre ici ? Pas étonnant que les gens soient mal aimables. Il commence à se demander s'il va vraiment y arriver. Il a peut-être surestimé ses forces, aveuglé par son ambition. C'est d'ailleurs à quelques mots près ce que lui reprochait Sanders.

Il agrippe le tronc d'un chêne, pour atténuer une espèce de vertige. Visiblement, le bon air de la campagne ne lui convient pas. Il sursaute bêtement lorsque son téléphone vibre dans sa poche, mais ce n'est rien, juste une pub.

La photo a disparu, il est revenu sur l'écran d'accueil. Il clique dans ses notifications, la demande d'ami de Tara est toujours là. Le narguant. Il inspire profondément. Qui a pu lui envoyer cette invitation ? Rester logique. Réfléchir en flic. Il se mordille la lèvre inférieure, fouille dans sa poche, trouve un bonbon qu'il enfourne et mâchouille fébrilement. *Réfléchis, réfléchis !* La famille ne chercherait pas à le joindre par le biais d'un réseau social. Et un cadavre putréfié cloîtré dans un frigo non plus. Il se souvient du regard de Tara sur la table d'autopsie, l'imagine se redresser et ouvrir la bouche pour s'apprêter à lui parler.

– Espèce de crétin, murmure-t-il.

Il doit être plus fatigué encore qu'il ne le pensait. Alors qui ? Qui voudrait le contacter ? Et soudain, l'évidence le frappe. Et si c'était le tueur ? Qui d'autre ? Oui, ça, c'est possible. C'est du moins une piste envisageable qui ouvre sur une multitude de questions. Dont « pourquoi » en est la principale. Pourquoi lui ? Pourquoi vouloir communiquer ?

Ça le remet d'aplomb d'un seul coup. Il rebrousse chemin en trottinant, juste au moment où Rosenberg entame son virage pour s'engager dans l'allée de Marysa Clarks. Le vieux flic s'arrête à sa hauteur, étonné de voir son jeune collègue crapahuter dans les bois. Ethel grimpe dans la voiture sans un mot, en passant une main dans ses cheveux humides.

– Ça va ? lui demande le shérif. On dirait que tu as vu un fantôme.

Presque, songe Ethel, mais il marmonne un vague « oui » en s'enfonçant dans le siège. Inutile de s'appesantir sur sa sénilité précoce.

CHAPITRE 8

– Ethel ! Sois le bienvenu !

Toute petite et rondouillarde, les joues rosies par la bonne humeur, Rosalie Rosenberg se hisse sur la pointe de ses pieds pour lui claquer la bise en le prenant dans ses bras. On est à mille lieues de sa première rencontre avec Karl, qui avait grommelé un salut à peine audible sans même lui serrer la main. Elle, elle sent la bouffe, la bonne bouffe, celle qui mijote pendant des heures et vous colle la nostalgie des petits plats de votre mère. Et ça fait déjà belle lurette que les plats de la sienne lui manquent.

Il se laisse entraîner, sans avoir vraiment le choix, dans un tout petit salon où trône un gros canapé confortable. Il s'y enfonce avec délectation tandis que son chef les quitte un instant. Rosalie dépose sur la table basse un plateau de biscuits apéritifs et deux bouteilles de bière Sam Adams.

– Karl finit de se préparer. Sers-toi, je vais remuer mon plat, ce serait dommage que le premier repas que je cuisine pour toi finisse brûlé.

Elle a dit cela comme si elle avait prévu de lui en faire d'autres. Il apprécie. Il obéit et se sert un verre en scannant la pièce du regard. C'est un salon minuscule, d'une quinzaine de mètres carrés tout au plus, aux meubles robustes et campagnards qui rendent la pièce encore plus petite. Quelques sujets en faïence, des napperons qui protègent on ne sait quoi. Il avise une photo de mariage sur un buffet en bois, à côté d'une vieille pendule en bronze. Elle lui tire un sourire. Sa grand-mère en avait une quasi identique. Dans la cuisine, Rosalie chantonne. C'est agréable. Il se sent bien, surtout après son épisode psychotique. Et même les pas lourds de Rosenberg descendant l'escalier ne brisent pas ce sentiment de béatitude.

– J'ai bien cru qu'il allait passer la soirée dans la salle de bain, blague Rosalie en revenant de la cuisine au moment où le shérif surgit dans le salon. Il s'est fait beau pour toi.

Ethel se marre tandis que Rosenberg, fidèle à lui-même, hausse les épaules en bougonnant. Le garçon croit tout de même déceler une ébauche de sourire sur ses lèvres. Le vieux shérif prend place dans un fauteuil à oreilles au moins aussi âgé que lui en face de son remplaçant, puis sort d'un tiroir de la table basse une bouteille crasseuse. Un truc frelaté qui n'inspire pas du tout confiance à Ethel.

– J'avais besoin de me décrasser, se justifie-t-il en lui proposant un verre.

Ethel n'est donc pas le seul à ressentir les effets de la cabane de Christabella. Il refuse le verre en désignant le sien déjà rempli.

– Je préfère les alcools de filles, répond-il avec un clin d'œil.

Hors de question qu'il goûte à cette chose dont la couleur rappelle celle du miel mais qui n'en a pourtant absolument pas l'odeur.

– Depuis quand les alcools ont un genre ? réplique Rosalie en s'asseyant à ses côtés.

Rosenberg glousse, le nez dans son verre, et lui fait comprendre d'un regard qu'il s'aventure sur une pente glissante. Le sourire de Rosalie n'a pas quitté son visage.

– Comment tu te sens, ici ?

– C'est très différent de ce que j'ai connu, mais les gens sont adorables, répond-il avec son plus beau sourire.

Simple formule de politesse envers une hôtesse aussi charmante. Car s'il y a bien un mot qui ne sied pas aux habitants de cette ville, c'est celui-là. Son chef tire la tronche, surpris, et manque de s'étouffer avec sa gorgée. Puis il se met à rire.

– Il habite chez Marysa, je te rappelle ! réussit-il à dire entre deux hoquets.

Ethel perçoit la moquerie dans la grimace de Rosalie, mais elle se retient de rire poliment. Elle pose juste sa main sur la sienne.

– Au moins elle s'occupera bien de toi.

Cette fois, Rosenberg éclate de rire, bientôt suivi par sa femme et par Ethel.

– Évite juste de déambuler en caleçon dans le couloir, ricane-t-il tout de même.

Ce qui lui vaut une tape sur le genou de la part de sa femme.

– Arrête un peu tes bêtises, elle ne va pas lui sauter dessus non plus !

Il hausse les sourcils, visiblement peu convaincu.

– C'est une femme seule, renchérit Rosalie, depuis très longtemps. Elle recherche le contact humain et c'est vrai qu'elle est parfois charmeuse, mais elle est pleine de qualités, avec le cœur sur la main.

Ethel approuve d'un hochement de tête.

– C'est vrai que je ne suis pas à plaindre, je ne fais jamais à manger, jamais de courses.

– C'est bien ce que je dis ! Il ne faut pas se fier aux apparences. En tout cas, je suis très heureuse, balance Rosalie sans ôter sa main de la sienne. Grâce à toi, mon Karl va pouvoir prendre un peu de repos. Mais si je n'avais qu'un conseil à te donner, ce serait de faire attention à toi et à ton entourage, surtout. On se laisse vite déborder à ce poste !

Elle fait les gros yeux à son mari qui esquive la remarque d'un haussement d'épaules.

– Je vous le promets, répond Ethel en baissant la tête, se retenant de lui dire que de ce côté-là, il ne manquera à personne.

– Alors, poursuit Rosalie, raconte-moi tout ! Qu'est-ce qui t'a décidé à quitter ta région pour venir ici ?

Il a un petit sourire et une brève hésitation. Sanders est resté discret quant aux raisons de son affectation, mais dans ce boulot, quand on cherche quelque chose, en général on le trouve. Et Ethel est prêt à mettre sa main à couper que le shérif a cherché. C'est sa ville, ses concitoyens, ses amis, il n'a pas dû vouloir laisser tout ça aux mains d'un gars sur lequel il ne s'était pas un minimum rencardé. Par ailleurs, il n'a pas envie de baratiner Rosalie. C'est une femme qui inspire la bonté et la confiance.

– Pour être honnête avec vous, je n'ai pas vraiment eu le choix.

Elle a un air surpris. Pas Rosenberg, qui garde les yeux baissés sur son verre.

– On m'a confié une enquête sur le meurtre d'un directeur d'assurances. Son meurtrier était une femme, d'une cinquantaine d'années, une mère de famille d'une enfant handicapée. Un gros handicap, du genre qui fout votre vie en l'air et vous met sur la paille. Pourtant elle avait contracté une assurance. Mais vous connaissez le système de notre pays…

Rosalie et son mari approuvent de concert. Ils sont à un âge où ils découvrent la valeur financière des maux. Ethel boit une gorgée de bière et poursuit.

– L'assurance l'a lâchée au moment où elle en avait le plus besoin, alors elle a pété un plomb et elle a tué son conseiller dans un moment de folie.

Il repose sa bière et s'essuie les mains sur son jean. Elles sont moites. Il se rend compte qu'il n'a pas envie de déplaire à cette femme qui le fixe d'un air si compatissant. Rosenberg a levé les yeux de son verre et le fixe, intrigué, comme s'il n'avait pas connaissance de ce qui s'était passé ensuite. *Vraiment ?*

– Je l'ai arrêtée et elle a été condamnée.

Ses doigts se crispent sur son pantalon et ses joues rosissent légèrement.

– Mais je n'ai pas voulu m'arrêter là, parce que c'était dégueulasse. Parce que la gosse allait avoir besoin de soins qui allaient coûter une fortune, prison ou pas, et que quand sa mère sortirait de taule, elle serait encore plus endettée qu'en y entrant…

Rosalie pose une main sur sa cuisse, il sursaute mais ça ne l'étonne pas d'elle. Il vient à peine de la rencontrer, mais il sait qu'elle fait partie de ces personnes qui soutiennent sans retenue, qui sont là, quoi qu'il arrive. Ce qui le surprend, c'est l'air compatissant de son chef. Il souffle un bon coup avant de poursuivre.

– Bref, j'ai mené une enquête non officielle sur la société d'assurances et j'ai mis au jour toutes leurs magouilles et pots-de-vin qui avaient conduit à la perte de contrôle de cette femme. Ça a foutu un bordel monstre parce qu'elle n'était pas la seule à s'être fait arnaquer et ils ont dû rembourser des millions de cotisations. Mais comme les choses n'avaient pas été faites dans les règles et que de nombreux actionnaires avaient perdu beaucoup, beaucoup d'argent, on m'a laissé deux choix : soit je démissionnais, soit j'acceptais ce poste qui ne trouvait pas de repreneur.

Ethel se tourne vers le shérif. On l'a forcé à choisir, mais il ne regrette absolument pas, il veut le lui faire comprendre.

– Ce n'est pas pour autant que je considère cet endroit comme une voie de garage. On ne se comprend pas toujours, tous les deux, mais je n'ai pas l'intention de laisser s'étioler tout ce que vous avez construit ici.

Rosenberg hoche la tête et tapote son avant-bras.

– Je le sais mon gars, finit-il par lâcher.

– Eh bien moi, je dis que tu as eu bien raison ! vocifère Rosalie en se frappant les cuisses avec les poings. S'il y avait plus de gens comme mon Karl et toi, il y aurait bien moins de magouilleurs dans ce monde !

Elle se lève brusquement.

– Allez, venez donc à table avant que mon plat accroche le fond de la casserole !

Ethel attrape sa bière et se lève à son tour. C'est l'occasion d'alléger un peu l'atmosphère et de lui permettre de cacher l'émotion qui doit se lire sur son visage.

– Ça sent drôlement bon dans votre cuisine, Madame, qu'est-ce que vous nous avez mitonné ?

Elle lui sourit.

– Madame ? Pas besoin d'être aussi obséquieux mon garçon, je ne suis pas assez vieille pour ça.

Et elle disparaît en coup de vent dans la cuisine. Ethel s'apprête à la suivre, mais le shérif le retient en posant sa paluche sur son épaule.

– T'es courageux, gamin, lance-t-il en se marrant. Un peu idiot, mais courageux.

Il enlève sa main et le moment passe. Mais Ethel a le sentiment que ce tout petit instant a tout changé entre eux.

Au bout d'une heure, il apparaît aussi clair que de l'eau de roche à Ethel qu'on ne peut pas dire non à Rosalie. C'est impossible. C'est pour cette raison qu'il est ici ce soir à partager le repas de son chef. Karl n'a jamais eu son mot à dire – oui, *Karl*. Entre les confidences et l'alcool, ils ont passé un cap tous les deux, il ne sait plus exactement à quel moment. C'est pour cette raison qu'Ethel reprend une autre bière et deux fois de son plat de haricots baignant dans un jus de mélasse, accompagné de tranches de pain brun et de viande séchée. C'est la troisième fois qu'il en mange cette semaine, pourtant – Marysa semble vouer une admiration aux flageolets, et ses intestins commencent à lui reprocher –, mais on ne peut rien refuser à la bienveillante Rosalie Rosenberg. Pour rien au monde il ne veut déplaire à cette femme qui lui offre son premier moment de réconfort depuis qu'il est ici.

Sa bonne humeur est communicative, même Karl se laisse contaminer. Il passe tout le repas à lui conter joyeusement des anecdotes délirantes sur ses deux adjoints, et reconnaît même qu'il est bienvenu d'avoir un peu de sang neuf dans son équipe. Si bien que lorsque Rosalie les laisse entre hommes pour « discutailler de choses qu'elle n'a pas envie d'entendre », Ethel se sent aussi bien que s'il était vraiment en famille. Un peu éméché, aussi, il ne supporte pas bien l'alcool. Il se décide à confier à son chef ce qui s'est passé dans la chambre.

– Tara Stevens m'a envoyé une demande d'ami sur Instagram, balance-t-il de but en blanc à Karl qui se roule une cigarette sur la table basse du salon en prenant bien soin de ne pas foutre du tabac partout.

– C'est quoi, une demande d'ami ?

Ethel n'est pas surpris que ce soit la seule chose qui interpelle Karl.

– C'est quand quelqu'un veut faire partie de ton cercle de connaissances sur Internet. Il te demande en ami.

– Tu crois que c'est vraiment elle ? demande le chef en s'humectant les doigts.

Ethel lève les yeux au ciel. Il se garde bien de lui dire qu'il y a songé aussi. Un instant court et stupide, sorti de la folie ambiante de ce sombre pays.

– Bien sûr que non, répond-il en tripatouillant le pied de son verre. Je me demande si ce ne serait pas le tueur.

– Pourquoi le tueur te contacterait-il ? lui demande Karl en se frottant les yeux.

Il a probablement depuis longtemps dépassé son heure de coucher habituelle et son corps commence sérieusement à le rappeler à l'ordre. Ethel a un blanc. Son esprit n'a pas vraiment songé à la question, plus empressé d'élaborer une hypothèse concrète au fait qu'une morte le contacte.

– Pour jouer. Attirer mon attention.

– Jouer avec toi ?

Ethel hausse les épaules, à court d'arguments.

– Étrange, non ? argue Karl en faisant la moue. Pourquoi il jouerait avec toi ?

– Pas plus étrange que son meurtre… Je ne sais pas, il sait que j'enquête sur lui, et que j'ai plus facilement accès aux réseaux sociaux que toi ? J'ai envie de lui envoyer un message…

Il ne peut s'empêcher de tripoter son téléphone depuis qu'il a lancé la conversation.

– Très mauvaise idée ! Si c'est le tueur, tu ne dois pas rentrer dans son jeu.

– Et si ce n'est pas lui ? Si c'est quelqu'un qui veut nous aider mais en restant discret ?

Ça, c'est une possibilité à laquelle il n'a pas pensé tout à l'heure, mais qui lui semble aussi probable que l'autre.

– C'est une très mauvaise idée ! À jouer avec le feu, on finit par s'y brûler.

Ethel soupire. Un long soupir de frustration, mais il finit par acquiescer d'un petit mouvement de tête. Karl a raison, ce n'est sûrement pas une bonne idée. Et il n'est même pas sûr que ce ne soit pas une invitation automatique. Il se rappelle qu'il n'a pas contacté Sanders. Il le fera demain à la première heure. Il a absolument besoin d'un foutu informaticien pour craquer les comptes de Tara.

Un bâillement arrache la mâchoire de Karl. Ethel jette un œil à l'horloge sur la commode et s'aperçoit qu'il est déjà une heure du matin. Il n'a pas vu la soirée passer. Il se lève d'un bond.

– Je vais y aller, je n'avais pas vu l'heure, je suis désolé. Marysa n'aime pas que je rentre tard, ça la réveille.

– Tu ne vas aller nulle part, gamin ! Je t'apporte une couverture, tu vas dormir ici.

Le shérif tend un doigt au bout jauni par la clope vers le canapé.

– Il est très confortable, foi de Karl. J'y ai dormi plusieurs nuits quand je rentrais tard, pour justement éviter de réveiller madame.

Ethel rit mais refuse, il ne veut pas déranger.

– Tu veux avoir ma mort sur la conscience ? Parce que c'est ce qui va arriver si Rosalie apprend que je t'ai laissé rentrer à pied alors que tu avais bu.

Ethel va répliquer que c'est moins dangereux que de rentrer en voiture, mais il se surprend à avoir la flemme. Et un peu la trouille, aussi. La ville n'est déjà pas très gaie le jour, alors la nuit…

Il accepte donc, pour faire plaisir, et s'endort dès que sa tête rencontre l'oreiller.

CHAPITRE 9

La nappe de brouillard a envahi la forêt. Blanche, très blanche, elle engloutit les sons, les odeurs et les esprits.

L'air s'est rafraîchi et l'humidité lui colle à la peau, imprimant sur son front de minuscules gouttelettes d'eau qui réapparaissent aussitôt qu'il a essuyé les précédentes. Il regarde autour de lui la blancheur cotonneuse et angoissante qui l'encercle, lève avec appréhension les yeux vers le ciel, capte quelques étoiles scintillantes. Il se focalise sur cette minuscule trouée dans la chape de plomb pour y chercher une échappatoire. Une raison à sa présence ici.

Un murmure se glisse au même instant derrière lui, un souffle qui lui caresse la nuque, comme pour lui répondre. Ses poils se hérissent, il se retourne en étouffant un cri. Il n'y a rien. Rien pour déchirer cette masse volatile et de plus en plus oppressante. Il tend une main, tremblotante, avance lentement un pied dans l'espoir d'atteindre un bout de marche de chez la vieille. Parce qu'il ne peut être que devant chez elle, conduit par un étrange cauchemar. Peut-être est-elle son mystérieux nouveau contact ? Bien qu'il doute qu'elle sache se servir d'une application, encore plus qu'elle possède un accès à Internet, voire un téléphone.

– *Ethel !*

Il sursaute, fait volte-face, se retrouve dans sa position initiale, du moins c'est ce qu'il lui semble, son sens de l'orientation est perturbé. Il se heurte encore au mur de brume. Il se mordille la lèvre, une sensation de malaise s'insinue en lui. D'ordinaire le brouillard est rempli de minuscules gouttelettes d'eau étincelantes, mais la nappe qu'il a sous les yeux ne brille pas. Elle est opaque, dépourvue de tout reflet. Vibrante. Comme dotée de sa vie propre. Il essuie la sueur sur son front – sueur, eau, il ne sait plus –, replace nerveusement sa mèche. Tout lui semble tellement réel et à la fois absolument fantasmagorique. Et soudain, une ombre se matérialise au loin. Il fronce les sourcils.

– *Ethel, Ethel.*

Elle glisse au travers du brouillard en murmurant son nom, sa couleur tranchant peu à peu sur la blancheur sale qui les entoure. Il la reconnaît tout de suite. Elle irradie de sa simple présence. Le cœur d'Ethel s'emballe. Elle est tellement belle. Encore plus qu'en photo.

C'est un rêve, se dit-il. Forcément, puisqu'elle se tient devant lui, aussi vivante qu'il peut l'être. Mais ça le rassure de le formuler. Parce qu'à chaque pas qu'elle fait, le brouillard engloutit instantanément tout derrière elle. Comme s'il cherchait à les emprisonner. Qui peut-il y avoir en lui ? Quelles sombres créatures se meuvent dans cette obscurité ?

Tara. La belle Tara. L'incandescente Tara glisse jusqu'à lui. Les mots se bousculent dans sa tête pour la décrire. Elle pose le bout de ses doigts sur ses mains, ils sont chauds. Un frémissement se propage dans son ventre au fur et à mesure qu'elle les remonte sur ses bras. Sa chaleur irréelle l'embrase lorsque Tara se colle à lui.

Envoûté, il plonge dans l'abîme infini de son regard céruléen et laisse ses doigts s'enrouler autour de sa nuque. C'est un rêve, on s'en fout, non ? Il préfère s'en convaincre, parce que sinon… Est-ce que c'est mal de désirer une morte ? On tue des gens pour moins que ça. Ça porte même un nom dégueulasse. Mais en rêve, ce n'est pas grave, n'est-ce pas ?

Elle l'attire à lui et pose ses lèvres rouge carmin sur sa bouche avide d'elle. Une odeur terreuse se dépose sur la langue d'Ethel tandis que des braises lui dévorent les entrailles. Il se sent fondre en elle, leurs esprits se délier.

– Ethel.

La sensation est renversante, enivrante, extatique.

– Ethel !

Il a l'impression de se perdre, de tomber, une envie de s'abandonner à son étreinte chimérique. Ses doigts s'enfoncent dans sa nuque.

– Ethel, bordel, tu te réveilles ?

Ethel ouvre des yeux effarés sur le visage inquiet et fatigué du chef qui le surplombe. Il pousse un cri de stupeur et roule sur le côté en tombant à moitié du canapé pour échapper à sa tronche. Beaucoup moins extatique, pour le coup.

– Merde, Karl qu'est-ce que tu fous, tu m'as fait flipper !

– Ça fait dix minutes que tu chouines dans ton sommeil et que j'arrive pas à te réveiller.

– Que je chouine ?

Il fait glisser ses jambes du canapé pour s'asseoir à côté du chef.

– Oui, tu pousses de petits cris depuis tout à l'heure, et t'es tout bouillant. Tu as de la fièvre ?

– Non, ça va, répond Ethel en se planquant le visage entre les mains. J'ai fait un cauchemar, c'est tout.

Un cauchemar étrange et ô combien réaliste. Il n'a jamais éprouvé une telle émotion, et c'est pour une morte. Il se gratte la tête et veut jeter un coup d'œil à sa montre. Il s'aperçoit qu'elle a disparu de son poignet. Merde, elle a dû glisser durant ses ébats nocturnes.

– Quelle heure il est ?

– Huit heures, répond Karl.

– Huit heures ? Fallait me réveiller plus tôt !

Il chope son jean qui gît sur le lino et l'enfile à la va-vite. À quelle heure se mettent-ils à bosser sur une enquête dans cette région ?

– Je t'avais dit qu'on dormait bien dans ce canapé !

Il s'apprête à répliquer mais s'abstient. À quoi ça sert, d'aller contre le rythme naturel ? Il se rassied pour enfiler ses Converse.

– Tu ne comptes tout de même pas louper mon petit déjeuner ! le coupe Rosalie en déposant un plateau garni sur la table basse et un baiser sur ses cheveux.

Karl croise le regard ahuri de son adjoint et hausse les épaules avec amusement.

– Faut qu'on passe chez John en priorité, annonce Karl en lui tendant une tranche de pain brun arrosée de sirop d'érable. Il veut absolument nous voir.

OK, ici, on fait tout à l'envers, donc.

Mais qu'est-ce que je fous là ? abandonne-t-il en mordant malgré tout dans la tranche.

– Ça va ? leur demande l'expert d'une voix dépourvue de sympathie. Vous avez fait quoi cette nuit ?

Pour quelqu'un qui était pressé de les voir, John Eymer n'a pas l'air d'apprécier leur présence. Et à bien y réfléchir d'ailleurs, ni Pirel ni Mirandi n'ont eu l'air ravi de le voir arriver, même si c'est récurrent. La mauvaise humeur se serait-elle abattue en une nuit sur la joyeuse ville ?

Ethel se rapproche de la table métallique sur laquelle repose de nouveau le corps de la jolie Tara, parée de son plus beau sac mortuaire à moitié ouvert. Des flashs de sa nuit lui reviennent en mémoire. Ses mains, ses lèvres. Il détourne le regard, honteux. Comment a-t-il pu fantasmer sur une morte ? Il devient dingue ou quoi ? Il faut vraiment qu'il pense à autre chose. Il se borne donc à fixer John dans les yeux.

– Qu'est-ce qu'il y a, soupire-t-il, on n'a pas le droit de prendre un repas ensemble ?

– Ah mais tu peux bouffer avec Karl autant que tu veux, et même baiser avec si ça te chante, mais toucher à mes cadavres, ça, non, ce n'est pas possible !

Ethel sent le rouge lui monter aux joues. De quoi parle-t-il ?

– Qu'est-ce que tu racontes ? lui demande Karl comme s'il avait lu dans les pensées d'Ethel.

– Vous l'avez même pas rangée, putain ! l'ignore l'autre en s'agitant sur la fermeture Éclair du sac mortuaire pour le refermer.

– Mais de quoi tu parles ? répète Karl en haussant le ton.

Il pose la main sur l'avant-bras de John pour qu'il arrête de ronchonner en s'acharnant sur cette pauvre fermeture et le regarde dans les yeux.

– De vos investigations nocturnes ! Enfin, je dis « vos », mais c'est peut-être que lui, c'est pas vraiment dans tes habitudes, à toi.

Ils tournent tous les deux la tête dans la direction d'Ethel qui les regarde l'un après l'autre, interloqué.

– De quoi vous parlez ? répète-t-il bêtement.

Parce qu'à moins qu'il ait le don de lire dans les pensées cochonnes des autres, Ethel ne voit pas bien ce qu'il peut lui reprocher.

– Du cadavre de Tara Stevens ! Qu'est-ce que t'es venu chercher dessus ? C'est comme ça qu'on bosse à Boston ? Tout le monde tripatouille les morts et fout ses sales pattes dessus ? Parce qu'ici, on les respecte ! Et chacun fait le job pour lequel il est payé !

Sa voix commence à ressembler aux grognements d'une bête sauvage. Karl se place entre les deux hommes pour forcer le légiste à le regarder dans les yeux.

– Calme-toi, John, on ne comprend rien à ce que tu racontes. Qu'est-ce qui s'est passé ?

– Il s'est passé que je suis arrivé ce matin et que le corps de notre victime traînait dehors. Une chance que la température commence à tomber la nuit parce que je t'explique pas le merdier que ça aurait été sinon !

Ethel grimace.

– Et tu m'accuses moi de l'avoir sortie ?

– Elle est pas sortie toute seule du frigo ! raille le légiste.

– C'est complètement délirant.

Pourtant, un petit sentiment de culpabilité lui tiraille le ventre. Voilà ce qui arrive quand on fricote avec des cadavres dans ses rêves.

– C'est ridicule, objecte Karl, Ethel a passé la nuit sur mon canapé. Tu connais les repas de Rosalie.

John acquiesce, mais ça ne suffit pas à le convaincre. Il fouille dans sa poche et en extirpe un objet métallique. Un objet qu'Ethel reconnaît tout de suite.

– Et sa montre ? Elle est arrivée toute seule dans le sac ?

Karl se tourne vers le jeune, stupéfait.

– C'est la tienne ?

Ethel regrette d'un coup le *gamin* qui ponctue d'habitude les phrases de son chef. Ça ne sent pas bon. Bien qu'il sache qu'elle n'y est pas, Ethel porte sa main à son poignet.

– Il y a une gravure à son nom dessus, cingle John en la lui lançant. T'as de la chance que je ne sois pas un connard, parce que ça, ça mériterait un blâme ! Voire pire !

Ethel ramasse la montre par terre. C'est quoi ce bordel ? Il se revoit cette nuit, enfonçant ses doigts dans la nuque de Tara. Et si on retrouvait ses empreintes sur elle ? Non, ce n'est pas possible, ce n'était qu'un rêve !

– Je… je ne comprends pas, bafouille-t-il.

– Il doit y avoir une explication, tente de le rassurer Karl. Tu étais à la maison toute la nuit. (Il se tourne vers John.) On lui a fait des prélèvements ? Quelque chose ?

John secoue la tête en se tournant vers la jeune femme.

– J'ai rien relevé de significatif, à part sa montre, répond-il, mais j'ai pas non plus poussé plus loin mes analyses, si tu vois ce que je veux dire…

L'allusion est trop explicite pour qu'Ethel reste dans ses gonds.

– Attends, t'insinues quand même pas que j'aurais pu…

Ça sonne tellement faux dans sa tête qu'il ne peut terminer sa phrase. Est-ce qu'il est venu ici ? Faire ces choses ? Putain, c'est pas possible !

– J'insinue rien, moi, insiste John. Je constate juste que la demoiselle est sortie du frigo et que ta montre se trouvait dans son sac mortuaire. À toi de tirer les conclusions qui s'imposent.

– C'est bon, calmez-vous tous les deux, s'interpose Karl. John, je réponds du gamin, j'ai confiance en lui. Il a reçu un message hier soir qu'on suppose émaner du tueur, il est possible que ce soit lui qui ait placé la montre dans le sac de la victime.

Il se place devant sa recrue.

– Ethel, depuis quand ta montre a-t-elle disparu ?

– Je la porte tout le temps, c'est un souvenir de mon père, bredouille-t-il. Je l'enlève juste quand je prends une douche… donc hier soir. Après, j'ai reçu le message, ça m'a perturbé et je suis sorti prendre l'air avant que tu ne me récupères sur le chemin. Je ne suis pas sûr de l'avoir remise.

– Donc quelqu'un a pu entrer la voler chez Marysa, dit le chef en sortant de sa poche ses clefs de voiture.

Il les agite en l'air et ajoute :

– On va aller vérifier ça tout de suite !

CHAPITRE 10

Si seulement il n'avait pas rêvé d'elle ! Qui rêve d'une morte, à part les esprits détraqués ?

– T'inquiète pas ! Il doit y avoir une explication, tente de le rassurer Karl.

Ethel ne lui répond pas, il ne tourne même pas la tête vers lui. La culpabilité doit se lire sur son visage. Son visage de désaxé qui rêve de coucher avec une morte. Il se prend à espérer que sa montre soit encore sur la commode, là où il l'a déposée hier avant de prendre sa douche, il s'en souvient parfaitement maintenant. Il l'a posée à côté du verre de citronnade. Il en est certain. Sauf que celle que John lui a balancée à la face est la sienne. De cela aussi il est persuadé. Elle a une rayure à côté de la gravure, parce qu'elle est tombée un nombre incalculable de fois, avant qu'Ethel ne prenne conscience de la valeur de cet héritage familial. Mais tout s'est enchaîné tellement vite hier. Comment a-t-il pu oublier de la remettre ?

La voiture s'engage dans l'allée de gravillons et avant qu'ils ne soient garés, Marysa les attend déjà sur le perron. Elle replace les mèches de ses longs cheveux bruns qui s'échappent de son chignon impeccable. Bras croisés, un torchon dans les mains, et un petit air faussement mécontent vissé sur le visage.

Les deux hommes remontent l'allée, Ethel en tête, les yeux rivés sur les petits cailloux blancs soigneusement disposés pour former un chemin. Il est stressé, inquiet, il n'a pas envie d'une énième discussion chargée de sous-entendus. Il veut juste savoir si sa montre est ici.

– Vous n'êtes pas rentré hier soir, lui reproche-t-elle en pointant son doigt devant son nez, leur bloquant l'accès à la porte.

– J'ai dormi chez Karl, j'avais un peu bu.

Son chef le regarde avec un air goguenard. Comment peut-il penser à rire dans une telle situation ? Le doigt de la logeuse dégringole jusqu'à son nombril où il se pose avec ses quatre compères.

– Mon pauvre petit chéri, gémit-elle de façon exagérée en roulant vers Karl de gros yeux mécontents, Rosalie a toujours tendance à abuser de l'alcool ! Vous n'avez pas été malade au moins ?

– Non, non, répond Ethel en se décalant pour que sa main quitte son abdomen.

On dirait les petites griffes d'une bête affamée. C'est vraiment gênant. Et puis, il n'a pas le temps pour ce petit jeu ce matin.

– On doit vérifier quelque chose dans ma chambre, vous permettez ?

– Mais ouiii, répond-elle avec un cri de chouette effraie, je parle trop et j'en oublie que vous avez un travail d'une extrême importance. Je suis tellement admirative de ce que vous faites ! Protéger toutes ces personnes…

– Tu as eu de la visite hier soir ? l'interrompt Karl.

S'ils la laissent s'égosiller, ils ne sont pas près de trouver des réponses.

Marysa se tourne vers lui, écarquillant ses grands yeux marron.

– Non, je suis restée désespérément seule, soupire-t-elle.

– Et est-ce que… vous êtes entrée dans ma chambre ? demande Ethel.

Elle fait volte-face, sourcils froncés cette fois. Elle aurait pu être actrice, songe Ethel, tant ses expressions sont surjouées.

– Bien sûr que non ! Je ne me permettrais pas ! À moins d'y être invitée, évidemment.

Elle tente une nouvelle approche mais Ethel l'esquive pour grimper en haut de l'escalier et rejoindre sa chambre le cœur battant.

La porte est bien fermée. Il l'ouvre avec appréhension. À première vue, rien n'a été touché. À deuxième vue non plus, d'ailleurs. Sa serviette finit de sécher sur le lit, en vrac. Le verre de citronnade n'a pas bougé de la commode, à côté d'une tasse à café vide et de sa brosse à dents. Si Marysa était entrée ici, elle aurait fait le ménage, immanquablement. C'est plus fort qu'elle. Une vraie passion.

– Alors ?

Karl a eu le temps de le rejoindre. Le gamin ne lui répond pas, concentré sur son inspection. La fenêtre est fermée, les tiroirs aussi. Rien qui prouve une quelconque effraction. Devinant sa pensée, le vieux shérif s'avance vers la fenêtre. Il secoue un peu la poignée pour vérifier sa solidité, puis l'ouvre et jette un coup d'œil dehors.

– Si quelqu'un avait escaladé le mur pour atteindre ta chambre, il aurait écrasé des fleurs, ça grimpe tout le long du mur.

Karl se retourne pour s'apercevoir qu'Ethel a disparu. Le jeune réapparaît quelques secondes après dans le couloir.

– Il n'y a rien dans la salle de bain non plus. Ni trace, ni montre.

– Marysa l'a peut-être récupérée là et rangée ailleurs. Je vais lui demander.

Ethel l'intercepte, un air angoissé sur le visage.

– Elle n'était pas dans la salle de bain.

– Tu en es sûr ? Tu aurais pu…

– Je ne l'aurais jamais mise dans la salle de bain ! C'est une pièce trop humide et ma montre est vieille, avec un mécanisme très sensible… C'est le seul souvenir que j'ai de mon père, parce qu'il bossait tout le temps et qu'on ne faisait jamais rien ensemble. Cette montre, il l'a achetée avec ses premières économies et il me l'a donnée ! Et moi, je l'ai…

Le gosse est en train de craquer, ça se voit. Karl doit faire redescendre la pression avant qu'il n'éclate ; les crises de panique, très peu pour lui.

– OK, temporise Karl, donc tu y fais super attention.

Il s'avance au milieu de la pièce, mains dans les poches, scanne d'un regard expert la chambre impersonnelle. Ethel n'a apporté aucune décoration, aucune photo, aucun objet à lui. N'importe qui pourrait habiter cette chambre. Il soupire.

– Tu es sûr que tu es resté sur le canapé toute la nuit ? T'es pas somnambule ?

Le gamin le regarde, les yeux écarquillés.

– Je te jure que je n'ai pas bougé de chez toi. Et si j'étais somnambule, je le saurais depuis longtemps !

Mais on voit qu'il se pose quand même la question. Le somnambulisme peut-il apparaître d'un seul coup ? Après un rêve particulièrement éprouvant ? Il se souvient qu'il a eu du mal à réveiller Ethel, ce matin, il gémissait et était incapable d'ouvrir les yeux. Karl observe son futur remplaçant et voit ses joues se teinter de rouge, puis son regard se baisser sur son jean. Le shérif hausse les épaules, indécis. Cette histoire prend une tournure désagréable.

Un bruit de moteur attire leur attention vers la fenêtre laissée entrouverte. Ethel y jette un regard et un nœud lui serre les tripes. Charlie Weld remonte l'allée en faisant crisser les pneus de son Hummer, couleur perle noire et toutes options incluses. Il se gare au milieu de l'allée et descend avec un regard suffisant pour le véhicule de police qui paraît ratatiné à côté de son énorme bagnole.

Il lève les yeux vers la maison, croise ceux d'Ethel et secoue la main dans une esquisse de salut. Il a une mine sinistre. Ethel y voit un signe. C'est connu, où Charlie Weld passe, les emmerdes fleurissent. Et quelque chose dans le bide d'Ethel lui dit que cette fois, c'est pour lui.

Le maire passe sa main dans ses cheveux coupés très court pour en chasser l'humidité, puis fourre ses mains dans les poches de sa veste qui semble un peu trop serrée à la taille, et remonte l'allée lentement. Il donne l'impression d'attendre que tout le monde le rejoigne, comme si c'était à eux de se déplacer.

– Qu'est-ce qu'il vient foutre là, ce crétin ? ronchonne Karl derrière le dos d'Ethel. Il n'a rien d'autre à faire que trimballer ses fesses ici ?

– M'arrêter, répond Ethel à voix haute sans s'en rendre compte.

Il percute quand Karl éclate de rire.

– T'es con, gamin, pourquoi il t'arrêterait ? Pour ta montre ?

Ethel se contente de secouer la tête, désespéré : *pour quoi d'autre, sinon ?*

– Te bile pas pour ça, on va bien finir par comprendre ce qui s'est passé. Et en ce qui concerne

Weld, il est ami avec Marysa depuis des années, ils ont l'habitude de boire des cafés ensemble.

Le jeune souffle, peu convaincu. Karl pousse un soupir discret, rajoute :

– Tu crois vraiment que John te dénoncerait ? Il était énervé mais ça va lui passer, il se doute bien que tu n'as pas fait de conneries ! Sinon, il ne t'aurait pas rendu ta montre, crois-moi.

– J'ai rêvé d'elle, murmure Ethel comme un gosse qui avoue une bêtise.

– D'elle ?

– De Tara.

Les épaules de Karl s'affaissent et un demi-sourire se peint sur son visage.

– Et c'est pour ça que tu tires cette tronche ? Parce que tu as rêvé d'elle ?

– J'ai rêvé d'elle et ma montre se retrouve à côté d'elle, comme par hasard.

Le vieux shérif se laisse tomber sur le lit. Se coucher tard n'est sûrement plus de son âge. Au rez-de-chaussée ils entendent la porte d'entrée s'ouvrir et Marysa accueillir son invité plus que chaleureusement.

– Faudrait peut-être faire appel à Christabella, se moque Karl en se frottant la joue. Si ça se trouve, tu es maudit.

Ethel sourit à sa blague, mais il a froid intérieurement. Ça sent mauvais.

– J'aurais dû répondre à cette invitation…

– Ça aurait été stupide, je te l'ai dit. Tant qu'on ne sait pas d'où vient cette invitation, tu n'y touches pas !

– Ethel Green ! braille le maire un étage plus bas d'un ton impatient.

Le jeune shérif sent ses tripes se rétracter. Il inspire, expire profondément, et frotte ses mains sur son jean. Il est trop tard de toute façon. Il s'apprête à sortir quand Karl le retient.

– On va élucider ce problème, gamin, et je suis prêt à mettre mes mains au feu que ton rêve n'y est pour rien !

Marysa et Weld sont toujours dans l'entrée. La logeuse est adossée au pilastre de la rampe en bois verni quand Ethel se décide à les rejoindre. Elle observe le maire avec des yeux de biche prise dans les phares d'une voiture, tandis que l'autre pose sur Ethel un regard mal aimable. Le jeune shérif se fait un instant la réflexion que pour des amis de longue date, l'ambiance n'est pas super joyeuse, puis se souvient que tout compte fait, il n'a jamais vu Charlie Weld réjoui.

– Monsieur le Maire, lance-t-il timidement.

– Ethel Green, commence Charlie Weld, vous devriez veiller à ne pas prendre les mauvaises habitudes des gens d'ici.

Il a une voix à donner des ordres, une voix puissante et pleine d'assurance. C'est sûrement comme ça, quand on est le fils d'un gouverneur.

On doit s'attendre à être écouté et obéi sans discussion, en adoration, et surtout rapidement. C'est aussi probablement pour ça que l'agacement devient évident sur son visage – Ethel est trop long à la détente. Voyant que le jeune shérif ne comprend pas de quoi il parle, il explique :

– J'attendais votre rapport pour hier soir.

Ethel se détend, plus exactement il sent ses tripes se dégonfler comme un ballon de baudruche.

– On avait encore quelques interrogations au sujet de la mort de la victime. On attend le rapport des analyses…

– Quelles interrogations ? le coupe Weld. Cette fille aura un peu trop fait la fête et ce qui devait arriver est arrivé. C'est bien triste, je le conçois, mais nous n'allons pas bloquer tout le poste de police pour ça.

– Bloquer quoi, Charlie ? râle Karl dans l'escalier. On ne peut pas dire que mon équipe soit débordée.

Weld se tourne vers lui. Il croise les bras sur son ventre, ce qui tend encore plus sa veste.

– « Monsieur le Maire », je te prie. Quand je viens pour le travail, j'apprécierais qu'on s'en tienne aux usages.

Karl se met à rire.

– OK, monsieur le Maire. Mais ne t'en fais pas, ce meurtre n'entachera pas la réputation de la ville à l'approche des élections, si c'est ce qui t'inquiète.

Charlie Weld décroise les bras. Il a un geste méprisant de la main, comme si la réflexion de

Karl ne le concernait absolument pas, et se tourne franchement vers Ethel, index en avant :

– Je veux que les gens se sentent en sécurité à Hinsdale, comme c'était le cas jusqu'ici. La population en a assez de ces bêcheuses qui passent leur temps à piailler pour un rien. Elles boivent, elles font la foire dans les bois jusqu'à pas d'heure, et ensuite se plaignent que ça tourne mal. Quelle génération !

Il dit ça comme s'il avait quatre-vingts balais alors qu'il n'a pas dépassé les cinquante. Ethel fronce les sourcils, perplexe.

– On doit quand même attendre le résultat des empreintes, pour savoir qui elle est et à qui on doit rendre le corps, déclare-t-il calmement.

Les traits de Weld se détendent. Très légèrement, mais ça suffit aux inspecteurs pour se rendre compte qu'ils échappent à une crise de colère. Il tire sur les pans de sa chemise, comme si ce simple geste suffisait à clore la discussion.

– D'accord, d'accord, mais après vous me bouclez cette enquête. Ça ne sert à rien de dépenser inutilement l'argent du contribuable.

– Ce serait dommage en effet de priver la mairie de ces substantiels revenus, dit Karl en se rapprochant d'Ethel.

Weld plisse ses petits yeux noirs, visiblement agacé, et les deux hommes se font face silencieusement un instant. Quelques courtes secondes pendant lesquelles Ethel se dit que les griefs entre eux ne doivent pas se borner à leur simple position hiérarchique et au fait que Karl n'apprécie pas les politiciens.

– On peut savoir ce que tu sous-entends ?

Le ton est maîtrisé, mais on sent la colère faire vibrer ses cordes vocales.

– Rien de plus que ce que tu comprends, le titille Karl.

Du fond de leurs petites orbites dures, les yeux froids de Weld l'étudient.

– Allez faire votre travail, et laissez-moi faire le mien, conclut-il.

Il se tourne vers Marysa avec un vrai sourire alors que l'instant d'avant il semblait prêt à se jeter sur le shérif.

– Je suis ravi de t'avoir revue, ma belle, il faudra qu'on se boive un verre à l'occasion.

Elle hoche la tête en papillonnant des yeux. Karl pousse Ethel en avant, dépassant le maire qui a toujours un rictus accroché aux lèvres.

– Viens, on a du boulot !

Ethel ne se fait pas prier. Que ce soit pour fuir Weld ou ses propres rêves, il ne demande pas mieux.

CHAPITRE 11

L'asphalte grêlé défile sous les roues de l'archaïque Range Rover de Karl. Le vieux flic a allumé la radio pour contrer le silence pesant de son jeune collègue, et *Rhinestone Cowboy* de Glen Campbell réchauffe un peu l'habitacle. Pas assez à son goût. Il se met à fredonner en grattouillant son menton piquant, espérant attirer l'attention du garçon qui semble hypnotisé par son téléphone portable. La mine triste, le regard flou et une légère ride plantée dans le front.

– Tout va bien, Ethel ?

Le garçon lui paraît très affecté par cette histoire de montre et il se demande s'il n'y aurait pas autre chose derrière. On ne peut pas être aussi attaché à un objet sans raison. Ethel relève la tête en direction de son chef.

– Je ne trouve rien sur Tara, ça m'agace ! rage-t-il en éteignant son écran. C'est quand même dingue, tout est verrouillé. Sa vie se résume à ses photos Instagram.

– Gamin, je ne comprends absolument rien à ce que tu racontes.

Un petit sourire éclaire le visage d'Ethel.

– Il faut que j'appelle Sanders, dit-il, déterminé, il nous faut absolument un informaticien qui remonte le fil de création des comptes de Tara Stevens. On doit savoir qui elle est ! Le fichier des empreintes n'a toujours rien ressorti ?

– Rien du tout. Pirel a même regardé dans notre fichier interne au cas où elle aurait bossé chez les flics, mais nada.

– C'est quand même dingue, elle a bien dû aller une fois à l'hosto ou en voyage. On devrait la retrouver quelque part sous une autre identité.

– Ça renforce encore plus mon idée de grand nettoyage, grommelle Karl.

– Quelqu'un chercherait à effacer complètement son existence ?

Karl hausse les épaules en hochant la tête ;

– On aurait trouvé quelque chose sur elle, sinon, non ?

– Mouais, marmonne Ethel en reprenant son téléphone. Mais qui ? Qui serait capable de faire ça ? Ce n'est pas donné à tout le monde ! Et pourquoi ?

Il commence à taper un numéro.

– T'appelles Sanders ?

– Qui ne tente rien n'a rien.

– Si tu le dis, gamin, souffle Karl sans vraiment y croire.

Après tout, mieux vaut que le gosse comprenne tout de suite dans quel monde il évolue, désormais. Plus tôt l'illusion tombera, plus vite il s'adaptera.

– Ethel Green ! Je suis surpris de votre appel, comment ça se passe, dans votre petit village ? lance Sanders à l'autre bout du fil.

Le ton paraît forcé. Étonnant.

– Bien, monsieur, mais je rencontre un petit souci, j'aurais besoin de votre appui.

– Un petit souci ? Voyez-vous ça, marmonne le chef, comme pour lui-même.

Ethel perçoit le sarcasme dans la voix de Sanders et se retient de lui dire que ça n'a rien à voir avec une quelconque erreur de sa part. À quoi bon ? D'une, Ethel n'a jamais estimé son obstination comme une erreur, et de deux, Sanders n'a jamais eu envie de le prendre en considération. Ils ne naviguent pas dans les mêmes eaux. Alors il préfère en venir directement au fait.

– J'imagine que vous êtes très occupé, mais nous avons une affaire de meurtre sur les bras, et il nous manque un informaticien pour progresser dans l'enquête…

– Un meurtre à Hinsdale, vraiment ? le coupe Sanders avec un petit gloussement.

Ethel fronce les sourcils, interloqué. Il reste muet deux secondes et reprend.

– Oui, notre victime a été retrouvée au milieu de Kay Woold Shelter, elle a été tuée selon une parodie de rituel de sorcellerie…

Il est interrompu par l'éclat de rire de Sanders et écarte légèrement le téléphone de son oreille. Il se tourne vers Karl, qui se contente d'une moue signifiant « je t'avais prévenu ».

– Monsieur, je suis très sérieux ! reprend-il.

Une petite veine commence à saillir sur sa tempe droite. Karl gare la Range sur le bas-côté.

– C'est bien ce qui m'inquiète, réplique Sanders une fois calmé. Un rituel de sorcellerie, vous vous entendez ?

Ethel est tellement stupéfait qu'il met quelques secondes à réagir.

– Je ne fais que vous présenter les faits, monsieur. Cela peut paraître étrange, mais…

– *Quoi qu'il en soit, Green*, le coupe son supérieur sur un ton qui lui suggère de se taire, je n'ai pas de budget pour vous envoyer un informaticien. Nous avons des affaires hautement importantes ici qui nécessitent tous nos effectifs.

– Permettez-moi d'en douter.

– Pardon ?

Ethel serre les dents, sa remarque est partie toute seule. Il est à deux doigts de l'envoyer chier, ce qui ne servirait pas à grand-chose. Karl pose une main sur son épaule pour le tempérer. Mais la partie est déjà perdue de toute façon, non ?

– J'étais à Boston il y a peu de temps, monsieur. Je connais les effectifs. À mon sens, vous disposez de tout le budget que vous souhaitez mais vous ne voulez simplement pas l'affecter à un bled qui ne rentre même pas dans vos statistiques.

Il regrette déjà ce qu'il vient de dire. Ce n'est pas comme ça qu'il va se le mettre dans la poche. Mais Sanders éclate de rire. Un grand rire, nullement offensé.

– Nos moyens sont très limités, ici, tente de plaider Ethel, nous n'avons pas d'équipes scientifiques et nous sommes déjà freinés dans notre enquête par l'envoi obligatoire de nos analyses…

Il entend Sanders grogner à l'autre bout.

– C'est le lot de toutes les petites villes, Green ! Et personne ne vient se plaindre. À part vous. Je ne vous avais pas conseillé de perdre vos mauvaises habitudes avant de partir ?

C'est amusant comme cette phrase fait écho à celle de Weld prononcée une heure plus tôt. Ethel inspire pour chasser sa parano naissante et insiste :

– Vous m'avez envoyé ici pour reprendre un poste dont personne ne voulait. Et j'ai accepté. J'essaie juste de faire mon travail. Et pour le faire correctement, j'ai besoin d'un informaticien…

Il n'a pas le temps de finir que Sanders enchaîne :

– Je vous ai connu plus autonome, Green. Si je vous ai envoyé à ce poste, c'est justement pour ça, parce que j'avais bon espoir qu'avoir de plus grandes responsabilités vous ouvrirait les yeux, que vous comprendriez qu'il ne s'agit pas uniquement de se balader dans la rue et d'attraper les méchants. Vous n'êtes pas tout seul, Green ! Le budget annuel est voté chaque année au mois de mars, je vous conseille de préparer un dossier béton en vue du recrutement d'un informaticien. Suivez les procédures, si vous ne voulez plus avoir de problèmes.

Il termine à peine sa phrase qu'il coupe la communication, laissant un Ethel déboussolé, téléphone en main.

Il faut quelques secondes à celui-ci pour se ressaisir.

– Il s'est carrément foutu de ma gueule, maugrée-t-il.

– Je sais, gamin…

Sanders aurait pu le mener en bateau, tourner autour du pot, mais non. Rien de tel que le dédain, ça remet souvent les idées en place. Loin des yeux, loin du cœur. Tous les deux ne se sont jamais appréciés, mais son supérieur gardait au moins un respect de façade. À croire que maintenant qu'Ethel est loin de Boston, plus rien ne l'empêche de dire à son enquêteur ce qu'il pense de lui.

Ethel range son téléphone dans sa poche et se tourne vers Karl, l'air embarrassé.

– Tu ne pouvais pas savoir, tente de le rassurer son chef. J'ai eu affaire une fois ou deux à Sanders, je voulais qu'il fasse vérifier les activités de Weld, savoir si ce que fait notre maire est vraiment légal. J'ai reçu une fin de non-recevoir en bonne et due forme. Et pourtant, je suis sûr que tout n'est pas net-net.

– Je suis désolé de ne pas t'avoir cru.

Le vieux fronce les sourcils, puis se marre.

– Petit bled, petits moyens. C'est pour cette raison que tout le monde a plusieurs tâches, ici. Il va falloir t'y habituer.

– Si tu sous-entends que je vais devoir faire une formation en informatique, tu peux faire une croix dessus, je suis une bille.

Karl se met à rire de nouveau et réussit même à dérider un peu le jeune shérif.

Les pneus crissent sur les graviers et l'arrière de la Range chasse un peu, mais la vieille carcasse habituée aux élans d'humeur de son propriétaire accroche le bitume et s'élance pour engloutir les derniers kilomètres jusqu'à Lanesborough.

– Maintenant que ça, c'est fait, est-ce que tu es prêt à affronter nos Sorcières de Salem ?

– Elles sont si dangereuses ?

– Elles ont certaines coutumes particulières.

Ethel a un petit sourire intrigué.

– Pourquoi est-ce que vous êtes si attachés aux sorcières, ici ? J'ai bien compris tout ce que m'a raconté Christabella, la symbolique féministe et le reste, mais j'ai l'impression que ça va plus loin que ça. Que c'est partout dans cette ville. Il n'y a qu'à marcher dans cette forêt pour s'en rendre compte.

Un frisson le prend. Karl acquiesce d'un mouvement de tête.

– C'est vrai, ça flotte dans l'air. Et je reconnais que pour quelqu'un qui n'est pas né ici, ça doit paraître étrange.

– Je te le confirme.

– Cette ville, cette région, même, a un passé lugubre. Tout le monde connaît le tristement célèbre procès des sorcières de Salem en 1692, mais ça n'a pas été le seul. Dans les endroits reculés du Massachusetts, comme à Hinsdale, les chasses se sont poursuivies pendant longtemps. Toutes les familles ont été touchées.

Sa main droite quitte le volant et il farfouille dans le vide-poche central à la recherche d'une clope.

– Cette forêt que tu détestes tant, poursuit-il en allumant sa cigarette, c'est le premier cimetière du comté. Des tas de femmes ont été enterrées dedans parce qu'en tant que sorcières elles ne méritaient pas une sépulture décente. Autant te dire que les balades au clair de lune n'ont pas le même goût qu'ailleurs, par ici.

Il change de main pour entrouvrir la fenêtre, forçant le gamin à poser la sienne sur le volant un bref moment.

– C'est horrible ! finit par dire Ethel en reprenant sa position initiale.

Ses yeux s'égarent dans la forêt.

– Oui, ça l'est. Ce sont des histoires qu'on nous enseigne à l'école, que nos mères nous racontent pour qu'on évite de traîner dehors trop longtemps le soir. Pour qu'on s'en souvienne, aussi, qu'on apprenne. C'est pour ça que ça nous touche autant, c'est notre histoire. Et notre devoir, c'est de ne pas oublier ce qui s'est passé ici.

CHAPITRE 12

Karl arrête la voiture devant un large portail en fer forgé qui semble sorti de nulle part. De part et d'autre il n'y a que la forêt et la brume persistante accrochée à leurs cimes. Un écran d'arbres plus sombres les uns que les autres qui ne donnent pas à Ethel l'impression qu'ils sont sortis d'Hinsdale, ont roulé plusieurs kilomètres, et sont arrivés en bordure d'une autre ville. Lanesborough ou Hinsdale, c'est blanc bonnet et bonnet blanc, aurait dit sa mère.

Le shérif éteint le moteur et reste quelques secondes à contempler le portail d'un air pensif. Il s'extirpe de la voiture, avec difficulté remarque Ethel, les effets de sa courte nuit doivent commencer à se faire sentir dans ses articulations, et avance de quelques pas. Ethel le suit sans grande motivation. Il s'imagine qu'il va encore devoir combattre son aversion pour les microbes. En rejoignant Karl devant la porte, il se rend compte qu'il se trompe lourdement. Derrière le front serré des chênes, la façade blanche et majestueuse d'une vaste maison de famille à l'allure contemporaine les attend. Du bois, du fer, de l'acier, des allées rectilignes et impeccables. Un fossé intersidéral s'est construit entre la créatrice des Sorcières et elles.

– Je ne m'attendais pas à ça, reconnaît Ethel à voix haute en pointant du doigt la demeure moderne devant laquelle sont garés deux véhicules haut de gamme.

Un petit rire moqueur s'échappe des lèvres de Karl.

– Les sorcières se modernisent, glousse-t-il.

Il pousse le portail qui glisse en silence, et ajoute avec un air soucieux :

– Malgré tout, méfie-toi d'elles. Ne leur serre pas la main, n'accepte rien à manger ni à boire et surtout… laisse-moi parler !

Bien étrange conseil, songe Ethel qui se sent beaucoup plus en sécurité ici que dans la cabane insalubre de Christabella.

Ils remontent de concert une allée de cailloux blancs qui roulent de façon désagréable sous leurs chaussures. Ethel observe les alentours d'un œil intrigué. La maison semble accueillante. Elle possède une jolie façade éclatante qui tranche agréablement avec le couvercle grisâtre qui la surplombe. Des fenêtres par dizaines doivent offrir une jolie lumière à l'intérieur et le jardin est entretenu. Pas fleuri, il fait trop moche pour ça, mais verdoyant, percé de touches orangées et d'arbres centenaires. Quelques bancs ici et là pour profiter, non des rares rayons de soleil, mais de l'atmosphère confinée et apaisante du lieu. Il semble à Ethel qu'un ruisseau, ou une fontaine peut-être, coule au loin. Non, vraiment, rien dans ce lieu ne lui semble oppressant.

La porte d'entrée s'ouvre brutalement avant qu'ils ne posent un pied sur la première marche du perron, et une femme leur adresse un regard dédaigneux. Elle doit faire un mètre soixante-dix à peu près et a l'allure élancée et les épaules carrées d'une nageuse de compétition. Des cheveux courts sur la nuque et une large mèche brune qui lui balaie les cils, mais ne dissimule pas son air vache.

– Tiens, je me demandais quand les flics allaient venir nous faire chier.

Le ton s'accorde parfaitement au regard. Karl ne se démonte pas et grimpe les cinq marches qui les séparent du cerbère qui vient de leur ouvrir la porte. Elle croise les bras à la manière d'un agent de sécurité.

– Qu'est-ce que tu viens faire ici ? insiste-t-elle en se rapprochant de Karl comme pour l'intimider.

Ils doivent faire la même taille et avoir la même carrure ; même si Karl se tasse un peu avec l'âge, il garde tout de même un bon physique. C'est un face-à-face assez impressionnant du point de vue d'Ethel, il se demande si un coup ne va pas partir à tout moment. Le regard noir qu'elle glisse sur lui n'a rien de rassurant non plus. Un pitbull prêt à mordre. Karl semble n'en avoir cure ; l'habitude, peut-être. Ils ont l'air de se connaître.

– Emelyne, s'il te plaît ! intervient une voix ferme derrière elle.

La mâchoire de ladite Emelyne se crispe, mais elle quitte les deux hommes des yeux pour se tourner vers le couloir. Une seconde femme pose une main sur son épaule, une main fine et élégante mais autoritaire sans aucun doute, car l'autre se décale aussitôt pour laisser passer ce qu'Ethel prend pour la maîtresse de maison. Bref hochement de tête, Emelyne jette un dernier regard aux deux hommes, un regard pénétrant qui en dit long sur ce qu'elle pense de leur visite, comme si ses mots n'avaient pas suffi, et disparaît dans le couloir. Le ton est donné.

Ethel observe la seconde femme. Elle est plus gracieuse que la première, mais visiblement plus hautaine aussi. Droite comme un I, perchée sur des hauts talons aiguilles comme si elle dominait le monde et cintrée dans une robe parme qui souligne suffisamment ses formes pour faire savoir au dit-monde qu'elle est divinement foutue. Ethel lui donne la quarantaine, peut-être un peu moins, il a du mal à dire tant les traits de son visage sont impassibles. Elle leur offre un large sourire poli et tend une main à Karl qui la saisit aussitôt. Ethel fronce les sourcils, surpris qu'il n'applique pas ses propres conseils. Les règles ne sont donc pas les mêmes pour tout le monde ?

– Karl Rosenberg, je suis enchantée de vous revoir. Pardonnez Emelyne, mais nous sommes un peu à cran avec ce meurtre, vous vous en doutez.

Deux jours et la population de la ville voisine est déjà au courant des moindres détails, et tout ça sans intervention télévisée. Karl ne lui a pas menti, leur wifi local fonctionne à merveille.

La seconde main de Karl rejoint la première pour une poignée plus poussée que la femme semble apprécier. Contrairement à Ethel qui trouve l'attitude de son chef bien suspecte.

– Katherine, le plaisir est pour moi. Je comprends parfaitement votre position, rassurez-vous.

Et courtois, avec ça, songe le garçon, amusé. Le regard d'opale de la jeune femme se pose sur lui. Il se demande s'il doit lui serrer la main ou non, mais Karl ne l'ayant toujours pas lâchée, il garde les siennes dans ses poches.

– Ethel Green, enchanté, je suis l'adjoint de Karl.

Elle a un sourire énigmatique, un regard qui le détaille de haut en bas et insinue un malaise chez lui. Elle est dangereuse, c'est la première pensée qui lui vient en tête. Elle finit par le lâcher des yeux et par se tourner vers Karl.

– Votre remplaçant ?

Le flic acquiesce d'un hochement de tête.

– Lui-même ! Je viens faire les présentations et vous poser deux-trois questions par la même occasion. Ethel, je te présente Katherine Priest.

Le sourire de l'hôtesse s'élargit mais Ethel y décèle un certain dédain. Qui est donc cette femme pour les prendre autant de haut ?

– Entrez, je vous en prie, dit-elle en reculant.

Elle les précède dans un long couloir, puis sur la gauche dans un salon confortable où trône une énorme cheminée. Un vestige incongru dans une demeure aussi moderne. Tout comme le parquet suranné qui craque sous leur pas. Toutefois, même avec ces éléments d'un autre âge, on est loin des clichés qu'Ethel avait imaginés – cette femme n'a rien à voir avec l'idée qu'il se fait d'une sorcière. Déjà, elle est jolie, pas de nez crochu ou de verrues, mais de jolis iris surprenants aux reflets multiples. Ensuite, elle a plutôt le style d'une femme d'affaires. Une attitude féroce et implacable. À mille lieues de Christabella.

D'un mouvement de main, elle leur indique les fauteuils et avant qu'ils n'aient échangé un mot, une troisième femme arrive avec des tasses et du café. Jolie, blonde, effacée. Un ballet trop bien orchestré pour être totalement improvisé. Il se demande s'ils étaient attendus. Celle qui leur a ouvert la porte, cette Emelyne, ne semblait pas informée, même si elle s'est montrée peu surprise par leur visite. Cette mise en scène de leur accueil lui fait étrangement penser à celle du meurtre de Tara. Il a bien envie de mettre ça sur le tapis, mais Karl lui a suggéré de ne pas parler, alors il décide de se taire et d'observer.

La nouvelle leur propose à boire, Ethel refuse sagement, mais une nouvelle fois Karl défie ses propres conseils et accepte une tasse. Le jeune se mord la lèvre, dépité. Ce breuvage-là sent vraiment meilleur que celui de Christabella et il n'aurait pas été contre une dose de caféine pour s'éclaircir les idées.

– Vous ne suspectez tout de même pas l'une d'entre nous ? susurre Katherine Priest en plongeant le nez dans sa tasse.

C'est bien une question de suspect, ça, songe Ethel en serrant les mâchoires. Elle le lorgne comme si elle l'avait entendu, plisse les yeux et il a la désagréable impression qu'elle tente de s'insinuer dans son esprit.

– Absolument pas ! affirme Karl avec un grand sourire. Je cherche juste des renseignements.

Les yeux de leur hôtesse quittent Ethel pour se poser avec douceur sur Karl.

– Vous me rassurez, ce meurtre nous a bouleversées.

– Il a bouleversé tout le monde.

Un léger frisson secoue les épaules de Priest. Elle referme ses mains autour de ses bras pour le contenir.

– Quelle horreur de finir comme ça ! Assassinée et abandonnée au milieu de nulle part, c'est bien ça ?

Le shérif acquiesce.

– Est-ce que vous la connaissiez ? Elle s'appelait Tara Stevens.

Il veut sortir son téléphone pour lui montrer sa photo mais elle l'interrompt d'un geste de la main.

– Évidemment que je la connaissais, c'était une *networker* très réputée. Nous évoluions dans les mêmes sphères, pas avec les mêmes valeurs toutefois.

– Les mêmes sphères ?

– Nous avions des connaissances communes. Elle, de par les partenariats qu'elle entretenait avec les marques, et moi, grâce à ma réputation. Nous étions parfois invitées aux mêmes soirées.

– Quand l'avez-vous vue pour la dernière fois ?

Elle prend le temps de finir sa tasse et de réfléchir quelques secondes.

– Il y a six mois environ. C'était à l'occasion d'une fête caritative pour la création d'un hébergement d'urgence pour les victimes de violences conjugales.

– Tara en a été victime ?

– Aucune idée, nous n'en avons pas parlé. Je n'étais à cette soirée que pour présenter les Sorcières de Salem.

Ethel a un petit gloussement qui n'échappe à personne.

Priest se tourne vers lui, interrogative.

– Non, rien, explique Ethel, une simple réflexion sur le nom de votre association et votre habitude de coller du « sorcière » partout.

– Excusez-le, s'empresse de dire Karl, il n'a pas l'habitude, c'est un garçon de la ville.

Ça sonnerait presque comme une insulte. Il sent la mauvaise humeur de son chef glisser jusqu'à lui. Le visage de Katherine s'adoucit un peu.

– Les sorcières font partie de notre culture, monsieur Green, depuis de nombreuses années.

– J'ai cru le comprendre, oui. Karl m'a un peu expliqué en venant. Même si j'ai du mal à partager cette fascination pour ces femmes.

Elle fronce les sourcils, repose sa tasse et lisse sa jupe.

– C’est difficile de comprendre si on ne l’a pas vécue. Mais par pitié, ne cantonnez pas le mot « sorcière » au chaudron et aux incantations magiques.

– Ce n’était pas mon intention.

Mais visiblement, il ne l’a pas convaincue. Elle se redresse de toute sa hauteur avec un air dédaigneux, même si, lorsqu’elle rouvre la bouche, sa voix est calme et maîtrisée.

– Sachez que les Sorcières de Salem est une association sérieuse et reconnue pour ses actions envers les femmes. Je suis avocate, Emelyne que vous avez rencontrée à la porte est une très grande analyste financière qui travaille avec des entreprises du monde entier, quant à Ava qui nous a servi le café, c’est une artiste très cotée à New York. Nous sommes toutes ici les symboles d’une réussite indépendante d’une aura masculine, mais nous avons aussi en commun un passé difficile : violences conjugales, familiales, inceste.

Elle caresse la cheminée du bout des doigts, pensive.

– C’est pour ça que nous nous cachons ici. Bien à l’abri dans cette maison.

Et pourtant, il ne semble pas à Ethel qu’elles aient tant besoin de se cacher quelque part. Tout comme Tara, étrangement, qui s’affichait sans crainte sur les réseaux alors qu’elle avait changé de nom. Leur ancienne identité était-elle à ce point effacée ?

– Je suis désolé, marmonne-t-il. Je n’insinuais pas que votre association était insignifiante ou ridicule, Karl m'a parlé de l'histoire de Christabella, je suis au courant. Mais je m'interroge, justement : n'avez-vous pas peur que cette « représentation de sorcières » (il mime les guillemets avec ses doigts) ne discrédite votre lutte plus qu'autre chose ?

Priest fait volte-face et plante ses iris dont la teinte mordorée a pris le dessus dans son regard intrigué. Il a un instant la sensation qu'elle va exploser, lui balancer ses quatre vérités et les foutre à la porte, mais elle se contente de sourire, impassible toujours. Elle reprend sa place sur le canapé face à lui et se ressert une tasse, un petit sourire aux lèvres :

– Non, pas dans l'État du Massachusetts. Les sorcières nourrissent l'imaginaire populaire. Des siècles durant, la culture dominante a persécuté tous ceux qui ont osé être différents : guérisseurs, sages-femmes, femmes indépendantes ou simplement érudites. Les femmes avec un fort caractère ou une sexualité considéré comme libérée ont été prises pour des sorcières, jugées, condamnées et tuées comme telles. La figure de la sorcière combat les normes et les contraintes sociales. Elle incarne une subjectivité féministe qui fait trembler l'ordre patriarcal. Aujourd'hui, les sorcières participent aux manifestations et jettent des sorts à Trump. Notre discours est parfaitement compris de tous, monsieur Green, je vous l'assure.

Il acquiesce d'un mouvement de tête en louchant vers le chef, étrangement silencieux. Pas même un petit regard énervé. Au contraire, il semble absent et se frotte les mains sur son pantalon. Peut-être parce qu'ils viennent de dépasser l'heure du repas, songe Ethel avec ironie, mais Karl n'a pas l'air bien. Le jeune fronce les sourcils, perplexe, et décide de poursuivre.

– Pour en revenir à Tara, pensez-vous que quelqu'un aurait pu lui en vouloir ?

Elle a un petit haussement d'épaules, raide et à peine perceptible.

– Au point de maquiller un meurtre en rituel ésotérique et de nous faire porter le chapeau ?

Ethel sourit. Cette femme est aussi intelligente que hautaine. Et bien renseignée. Karl lui envoie une toquade. Alors quoi ? On n'a plus le droit de poser des questions innocentes ? Vu la tête de son collègue, il semblerait que non. À moins que ce ne soit autre chose ? Il n'a vraiment pas l'air dans son assiette.

– Comme je vous l'ai dit, reprend Katherine, nous ne nous sommes croisées qu'à quelques reprises et je ne peux pas vous dire si elle avait des ennemis. Mais dans le milieu qu'elle fréquentait, celui des influenceuses mode, beauté (elle a un petit mouvement de main dédaigneux), je sais qu'il y a beaucoup de jalousie.

– Je n'ai pas l'impression que vous apportiez beaucoup de considération à ce métier.

Un petit rire clairement sarcastique s'échappe des lèvres maquillées de rouge de l'avocate.

– Je ne considère pas cela comme un emploi, plutôt une opportunité qu'elle a saisi grâce à son physique. Mais ça marche, à l'évidence, elle semblait en profiter. Je regrette juste la vision que cela renvoie des femmes.

– Je peux comprendre, admet Ethel. Et dans votre entourage, quelqu'un aurait pu vous en vouloir au point de vous coller un meurtre sur le dos ?

Elle hausse les épaules en secouant la tête, pensive.

– Et cette fille ? intervient une voix dans leur dos.

Emelyne est adossée contre le chambranle de la porte, bras croisés, un air mal aimable greffé au visage – à croire qu'elle n'en a pas d'autre. Ethel la quitte des yeux pour reporter son attention sur Katherine qui semble surprise de l'intervention du cerbère.

Emelyne pousse un soupir.

– Cette fille qui t'a agressée la dernière fois ? Une brune avec une grande cicatrice sur le visage.

– Oui, c'est vrai, réfléchit Priest en se redressant pour poser sa tasse. Mais je ne sais pas si ça a un rapport.

– Nous en jugerons par nous-même si vous voulez bien, réplique Ethel. Quelqu'un vous a agressée ?

– Verbalement seulement. Je lui ai refusé l'accès à notre fondation. Ses valeurs ne correspondaient pas aux nôtres. Elle ne cherchait pas notre protection, elle voulait seulement de l'argent.

– De l'argent ? Je ne comprends pas.

– Eh bien c'est assez simple pourtant. Quand nous recueillons une femme dans notre association, nous nous chargeons de tout, nous lui offrons un endroit pour rebondir et des fonds pour vivre le temps qu'elle trouve un emploi lui permettant de subvenir seule à ses besoins. Ce ne peut être que temporaire, évidemment. Mais cette femme ne voulait pas de temporaire.

– Elle voulait juste votre argent.

– Vous vous souvenez de son nom ? réagit soudainement Karl.

Si soudainement que tous se tournent vers lui, surpris. Katherine fait mine de réfléchir, son regard vole vers Emelyne un court instant, puis vers Ethel et enfin vers Karl.

– Anya… Jenkins, il me semble. Oui, c'est ça, Jenkins, c'est ce qu'elle m'a dit.

– Merci beaucoup, maître. Ethel, tu peux noter, s'il te plaît ? Nous n'allons pas vous retenir plus longtemps.

Il se lève brusquement, surprenant son jeune collègue qui n'a pas fini de noter le nom dans le bloc-notes de son téléphone et qui aurait aimé poser d'autres questions, du genre : « Que faisiez-vous il y a deux nuits ? » Ethel se redresse, range précipitamment ses affaires, se dépêchant de rejoindre son chef, déjà à la porte du salon, devant le regard presque amusé de Priest.

– C'est toujours un plaisir de rendre service à la police, minaude leur hôtesse, un rictus aux lèvres.

Comme si elle souriait à une blague qu'elle seule pouvait comprendre.

CHAPITRE 13

– Tu te sens bien ? s'inquiète Ethel. On aurait peut-être pu lui poser deux ou trois questions supplémentaires, non ?

Ils ont déjà atteint l'allée, Karl semble avoir le feu aux fesses. Malgré la fraîcheur et la bruine, ses joues ont pris une teinte rougeaude peu avenante. Il se gratte la paume nerveusement et essuie son front humide.

– Pas ici, grommelle le vieux, on nous surveille encore.

Par réflexe, le nouveau shérif se retourne. Katherine a refermé la porte et personne ne semble les observer aux fenêtres. Quelle mouche a donc piqué son chef pour qu'il détale comme un lapin ? Ils marchent en silence jusqu'à la voiture, Karl haletant, piquant un sprint, et Ethel lui courant derrière.

Alors qu'ils atteignent le parking, le téléphone d'Ethel se met à sonner. Il sort le portable de sa poche tandis que Karl se dirige vers la voiture, côté passager.

– Tu conduis, s'il te plaît ?

Ça ressemble à une question dans la forme, mais pas dans le ton. Karl lui balance les clefs par-dessus le capot.

– Je ne suis pas trop habitué aux boîtes manuelles, gémit Ethel en s'installant derrière le volant.

– Bordel, va aussi falloir que je t'apprenne à conduire ? râle Karl en fouillant péniblement dans la boîte à gants.

Le vieux Rosenberg, celui qu'Ethel a rencontré à son arrivée, vient de faire un retour fracassant. Mais il y a eu un truc depuis, et ce truc a changé la perception d'Ethel. Alors si Karl lui parle de cette façon, il se doute qu'il y a anguille sous roche. Il pose le téléphone entre ses cuisses, il regardera plus tard, pour l'heure il y a plus important.

Le visage du vieux flic vire au cramoisi. Il ôte sa veste et Ethel s'aperçoit que sa chemise est trempée.

– Putain, Karl, dis-moi ce qui se passe ! Qu'est-ce que tu me fais ? C'est pas une crise cardiaque, au moins ?

La panique du gamin a au moins pour effet de faire rire le vieux. Un rire qui se transforme aussitôt en toux de catarrheux, qui inquiète encore plus Ethel. On tourne en rond.

Enfin Karl trouve ce qu'il cherche dans la boîte à gants : un tube de pommade. Il le saisit maladroitement et prend deux secondes pour montrer sa main droite à sa recrue anxieuse. Les yeux d'Ethel manquent de jaillir de ses orbites. Il a un petit mouvement de recul écœuré.

– La vache, mais qu'est-ce que c'est que ça ? crie-t-il. Une allergie ?

La peau est rouge et boursouflée, comme cuite autour du pouce. Karl étale, en faisant la grimace, une couche d'au moins deux centimètres de crème dessus, puis, un peu soulagé, il explique enfin :

– Gympie-gympie. Une plante extrêmement toxique qui provoque des brûlures. Et encore, ma vieille peau est habituée, toi, tu aurais douillé.

Ethel est tellement sidéré qu'il ne sait quoi répondre. Il regarde Karl comme s'il lui avait poussé une deuxième tête.

– Pourquoi est-ce que tu crois que je t'ai interdit de leur serrer la main ? ajoute son collègue.

Le jeune fait le lien avec ce qu'il lui a dit il y a à peine une heure.

– Ce sont elles qui… ?

– Ouais, souffle le vieil homme dont le visage se détend de seconde en seconde sous l'effet de la crème. Parfois, elles mettent des hallucinogènes dans leur café ou des laxatifs, mais je crois que j'ai échappé à la torture intestinale cette fois. J'en serai quitte pour une cloque ou deux.

Ethel tourne sa tête d'ahuri vers le portail de la maison puis vers son chef, incrédule.

– Tu te fous de ma gueule ? Mais pourquoi ?

– Elles n'aiment pas trop les flics, ou c'est pour rester fidèles à leur culture occulte, va savoir.

– Mais c’est une blague ? Et tu laisses faire !

– Tu veux quoi, que je les mette en taule pour usage illicite de laxatifs ? La brûlure aura disparu demain et on ne trouvera rien d’autre que quelques poils urticants sur ma main et une vieille ampoule. C’est plus impressionnant que grave, t’en verras d’autres ! Tu pourrais pas te contenter de me remercier de t’avoir évité de te cramer ?

Ethel ouvre de plus grands yeux encore – si c’est possible –, puis se reprend. C’est vrai qu’il est plutôt content d’avoir échappé à ça. Il se redresse sur son siège.

– Merci, marmonne-t-il, toujours abasourdi, en fixant le pare-brise. Ça tourne vraiment pas rond dans votre bled. Et c’est pas étonnant quand on voit ce qui passe par la tête de celui qui est censé faire régner la justice. Des hallucinogènes ?

Karl hausse les sourcils et ferme les yeux pour approuver puis souffle. Un mouvement qui se transforme peu à peu en rire, bientôt suivi par Ethel qui a besoin de relâcher la pression. On ne l’a pas formé à ça à l’école de police.

– Tu devrais essayer, lui dit Karl en essuyant les larmes qui perlent à ses yeux, c’est plutôt sympa comme effet.

Ethel secoue la tête.

– Tu n’as jamais songé à les arrêter pour ça ?

– J’ai tenté il y a une quinzaine d’années. On a fouillé toute la baraque avec Mirandi, sans jamais rien trouver. La seule preuve qu’on avait, c’était la drogue dans notre sang, on a préféré laisser tomber. Et puis je te le dis, ça ne va jamais loin, c'est une sorte d'intimidation pour qu'on ne traîne pas trop dans leurs affaires.

– Une quinzaine d'années ? Ça fait combien de temps qu'elles sont là ?

– Toutes les filles ne vivent pas ici en permanence. La plupart restent le temps de se remettre et repartent. La petite qui a apporté le café, je ne l'avais jamais vue. Ça doit être une nouvelle. Emelyne, ça doit bien faire dix ans maintenant qu'elle squatte, parce qu'elle s'occupe de la comptabilité de l'association. On a eu des frictions plusieurs fois, c'est une colérique mais elle se retient, elle reste toujours dans la limite légale. Quant à Katherine (il marque une pause), elle est la première femme que Christabella a prise sous son aile.

Ethel aurait parié qu'il y avait de la tendresse dans le ton de sa voix.

– C'est pour ça que vous avez l'air aussi proches.

Karl a un petit mouvement de tête qui ne confirme rien.

– Quand elle est arrivée ici, elle avait quatorze ou quinze ans, peut-être moins, on n'a jamais vraiment su quel âge elle avait. Mais elle était dans un sale état, ça, je peux te le dire. C'est moi qui l'ai récupérée à la gare routière. Le chauffeur de bus l'avait fait descendre à notre arrêt parce qu'elle n'avait pas de billet. Ça faisait plusieurs mois qu'elle traînait dans la rue, elle voulait rallier le Canada, qu'elle nous a dit.

– Le Canada ?

Karl affirme en secouant la tête.

– Ouais, le Canada, et je peux te dire qu'elle était déterminée. Si elle n'avait pas été malade, elle y serait sûrement. Mais voilà, elle était malade, et enceinte.

Ethel fronce les sourcils mais s'abstient de commenter, car le visage de Karl vient de se peindre de colère et de douleur.

– Après examen, John nous a confirmé ce qu'on redoutait. La pauvre gosse avait été violée. Elle avait dû s'enfuir après l'acte parce que ce sont ses blessures infectées qui la rendaient malade. Elle a perdu le bébé et elle est restée quelque temps à l'hosto pour récupérer. Et puis un jour, la police d'État a débarqué avec leurs gros sabots et une affichette avec son portrait. Ils nous ont dit que la gosse s'était enfuie, que son papa la recherchait. La police d'État, pour une fugue de gamine ! Ça nous a mis la puce à l'oreille. On a fait les innocents et on l'a planquée chez Christabella. Et elle y est restée.

– Merde, sale histoire.

Il ne sait pas quoi dire d'autre.

– Ouais, sale histoire, confirme Karl. J'oublierai jamais sa petite gueule sale quand elle est arrivée. Il y avait une telle peur dans ses yeux.

– Que du coup, tu ne te sens pas de la foutre en taule même si elle te martyrise un peu.

Le shérif sourit.

– C'est con, je sais, c'est plus une gamine. Et si tu répètes à quelqu'un que je suis un mec au cœur tendre, je te file un pain dont tu te rappelleras.

– Mais oui, j'en tremble d'avance, rigole Ethel en mettant le contact.

Il enclenche tant bien que mal la marche arrière et effectue un demi-tour incertain sur la voie sans issue, tandis que Karl se bidonne à côté en serrant sa main meurtrie contre son torse. Au bout d'une demi-heure cependant, ce dernier n'a plus envie de rire. Il n'a jamais vu personne conduire aussi mal ! Il est tenté à plusieurs reprises de reprendre le volant, chaque fois qu'Ethel laisse traîner un passage de vitesse à vrai dire, mais sa main le fait encore trop souffrir. D'habitude, leurs concoctions mettent plus de temps à faire effet. Il se demande ce que les filles pouvaient bien avoir à cacher pour vouloir qu'ils dégagent aussi vite.

– Quand on arrive au poste, dit-il la voix hachée par la douleur, on se renseigne sur cette Anya Jenkins en priorité et on voit s'il peut y avoir un lien avec Tara Stevens. L'appel tout à l'heure, c'était les gars ? Il y a du nouveau ?

Ethel se tourne vers le chef avec un air railleur :

– Tu t'emballes papy, c'est ton gimp-gimp qui t'a remonté ?

– Gympie-gympie, et regarde la route au lieu de dire des âneries, tu fais des embardées. J'ai l'habitude des manigances de Katherine et de me faire rembarrer par ses filles. Mais je l'ai trouvée particulièrement coopérative aujourd'hui, trop coopérative, si tu vois ce que je veux dire.

– Je vois bien. Personnellement, j'ai eu la sensation de me retrouver face à la reine du contrôle. Et j'ai comme eu l'impression qu'elle n'appréciait pas l'intervention d'Emelyne, rétorque Ethel en récupérant son téléphone.

Il regarde l'écran et fronce les sourcils.

– Je l'ai senti aussi, reconnaît Karl, c'est pour ça qu'il faut qu'on se renseigne sur cette fille. Regarde la route, bon sang, tu serres trop à droite ! Ethel !

– Calme-toi ! Je crois que je l'ai bien en main, cette chignole ! Regarde ça plutôt.

Il lui tend son téléphone dont il a déverrouillé l'écran grâce à son empreinte.

– Oui, bah reste poli avec elle, se marre Karl. Quand tu auras vu le budget qu'on nous alloue pour le parc automobile, tu seras bien content de l'avoir. Je dois regarder quoi ?

– Le message. Mon mystérieux contact a décidé de m'envoyer une nouvelle information.

– Je ne t'avais pas conseillé de ne pas jouer avec lui ?

– Il ne sait pas que j'ai lu son message tant que je ne clique pas sur « accepter ». Comme ça, on peut voir ce qu'il nous dit. Alors il veut quoi ?

– Ninel Holmes. C'est qui, Ninel Holmes ?

CHAPITRE 14

Le retour au poste se fait finalement sans encombre, et les tâches sont vite réparties. Le duo Pirel-Mirandi s'occupe d'Anya Jenkins, tandis qu'Ethel se charge de découvrir qui est cette Ninel Holmes en attendant que Karl se fasse examiner la main par John.

Le moins qu'on puisse dire, c'est que la surprise est de taille et que, même s'il ne connaît pas encore l'identité de son mystérieux contact, ce dernier n'est sûrement pas le tueur. Ou alors un tueur d'un genre qu'il n'a encore jamais vu.

Il scrute sur son écran la photo que le fichier de traitement des antécédents lui a ressortie. Grimée en sorcière, échevelée, brune, Ninel Holmes pose pour la postérité judiciaire.

– Alors, tu as suivi ta piste mystérieuse ?

Il sursaute. Karl s'est glissé en douceur derrière lui. Le jeune shérif soupire, bruyamment, et se laisse tomber contre le dossier de sa chaise.

– J'ai trouvé beaucoup de choses sur Ninel Holmes, oui, autant dans nos fichiers que sur Internet. Elle est née en 1994, originaire de l'Alabama. Fille de Sunny et Kenickie Holmes, sans domicile fixe. Ses parents meurent en 2007 dans un incendie supposé criminel et elle est confiée à la garde de sa tante à Providence. C'est là-bas qu'elle commence à faire parler d'elle.

Il a de nouveau un long soupir, qui ne sera pas le dernier, et il ajoute :

– Pas en bien, malheureusement.

– Et pourquoi tu fais cette tête de chien battu ?

Ethel s'écarte un peu de l'écran.

– Je te laisse juger de la ressemblance. Sur cette photo, Ninel Holmes faisait partie d'un groupe qui se faisait appeler WECCAN. C'est un jeu de mots – *we can*[2] et *wiccan*, la religion mystique. C'est un mouvement féministe qui organise des festivals de sorcellerie lors d'événements jugés dégradants pour les femmes, comme les salons du mariage par exemple, que le groupe considère comme, je cite, « une prostitution légale pour les femmes ».

– Oh, bordel. Elle est plus jeune mais on dirait…

– Quatorze ans sur cette photo, le coupe Ethel. Sur celle-ci (il clique sur un autre article) Ninel Holmes a seize ans et c'est la première fois qu'elle comparait dans un tribunal pour adultes. Elle est accusée, avec de nombreuses autres militantes, d'avoir perturbé une élection en scandant, je cite là aussi, « des incantations maléfiques ». Toutes les filles portent des cagoules, et c'est ce qui les a

2. « Nous pouvons », en anglais.

sauvées de la taule puisque l'avocat a mis en avant le fait qu'on ne les reconnaissait pas, mais…

– On reconnaît bien ses yeux, finit Karl.

– Comment oublier des yeux d'un bleu pareil, renchérit Ethel en soupirant. Pour finir, elle se retrouve inculpée pour le saccage d'une église (il clique sur un troisième article) à l'aide de foies de veau censés représenter des fœtus d'enfants, en réponse à la pénalisation de l'avortement.

Cette fois, la jeune Ninel a dix-neuf ans et son portrait en première page du quotidien ne laisse que peu de doutes aux policiers.

Ethel bascule sur le dossier de Ninel extrait du fichier de la police.

– C'est Tara Stevens, conclut Karl.

– Ouais, souffle Ethel, dépité. C'est bien Tara Stevens.

Karl fait la moue, bras croisés sur sa poitrine.

– Qu'est-ce qui te chiffonne du coup ? On se doutait que Tara Stevens n'était pas son vrai nom, on a enfin son identité, maintenant !

Ethel soupire pour la troisième fois.

– Ce qui me chiffonne, c'est que les empreintes relevées sur le corps de notre victime dans la forêt auraient dû ressortir de nos fichiers sous le nom de Ninel Holmes, puisqu'elle a fait de la taule.

Karl hoche la tête.

– Effectivement. Or, ses empreintes n'ont rien donné quand John les a enregistrées. C'est forcément que quelqu'un a modifié le dossier de Ninel Holmes.

– Mais qui peut faire ça ?

Karl se gratte la joue.

– Beaucoup de monde, mon pauvre. Un simple flic, un laborantin… Il suffit d'échanger dans nos fichiers les empreintes de la personne vivante par celles d'une personne décédée. Le subterfuge peut tenir des années, voire n'être jamais révélé si personne ne cherche. Une fois sortis de prison, si les mecs se tiennent tranquilles, il n'y a aucune raison d'aller fouiner dans leur dossier. T'imagines le boulot s'il fallait contrôler régulièrement tous les dossiers des détenus ?

– Et Tara pouvait donc vivre sa vie sans être inquiétée, conclut Ethel.

– Exactement. Changement de nom, changement de tête, changement de vie.

Ethel se redresse et pose sa tête sur son poing en fixant la photo de l'écran, cherchant un détail qui pourrait différencier cette furie de la beauté parfaite qu'il l'a tant subjugué il y a vingt-quatre heures à peine.

– Mais visiblement, ça n'a pas suffi.

– Elle aurait peut-être dû changer la couleur de ses yeux, répond Karl.

– Je peux vous déranger ?

Zucko Mirandi leur fait face, les pognes plantées dans le pantalon, un exploit quand on voit la taille de ses mains en comparaison de celle de ses poches. Il a un grand sourire aussi, le genre fier de lui.

Il n'attend même pas qu'ils lui répondent pour tirer une chaise.

– On a fait nos petites recherches sur cette Anya Jenkins, et comme pour notre victime, on n'a rien trouvé. (Il leur adresse un clin d'œil.) Mais on ne s'est pas arrêtés pour autant.

Karl lève son index jauni par la clope pour leur signifier d'attendre deux secondes et va chercher une chaise pour s'asseoir au côté d'Ethel, au moment même où Pirel rapplique. Il a le même sourire de vainqueur que Mirandi quand son regard croise celui de son chef.

– Zucko vous a dit ?

– Il est en train, confirme Karl, prends une chaise et viens nous rejoindre.

Il s'exécute sans attendre, trop heureux de montrer ce qu'ils ont déterré.

Une fois tout le monde assis, Zucko reprend.

– Comme on n'avait rien dans nos fichiers, on a regardé sur le Web et là, surprise : Anya Jenkins apparaît bien, mais c'est un personnage de fiction.

Karl pousse un soupir en se frottant le front de la main.

– On a alors pensé que Katherine s'était foutue de vous. (Il ajoute, en voyant l'air réprobateur de son chef :) Malgré toute l'affection que vous portez à cette fille, vous devez reconnaître que ce ne serait pas la première fois qu'elle vous mène en bateau.

Karl approuve d'un hochement de tête, sourcils toujours froncés. Zucko poursuit.

– Puis on a repensé à toutes les fois où malgré toutes les petites tortures qu'elle vous inflige, elle avait tenté de vous aider, comme avec votre problème de crédit il y a trois ans.

D'un geste de la main, le shérif lui signifie qu'il n'est pas nécessaire de s'appesantir sur cette vieille histoire.

– Donc on a poussé plus loin sur Internet et on a trouvé quelque chose sur Instagram. Comme Ethel nous a appris que Tara Stevens était une influen-quelque chose sur ce réseau, on a supposé qu'il pouvait y avoir un lien.

– Influenceuse, corrige Ethel.

– On s'en fout, s'agace Karl, qui commence à trouver que les explications s'éternisent. Ça a donné quoi ?

Mirandi tapote de son index grassouillet le clavier de son ordinateur portable, puis tourne l'écran vers eux.

– Witches Scare. C'est le nom d'un mouvement féministe créé par, je vous le donne en mille : Anya Jenkins.

– OK, donc, notre nouvelle Jane Doe a créé un groupe de sorcières sur Instagram.

– Oui, intervient Dany, il n'y a pas de vérification d'identité pour créer un compte, tu peux mettre le nom que tu veux.

Zucko enchaîne :

– C'est un mouvement plutôt radical qui considère que pour changer les choses, il ne suffit plus de demander gentiment et de faire confiance à la loi. Sur le compte, elles parlent essentiellement de leurs manifestations, passées et à venir, elles recensent les exactions individuelles et collectives infligées aux femmes dans le monde, elles postent des slogans. J'ai l'impression qu'elles étaient nombreuses à en faire partie mais qu'elles se sont pour beaucoup finalement ralliées à d'autres groupes, parfois aussi vindicatifs.

– « Nous sommes les petites-filles des sorcières que vous n'avez pas pu brûler », lit Ethel à voix haute. Ça annonce la couleur.

– Oui, Anya Jenkins l'a souvent postée, celle-là, répond Zucko. C'est une phrase revendicative reprise par de nombreuses féministes. Le lien avec les sorcières, c'est leur combat contre le patriarcat, pour leur indépendance et la reconnaissance de leur force.

– On sait. Ce qu'on cherche, c'est un lien avec Tara Stevens. Quelque chose le soir où elle a été tuée ? demande Karl. Histoire qu'on avance un peu au lieu de seulement mettre au jour de nouvelles personnes sans réelle identité !

Zucko secoue la tête.

– Non, rien qui sorte de leur ordinaire. Les jours précédant le crime, Anya a mis en ligne plusieurs articles sur le viol d'une petite fille de dix ans au Brésil et des posts au sujet d'un appel pour une marche des femmes contre Trump.

– Si, il y a un truc ! s'exclame soudain Ethel.

Il fait pivoter l'ordinateur portable pour que Karl puisse voir l'écran et le pointe de l'index.

– Ninel Holmes faisait partie de ses followers.

– Followers ? l'arrête Karl en le coupant.

– C'est comme ça qu'on appelle les abonnés à un compte Instagram, répond Zucko. C'est qui, Ninel Holmes ?

Karl a un petit soupir de lassitude en fermant les yeux. Il va falloir qu'il se mette à la page s'il veut suivre.

– Ninel Holmes, c'est le vrai nom de Tara Stevens, dit-il en prenant une profonde inspiration. Donc Ninel connaissait cette Anya.

– Pas forcément, précise Ethel en remontant le fil des posts. (Il plisse les yeux, prend quelques secondes pour vérifier et ajoute :) Mais elle commente pas mal les posts, notamment ceux qui parlent des manifestations. On peut supposer sans trop se tromper qu'elles se sont rencontrées pendant ces événements.

– Ninel Holmes avait un compte ? demande Karl.

– Je suis en train de le chercher.

Ils attendent quelques secondes. Ethel hoche la tête.

– Elle a un compte, oui, mais il est juste alimenté par des reposts du compte des Witches Scare.

– Des copies de posts, explique Dany à l'attention de Karl qui hoche la tête avec un air de plus en plus désespéré.

– En plus son compte n'est plus alimenté depuis un moment, reprend Ethel. Le dernier post date d'il y a dix-huit mois à peu près.

– Donc Ninel Holmes a disparu pour laisser en quelques semaines la place à Tara Stevens. Pourquoi ?

Ethel hausse les épaules et rend son ordinateur à Zucko.

– Sachant qu'elle s'affichait sur les réseaux, ce n'était sûrement pas pour fuir quelqu'un.

– Son passé peut-être ? lance Dany. Pourquoi changer de nom et choisir un univers aux antipodes de celui dans lequel on a baigné jusque-là ? Si ce n'est pour tourner la page avec ce qu'on a été ?

– D'accord, donc il y a dix-huit mois, Ninel Holmes décide de devenir quelqu'un d'autre, résume Karl. Elle a fait de la taule et d'après ce qu'on a pu voir dans son casier judiciaire et sur les photos des articles de journaux, elle menait une vie plutôt violente en comparaison de celle qu'elle a vécue sous l'identité de Tara. Ça peut justifier sa volonté de changer de nom.

– Il faut donc qu'on découvre ce qui s'est passé dans sa vie il y a un an et demi pour motiver un tel changement.

Karl approuve d'un mouvement de tête et tout le monde reste silencieux. Jusqu'à ce que Zucko se manifeste.

– Regardez ça, dit-il en tournant de nouveau l'ordinateur vers eux.

Il clique sur une image et l'agrandit. C'est la photo d'une espèce d'entrepôt réhabilité. Un bâtiment à l'allure austère et sale qui s'élève sur une dizaine de mètres. On dirait un vieux hangar maritime devant lequel deux jeunes femmes posent. Une brune et une rousse.

– C’est Tara Stevens !

– Oui, confirme Zucko. J’ai remonté le fil des photos des Witches Scare jusqu’à il y a un an et demi environ. Anya a posté : « nouveau départ ». Je suppose que c’est elle sur la photo à côté de Tara.

– Oui, affirme Ethel en hochant la tête. « La fille à la cicatrice », c’est de cette façon que nous l’a décrite Emelyne.

Karl pousse un long soupir.

– OK, Tara se trouvait là, ça prouve au moins son lien avec Anya Jenkins. C’est bien joli mais c’est où ?

Un grand sourire éclaire alors la face des deux agents. Ils sont bientôt suivis par Ethel.

– Il suffit de lire les mentions sous la photo, dit le jeune en montrant l’écran. « #maison #springfield ».

Karl a un petit rire interloqué.

– C’est sa maison ? Je veux dire… c’est aussi simple ? C’est comme ça que ça se passe sur les réseaux ? Tout le monde peut savoir où tu es à cause d’un… d’une mention ?

– Un hashtag, explique Pirel, et encore, parfois certains géolocalisent carrément chacune de leurs photos.

Enfin, un petit sourire satisfait se dessine sur les lèvres du vieux shérif.

– Je crois qu’on a mérité un bon déjeuner !

Il avise sa montre et se reprend :

– Enfin, un bon goûter, plutôt.

CHAPITRE 15

Le *Lester's Steak & Eggs* fait le plein. En ce samedi après-midi, les citoyens d'Hinsdale ont envie de sortir. Il fait doux, le ciel est partiellement dégagé, on peut même attraper un bout de ciel bleu au-dessus du clocher de l'église. Il n'en faut pas plus d'ordinaire pour que la population de la petite ville se retrouve dans le boyau de rue qui se targue du nom de rue principale. Mais aujourd'hui, c'est autre chose qui l'a attirée hors de chez elle.

Quand les quatre agents poussent la porte, ils constatent que la rumeur des discussions habituelles – les matchs de base-ball, les récoltes, le prix de l'essence et les nouveaux engins agricoles – a été remplacée par une nouvelle bien plus intrigante. Le meurtre d'une jeune star des réseaux sociaux. Selon un rituel de sorcellerie. Il y a bien quelques rires en fonds sonores, des jeunes essentiellement qui, selon l'avis de Karl, sont plus intéressés par les photos en sous-vêtements de Tara que par la façon dont elle est morte, mais les autres, il les sent tendus, irrités. Les Sorcières ont fait parler d'elles, encore une fois, et quelqu'un est mort, encore une fois. Karl les connaît bien, peu leur importe que ce ne soit qu'une mise en scène, peu leur importe la présomption d'innocence, tout ce qui se passe dans cette forêt est obligatoirement la faute des filles. Parce qu'elles leur font peur, à ne pas vouloir rentrer dans le rang.

– C'est moi ou l'ambiance est pesante ? demande Ethel. Tout le monde nous regarde.

Le vieux shérif attend qu'ils soient tous assis à leur table, à l'abri des oreilles indiscrètes.

– Il y a eu un meurtre, les gens attendent des réponses.

– Oui, je me doute, mais un meurtre ne se résout pas en deux jours…

– On n'est pas en ville, ici, on n'assassine pas les gens à tous les coins de rue, ils n'ont pas l'habitude de tout ça et ça les inquiète.

– Ouais, enfin faudrait leur expliquer qu'on est un peu ralentis dans nos actions par des moyens limités, raille Ethel.

Karl a un petit sourire. Visiblement, le garçon n'a pas digéré son altercation avec Sanders. Il le comprend, il n'aurait pas apprécié non plus, à sa place. Au même âge, il ne se serait pas contenté d'appeler Sanders, il aurait débarqué dans son bureau pour lui rentrer dedans. Et ça n'aurait servi à rien, parce que les types comme Sanders se foutent des types comme eux qui vivent dans des coins reculés et leur coûtent plus de fric qu'ils ne leur apportent de résultats. Tout ce qui importe aux Sanders et compagnie, c'est de maintenir le taux de criminalité des métropoles au plus bas afin d'assurer leurs fesses sur leur imposant fauteuil en cuir rembourré de privilèges.

– Vous ne trouvez pas ça étrange, qu'une activiste comme Ninel Holmes ait choisi de devenir une fille aussi superficielle que Tara Stevens ? demande Dany.

Il sort Karl de ses pensées.

– Tu la trouves superficielle ?

Dany hausse les épaules.

– Tout ce qui ressort des photos de son *feed* (il a une hésitation sur le mot, jette un coup d'œil à son chef qui l'encourage à poursuivre d'un signe de tête), ce sont des clichés de cafés, de restos, de shopping. Ses séances de sport, ses sorties, sa décoration. Je m'attendais à autre chose de la part d'une féministe.

– Peut-être était-ce sa façon à elle de combattre, en montrant une féminité exacerbée ? répond Ethel. Elle était indépendante, sûre d'elle et de sa beauté, elle gagnait sa vie toute seule, sans attache. Elle a pu vouloir montrer une autre approche de sa lutte ?

– Peut-être, murmure le flic avec une moue peu convaincue.

– C'est comme pour tout, renchérit Karl, il y a plusieurs façons d'aborder les choses, avec plus ou moins d'engagement ou de velléités.

Il observe Rose qui file entre les tables, les bras chargés d'assiettes, prend des commandes, retourne au comptoir. Ellc a les joues roses, les traits tirés par le rythme soutenu des commandes qui s'enchaînent. Ses boucles blondes n'arrêtent pas de rebondir sur ses épaules. Elle capte son regard, lui fait signe qu'elle arrive tout de suite et reprend un plateau. Rose si sage et soumise à l'autorité paternelle. Est-ce qu'elle a un compte Instagram, elle aussi ? Est-ce qu'elle affiche ce qu'elle sert, des anecdotes de clients ? Qu'est-ce que ça apporte ? Qu'est-ce que ça apportait à Tara ? Et surtout, est-ce que c'est cette surexposition qui lui a coûté la vie ?

Ses pensées sont interrompues par le tintement de la clochette de la porte d'entrée. Le *fracassement* de la clochette serait plus exact. Les conversations cessent et toutes les têtes se tournent vers la porte. Rose s'arrête entre deux tables, son père lève la tête de ses steaks et une onde de surprise parcourt la salle. Charlie Weld vient de faire son entrée. Il sourit, si on peut qualifier ainsi le mince étirement de ses lèvres, et donne l'impression à Karl qu'il vient en prédicateur délivrer son sermon aux ouailles désobéissantes. Il se tourne vers leur table, confirmant son impression.

– Ça sent les emmerdes, murmure Ethel à l'intention des autres.

Et il n'a pas tort, parce que lorsque le maire tire une chaise de la table voisine, c'est pour la placer juste à côté de lui, tournant de ce fait le dos à Karl.

Ça lui tire un sourire amusé, Weld veut sûrement lui faire comprendre qu'il ne le considère déjà plus comme le shérif, mais il doute que le maire l'ait jamais vu comme autre chose qu'un parasite tentant de fourrer son nez dans ses petites affaires. Son sourire disparaît dès que Weld ouvre la bouche.

– C'est quoi, ces conneries ? J'ai reçu un appel de Boston pour me dire que vous étiez allés chouiner pour avoir du renfort ?

On dirait le mugissement d'un taureau prêt à se battre. Le ton posé et bien élevé qu'il emploie d'habitude pour arriver à ses fins a disparu. Karl se demande bien pourquoi. Il est surpris aussi que Sanders, qui avait l'air si pressé de raccrocher au nez du gamin, ait pris la peine de contacter le maire pour râler à son tour.

– Pas du renfort, un expert informatique, souffle Ethel.

Karl se penche vers le gosse. Ses joues se sont teintées de rouge mais ce n'est pas de peur, c'est de détermination. Il regarde le maire droit dans les yeux, sa respiration est calme, il se tient les épaules légèrement en avant, comme prêt à affronter la tempête. Pour la première fois, il vient en tête à Karl que si Sanders a choisi Ethel pour le remplacer, ce n'est peut-être pas pour le punir. Le grand patron de Boston en aurait-il marre des magouilles financières de Weld ? On ne peut pas dire que Sanders soit un saint, mais Charlie Weld a peut-être dépassé les bornes, cette fois-ci.

– Ethel a raison, on a besoin de plus de moyens pour résoudre cette enquête, ajoute-t-il dans le dos du maire.

Weld se tourne vers lui et l'expression hargneuse qu'il affiche fait reculer le shérif de quelques centimètres. Il ressemble à un fou, il ne l'a jamais vu dans un tel état.

– Ce n'est pas à toi que je m'adresse, crache le maire avec un geste dédaigneux.

Puis il se tourne vers Ethel et plante ses yeux furibonds dans les siens.

– C'est au futur ex-shérif.

C'est marrant, ça sonne comme « le nouvel insecte que je vais écraser sous mes bottes ». Et tout le monde sait que Charlie Weld porte toujours de grosses rangers militaires à bout renforcé. C'est un conservateur, dans tous les sens du terme.

– On a besoin de plus de moyens pour résoudre cette enquête, répète Ethel en soutenant son regard.

– Mais quelle enquête ?

Weld a haussé le ton pour s'assurer que son auditoire n'en perde pas une miette. Et l'auditoire écoute, pendu à leurs lèvres. Il se rangera du côté de celui qui gueule le plus fort.

– Est-ce qu'on a besoin de dépenser le fric de notre communauté pour une fille qui passait son temps à se prendre en photo en petite culotte ?

Quelques rires fusent autour d'eux. Ethel inspire profondément, Karl se demande s'il commence à perdre patience, il n'en a pas l'air, il donne plutôt l'impression qu'il se prépare à jouer son prochain coup.

– Tara Stevens n'était pas en sous-vêtements dans la forêt. Et elle a été empoisonnée.

– Et comme la dernière fois, on finira par découvrir que c'est son mari qui l'a tuée.

Ethel a un imperceptible froncement de sourcils, qui n'échappe pas à Weld malheureusement.

– Comment voulez-vous mener une enquête alors que vous ne connaissez rien à cette ville ? C'est exactement la même histoire qu'il y a cinq ans ! (Il pointe son index sur sa poitrine.) Et vous faites exactement les mêmes erreurs que vos crétins de coéquipiers !

Il a un regard en arrière, vers lesdits crétins qui n'apprécient pas l'insulte.

L'onde de murmures est plus forte. Mécontente. Charlie Weld a un petit rire satisfait.

– C'est quoi ton problème ? susurre Karl à Weld. Je ne comprends pas pourquoi tu te mêles de cette histoire. On rend déjà des comptes au bureau de Boston, on n'a pas besoin d'un patron de plus.

– Parce que c'est *ma* ville, grogne Weld en se tournant vers lui. J'ai de grandes responsabilités envers mes concitoyens et j'entends bien les assumer ! Tout ce que vous faites, c'est créer un climat de peur et semer la pagaille dans notre ville. Je comprends que tu veuilles conclure ta carrière avec une grande enquête, Karl, mais quand il n'y en a pas, ça ne sert à rien d'en inventer !

– Il y en a qui s'inventent des grandes responsabilités, marmonne Pirel dans sa barbe.

Weld lui adresse un regard féroce, mais Karl le contre avant qu'il n'agresse son agent.

– Nous aussi on en a une, de responsabilité. Celle d'assurer la sécurité de cette ville et de faire respecter la loi.

Un rictus sarcastique envahit la face ronde du maire.

– C'est une petite ville sans histoires, ici. Les seuls problèmes qu'on a eus, c'est toi qui les as créés.

– J'ai toujours fait respecter la loi en parfaite équité, s'insurge Karl en se levant, et tout le monde ici peut en témoigner !

Un « C'est vrai ! » fuse dans le dos d'Ethel et quelques têtes acquiescent.

– Pas comme toi, ajoute Karl avant de se diriger vers Rose dont les joues sont empourprées.

« Pourquoi faut-il que vous vous engueuliez ici ? » semblent lui dire ses grands yeux effarés.

– Je suis désolé, Rose. Peux-tu nous mettre quatre pains grillés avec bacon et œufs à emporter ?

Elle acquiesce d'un mouvement rapide de tête et file passer la commande en cuisine. Karl se retourne pour rejoindre ses gars, mais Charlie Weld est devant lui, un mauvais air planté sur la face. Son eau de Cologne envahit les narines du vieux, qui grimace, écœuré. Ses yeux, qui disparaissent presque dans les replis de sa peau, brillent d'une intelligence glaciale. « Fais gaffe », disent-ils à Karl.

– Ne me cherche pas trop, Rosenberg, je pourrais moi aussi ressortir quelques vieux dossiers des archives.

L’homme respire à peine. Il parle à voix basse. Karl n’est même pas sûr que ceux de la table voisine l’entendent. Mais Ethel, qui s’est levé en même temps que le maire pour soutenir son chef, oui.

– De quoi tu parles ? J’ai toujours été droit dans mes bottes.

– Sûr ? Avec les procédures aussi ?

Karl plisse les yeux et se surprend à ressentir une petite pointe de culpabilité qui lui coud la bouche. Une erreur dans sa carrière et il a fallu que ce couillon l’apprenne.

– Avec l’ancienneté que tu as, ta retraite va coûter bonbon, non ? Ce serait dommage que je fournisse à Sanders un prétexte pour te virer sans un sou.

Puis il se détourne avant que Karl ne puisse ouvrir la bouche.

– Messieurs, dames, un bon appétit, lance-t-il à l’assemblée avec le sourire d’un candidat aux élections.

– C’était quoi, ça ? demande Ethel.

Ils sont debout au milieu du restaurant avec braqués sur eux une trentaine de paires d’yeux.

– Un concours de quéquettes, s’esclaffe Mirandi derrière son dos.

Sauf qu'Ethel ne parle pas de ça, il pense à la menace sous-entendue dans les paroles de Weld, et Karl l'a très bien compris. Pourtant, il se contente de tapoter l'épaule du garçon en se tournant vers le comptoir. Rose est justement en train d'emballer leur commande.

– Rajoute donc trois bouteilles de Root Beer et une Sam Adams, c'est la préférée du gamin, précise-t-il avec un clin d'œil.

Petit sourire de Rose, elle a noté l'info dans un recoin de sa tête.

– Karl ! insiste Ethel.

Le shérif se tourne vers lui, un sourire plein de douceur aux lèvres.

– Te bile pas pour ça. Il aboie, mais il ne mord pas.

– On est quand même nombreux à penser qu'il n'a pas tort, Karl, intervient un type assis près de la porte. Chaque fois qu'on a des problèmes ici, ça tourne autour des Sorcières de Salem, et on te trouve plutôt sympa avec elles.

Rusty Garth, un type gentil, un ancien mineur reconverti dans la réparation des engins agricoles. Karl l'aime bien, ils ont bu plusieurs fois des bières ensemble lors des soirées match du *Lester's*. Un peu macho mais pas bien méchant.

– Elles ne font rien d'illégal. Et notre victime ne faisait pas partie des Sorcières de Salem.

– On a vu les photos dans le journal ! renchérit la femme assise avec lui, sa seconde si Karl se souvient bien. C'est le même genre de femmes !

– Quel genre ?

– Qui s'affichent partout ! Et qui passent leur temps à cracher sur les hommes. À les écouter, on n'aurait même plus le droit de se marier !

– Je ne suis pas sûr que ce soit ce qu'elles prônent, elles veulent juste l'égalité des droits entre hommes et femmes.

Deux ou trois rires fusent. « Elles veulent pas l'égalité, elles veulent notre place ! » « Moi, j'aimerais bien voir une bonne femme bosser à ma place, pendant que je suis tranquille à la maison. » « J'ai pas besoin de montrer mes nichons pour me sentir femme ! »

Karl lève la main.

– On n'est pas là pour ça, je vous rappelle. On enquête sur un meurtre.

– C'est même pas une fille de chez nous, ajoute la femme de Rusty. Qu'est-ce qu'elles viennent faire ici ? Elles ont pas de forêts à Lanesborough ? On en a marre de ces histoires !

– C'est à cause des énergies.

Tout le monde se tourne vers la porte, comme un seul homme, vers cette voix éraillée arrivée de nulle part. La rumeur se tait, quelques têtes se baissent. Parmi elles, la femme de Rusty a l'air de se demander depuis combien de temps elle est là, et un papi se signe au fond de la salle puis déguerpit. Tout ça pour elle : Christabella.

Elle se traîne jusqu'aux deux flics, sa patte folle raclant le carrelage.

– Elles convergent toutes au milieu de Kay Wood Shelter. Elles y sont plus fortes, plus concentrées. Notre forêt leur parle, c'est pour ça qu'elles viennent ici.

Elle a un regard circulaire pour la salle, elle scrute les têtes présentes.

– Qu'est-ce que vous faites ici ? lui demande Ethel, surpris.

Il était persuadé qu'elle ne quittait pas sa bicoque.

– Comme tout le monde, je fais des courses, et j'en profite pour faire quelques livraisons.

La femme de Rusty rougit. Elle n'est pas la seule.

Christabella se rapproche de Karl, le renifle. Sa mine est grave.

– Il y a quelque chose dans l'air, je ne sais pas ce que c'est, mais ça tourne ici.

Sa main vole autour de son visage. Karl la lui saisit pour qu'elle arrête ses petits mouvements de doigts agaçants.

– Arrête de t'inquiéter, ce n'est pas la première fois qu'on s'accroche, Weld et moi. Et pas la dernière non plus.

Les petits yeux ridés de la vieille femme se réduisent à deux fentes.

– Tu l'as senti toi aussi… C'est pour ça que tu formes le petit.

Il a un petit rire goguenard.

– Arrête de raconter des bêtises ! Je serai à la retraite à la fin de cette enquête et je compte bien en profiter ! C'est uniquement pour ça que je forme le gamin.

Puis il hausse le ton pour s'adresser aux commères qui ne les quittent pas des yeux.

– Et c'est un bon flic, déclare-t-il en pointant Ethel du doigt. Ils vont faire une bonne équipe tous les trois, je vous le dis ! En fait, on dirait moi à mes débuts.

Alors qu'Ethel rougit, tout le monde dans la salle comprend le sous-entendu : quelqu'un comme lui, capable de tenir tête à Charlie Weld.

CHAPITRE 16

– Je ne sais pas ce qu'il met dans ses sandwichs, mais c'est une tuerie ! s'exclame Zucko la bouche pleine.

– C'est la sauce, son ingrédient secret, renchérit Dany en léchant ses longs doigts.

– Je ne suis pas sûr, argue Ethel, il y a autre chose…

– Ça vous dérangerait de vous magner le cul pour bouffer ? les gronde Karl, mais il ne peut s'empêcher d'apprécier leurs enfantillages.

Il sent le truc lui aussi, maintenant. Il a toujours considéré Pirel et Mirandi comme les gamins qu'il n'a jamais eus – en même temps, il les a presque vus naître –, et depuis un ou deux jours il sent qu'un troisième larron s'est joint à la bande. Cette façon de ne pas se démonter devant Weld lui a fait se rendre compte qu'il a mal jugé le gosse. Il possède la détermination et le dynamisme nécessaires aux gens d'ici.

– Ça va ? l'interroge Ethel. T'as un air… bizarre.

Niais, il veut sûrement dire niais, et il ne doit pas avoir tort, mais il n'a pas envie de le vexer.

– Ouais pardon, marmonne-t-il, j'étais dans mes pensées. Dans l'enquête, pas comme vous, bande de morfales ! Ethel, ça donne quoi le hangar de Springfield ?

Le jeune finit sa bouchée et lance la carte sur son ordinateur. Il remonte les rues virtuelles du sud vers le nord, faisant sourire Karl. Leurs méthodes de recherche ont bien changé, et il doit reconnaître que ça facilite les choses. Tout seul, il aurait dû prendre sa vieille bagnole et arpenter les rues une par une pour trouver la bonne.

– On s'est divisé le secteur en trois, explique Ethel, mais c'est dingue le nombre d'entrepôts qu'il y a dans cette ville ! Ça va nous prendre des jours pour trouver le bon.

– Fais voir ta photo, lance Karl en agitant la main.

Il a de vagues souvenirs de cette ville, ça fait un bail qu'il n'y a pas mis les pieds, mais il se rappelle que ça a été de bons moments avec Rosalie. Ils devraient y retourner une fois qu'il sera à la retraite, ça fera plaisir à sa femme, un petit week-end en tête à tête, loin d'Hinsdale et de ses trop envahissants concitoyens. Ses réflexions ont laissé le temps à Dany de fouiller dans les feuilles qui traînent sur le bureau et de mettre la main sur la photo agrandie du bâtiment devant lequel posent Tara et la supposée Anya Jenkins. Il la tend au chef.

C'est une construction de briques rouges aussi large que longue, pourvue de dizaines de fenêtres crasseuses.

– Rappelle-moi à quoi ça t'a fait penser ? demande le shérif à Ethel.

– Un entrepôt maritime. Il y en a quelques-uns identiques dans le port de Boston.

– Alors il faut chercher du côté de la flotte.

– Mais il n'y a pas la mer à Springfield, chef, fait remarquer Zucko en s'essuyant la bouche.

Les sourcils de Karl s'arquent bien haut sur son front et il se demande ce que feraient ces gosses sans lui. Leurs nouvelles technologies ne remplacent pas complètement ses vieilles connaissances acquises sur le terrain.

– Non, il n'y a pas la mer, répond-il, mais il y a le fleuve Connecticut.

Un large sourire étire les lèvres d'Ethel.

– Je regarde tout de suite !

Karl se tourne vers Dany.

– Tu pourrais me faire une recherche, s'il te plaît ?

L'agent termine son sandwich, essuie un reste de sauce qui a coulé sur son menton.

– Je suis à toi après un petit *home run* !

Il envoie voler l'emballage dans la poubelle. En plein dans le mille. *Victoire pour les Red Sox grâce…*

– J'aimerais que tu me fasses une liste des manifestations des Witches Scare de l'année dernière.

– Toute l'année ?

– Ouais ! Je veux savoir ce qui a poussé Ninel à disparaître. Elle les a quittées pour une bonne raison, c'est peut-être à cause d'un de leurs événements. Toi, Zucko, étudie le compte de Tara sur la même période, mais côté commentaires de fans. Vois si quelque chose te paraît louche, agressif, ou si ça fait référence aux sorcières ou aux féministes. Tu vois le genre. Si les deux identités de Tara se sont croisées, c'est peut-être ce qui a déclenché la suppression de Ninel. Pour l'instant, en dehors de la photo de l'entrepôt, nous n'avons rien.

Mirandi serre le poing et lève le pouce.

– Je vois !

– Et moi, je vais tenter de chopper notre légiste avant qu'il parte faire ses visites pour savoir s'il a pu tirer quelque chose de notre bout de papier. Croisez les doigts, les gars !

– On croise, chef, on croise, chantonne Pirel, le nez sur son écran.

Il a un dernier regard satisfait pour l'équipe et part en direction de l'antre de John, la bonne humeur collée à la face et le cœur léger. C'est moche, mais cette enquête réveille en lui des sensations depuis longtemps éteintes. Ils vont résoudre cette affaire, tous les quatre, cinq en comptant le boulot extraordinaire que fournit John, et après, il se fera un plaisir d'aller fermer son clapet à cet abruti de maire. Il y a fort à parier que Charlie ira chialer dans les pantalons de son père, mais les élections approchant, Weld senior refusera à coup sûr de faire des vagues. Il tient au Massachusetts comme à la prunelle de ses yeux, parce que feu son grand-père, l'arrière-grand-père de Weld, le tenait déjà dans les années 1950. La colline[3] de père en fils. Il aura peut-être du mal à boucler son enquête, mais il le fera, et il a peu de chances d'avoir un retour de bâton avant son départ à la retraite.

Ethel suit du regard Karl jusqu'à ce qu'il disparaisse dans le couloir. Il attend un peu d'être sûr que son chef ne fasse pas demi-tour, farfouille dans son éternel paquet de friandises mais n'arrive pas à se décider, et finit par le refermer. Il inspire, se tourne vers les gars concentrés sur leurs recherches.

– C'est quoi cette histoire de meurtre dont Weld parlait au *Lester's* ?

Les deux flics lèvent la tête et le fixent avec un drôle d'air qui donne le sentiment à Ethel qu'il est allé trop loin et qu'ils vont le rembarrer parce qu'il fait des messes basses derrière le dos de leur chef. Mais Dany répond, visiblement perplexe :

– Quelle histoire ?

Ethel se racle la gorge.

– Quand Weld vous a traités de crétins.

– Ah celle-là ! ricane Zucko en se laissant aller contre le dossier de sa chaise. Il y a cinq ans, on a enquêté sur le meurtre d'une femme. Un peu dans le genre de celui de Tara Stevens. La victime avait

3. Surnom donné au Massachusetts.

été retrouvée morte en forêt, pendue par les pieds, les cheveux brûlés, le bout des doigts aussi, donc impossible de relever les empreintes. Une vraie merde.

– OK, et Weld a trouvé que vous mettiez trop de temps à la résoudre ?

Dany se lève pour une tournée de café en secouant la tête.

– Non, le coupable s'est dénoncé assez vite en fait, c'était le mari. Sauf que Karl trouvait ça trop facile, justement. Il y avait des empreintes de pas autour de la victime qui ne correspondaient pas à celles du mari, des empreintes de véhicules aussi…

– Et les empreintes d'Emelyne, ajoute Zucko.

– Emelyne ? Celle des Sorcières de Salem ?

Dany pose les tasses sur chacun des bureaux, approuvant d'un signe de tête.

– Elle-même, mais elle avait un alibi, et le tueur avait avoué.

– Sauf que ça ne satisfaisait pas Karl, rétorque Ethel.

– Voilà, donc il s'est un peu acharné alors que l'enquête était bouclée. Il a voulu convoquer Emelyne hors procédure. Ça ne lui a pas plu, forcément, et elle est venue foutre le bordel au *Lester's*. C'était un midi, il y avait du monde, elle gueulait après Karl, elle lui a même foutu une gifle.

– Ils en sont venus aux mains ? demande Ethel, éberlué.

Les deux flics se marrent.

– Non, réplique Dany, Karl ne lèverait jamais la main sur une femme, et c'est pour ça que ça a foutu la merde.

– Parce que les gens auraient bien aimé qu'il lui en foute une pour la faire taire, enchaîne Zucko. Ils lui ont reproché d'être trop gentil avec elle, comme avec les autres. Que les Sorcières pouvaient tuer en toute impunité. Enfin, t'imagines la scène, quoi !

Ethel confirme d'un mouvement de tête. Il imagine bien, oui.

– Ça s'est fini comment ?

Zucko soupire et avale une gorgée de café avant de répondre.

– Weld a tassé l'affaire et les esprits.

– Karl a pris un blâme pour son acharnement ?

– Non, raille Zucko. Ça nous a tous surpris, même Karl, mais il n'a rien dit à Sanders. Et puis au final, on a fini par comprendre que c'était pour mieux le faire chanter. Quand Karl le pousse trop à bout, il agite son petit vice de procédure sous ses yeux.

C'était donc ça, la menace sous-entendue au *diner*.

– Je doute que ça fasse une grosse tâche dans le dossier de Karl. L'enquête était close, d'accord, mais il n'y a pas eu de convocation écrite, aucune trace.

– Non, c'est vrai, rétorque Zucko, mais pour un gars comme Karl qui a toujours été droit dans ses bottes, ça suffit à le faire chier.

Et pour un mec comme Weld, ça suffit pour faire un bon moyen de pression.

John Eymer est tranquillement assis sur un banc, yeux fermés, dos collé aux deux chambres froides individuelles en inox de son institut médico-légal. Karl jette un coup d'œil à la table, en inox elle aussi, qui se dresse au milieu de la pièce, nue, rutilante. Il tourne la tête vers les casiers. Tara a regagné le sien. Celui de droite. Son identité est écrite en lettres majuscules au milieu de la porte. Il toque contre le plan de travail pour réveiller John, le faisant sursauter au passage, aussi fort que si un mort était sorti de son tiroir.

– Bordel, t'es plus silencieux qu'un cadavre !

– Je ne voulais pas te réveiller.

– Je ne dormais pas, je réfléchissais.

Il se redresse d'un bond et se dirige vers sa paillasse.

– Ma chimie a bien fonctionné sur le papier qu'on a trouvé dans la bouche de Tara. C'était ce à quoi je pensais quand tu es entré. J'ai trouvé des empreintes partielles, malheureusement elles sont floues et je doute qu'on puisse en tirer quoi que ce soit.

Il hausse les épaules. Karl hoche la tête. Le temps qu'ils aient les résultats, de toute façon, l'enquête va pouvoir refroidir.

John récupère une pochette cartonnée bleue et en extirpe les clichés qu'il a réalisés du papier. Il les fixe un instant, avec un air satisfait.

– Mes premières analyses ont été confirmées. Le papier a bien été écrit dans la forêt. J'ai fait une comparaison des essences de bois et elles correspondent à celle qu'on trouve sur le papier. Idem pour la suie et les poils de chat. L'analyse du papier en revanche n'a pas été très révélatrice. Il s'agit d'un papier plutôt commun, du genre bloc-notes, très courant. En revanche, j'ai tenté une lecture à la loupe et une reconstruction phonétique, et je ne suis pas mécontent du résultat.

Il les tend enfin à Karl avec un sourire en coin. En comparaison du texte original, la copie est impressionnante. Le shérif lève la tête pour fixer l'expert qui attend une réaction, mains sur les hanches. C'est vraiment un boulot incroyable. Il a beau le connaître depuis plus de trente ans, son ami l'étonnera toujours. Et tout ça dans un labo à Ploucland qui fait la taille de son salon. Dans ta face, Weld !

– Alors, t'en penses quoi ? le presse le légiste.

Il penche de nouveau la tête vers les inscriptions, puis soupire.

--r--a cl----
east m--nt---
---at ----i-g-on

Rien à voir avec ce qu'on pensait. Malgré le boulot, le texte ne lui semble pas plus compréhensible. C'en est désespérant.

– J'en pense que t'as fait un sacré bon boulot, mais que ce texte ne me dit quand même pas grand-chose.

Il se gratte le menton, cherchant à comprendre ce qui semble si évident à son ami. Il soupire, il ne voit pas, cette altercation avec Weld et sa courte nuit commencent à lui fumer des neurones. Un sourire fend en deux la face ridée de l'expert. Il tapote de l'index la fin du texte :

– J'aurais cru que ça t'aurait mis la puce à l'oreille plus vite.

Karl se frotte le front.

– Great Barrington ? Et son chemin de randonnée hyper connu ?

– Putain, East Mountain ! répond Karl.

– Tout juste !

Karl fronce les sourcils et se mordille la lèvre.

– Qu'est-ce que ça vient faire là-dedans ? C'est une coïncidence, tu crois ?

John lève les deux mains, paumes en avant :

– Ça, c'est ton job de le découvrir ! Le mien, c'était juste de déchiffrer le papier.

Le shérif soupire.

– Je peux te prendre ça ?

– C'est à toi, répond John en rangeant ses affaires. Je t'ai glissé dans la pochette le relevé d'empreintes du sac mortuaire et mes conclusions.

– Au sujet de la montre d'Ethel ?

Le légiste hoche la tête.

– Je ne sais pas qui a sorti le corps de notre victime du frigo, mais ce n'est pas lui. En plus de mes empreintes et de celles de Dany qui m'a aidé à porter le sac, j'en ai trouvé une partielle mais qui ne correspond pas aux empreintes d'Ethel. Il est possible de la reconstituer pour qu'elle soit plus exploitable mais ça va me prendre du temps.

– OK, merci, John, t'es vraiment un pro ! Beaucoup plus que ces couillons de Boston. Tu peux retourner à ta sieste !

– Je ne dormais pas ! grogne le légiste. Par contre, toi, tu devrais aller en faire une, tu as une mine de déterré.

– Je te remercie du compliment, lâche Karl.

– « East Mountain est un vaste plateau. Cinq kilomètres carrés de sommets de montagne. La majeure partie de l'environnement est accidentée, avec des rochers abondants et des éperons de substrat rocheux émergeant du sol mince. Sur le plan écologique, la montagne recèle de vastes étendues de forêts de chênes en altitude qui constituent un habitat idéal pour la faune de la région. »

Ethel lève les yeux de la page d'information, désemparé.

Sur le plan de l'enquête, c'est un endroit inaccessible. Le sentier, exigeant en raison du terrain accidenté et des pentes abruptes, gagne près de deux cents mètres d'altitude sur son premier kilomètre. Autant dire que pour un gars comme lui, élevé au bitume et aux gaz d'échappement, c'est l'enfer de Dante.

– C'est cet endroit qui est mentionné sur le bout de papier retrouvé dans la bouche de Tara ?

Karl agite la copie devant ses yeux.

– C'est ce qui en ressort de plus logique.

– Et c'est donc ici que vous aviez retrouvé le corps de cette jeune femme il y a cinq ans.

– Eve Cardel, confirme Zucko en attaquant un deuxième café.

Ethel s'aperçoit qu'il n'a pas bu le sien et qu'il est froid. Glacé, même. Il se lève pour s'en faire couler un autre.

– Vous pensez que les deux affaires sont liées ?

Karl hausse les épaules, ronchon. Fatigué peut-être, à moins qu'il ait moyennement apprécié que les gars parlent derrière son dos. Après les confidences auxquelles il s'est livré chez lui, Ethel n'aurait pas pensé que Karl se vexerait pour ça. Le plus compliqué dans ce boulot, c'est justement de respecter les procédures à la lettre quand l'affect prend le dessus. Quand on est un pourri, on s'en tape de faire traîner une enquête. Il lui revient en tête ce que Karl a dit au *diner* : « C'est moi en plus jeune. » À tout point de vue, il semblerait. Et il se surprend à se dire que ce ne serait pas si mal de finir comme lui. Maintenant que l'ambiance se détend et qu'il a la sensation de faire partie de l'équipe, il apprécie de plus en plus de bosser ici. Il attrape sa tasse et demande, pour changer de sujet et tenter de détendre son chef :

– L'un d'entre vous est-il un randonneur aguerri ?

Pirel et Mirandi secouent la tête. Karl ne répond même pas.

– Qu'est-ce qu'il y a au sommet ?

– Un refuge, répond Dany. Il paraît que le panorama est magnifique !

– Je veux bien te croire, ronchonne Ethel, dépité que cette piste dont il attendait beaucoup tourne court encore une fois par manque de moyens. Je crois qu'on ne va pas avoir d'autre choix que de chausser nos godasses de marche.

Deux rides s'ajoutent sur le front de Karl tandis que Zucko se frappe la tête du plat de la main.

– T'es sérieux ?

– La dernière fois qu'on est montés là-haut, renchérit l'adjoint sur un ton plaintif qui détonne avec sa carrure, on a été obligés d'emprunter le buggy de Sam Cuvert. (Il se tourne vers Ethel :) C'est un super élagueur. Il a un vieux buggy qu'il a modifié pour lui foutre un coffre pour son matos. Un sacré engin, il n'y a pas un bout de forêt qui lui échappe. Bref, on a dû négocier pendant une heure, Sam râlait parce qu'il ne voulait pas qu'on le lui bousille. En même temps il n'a pas tort, c'est son gagne-pain. Et grâce à sa bagnole trafiquée, il va partout, contrairement aux autres.

– On a compris, Zucko ! ricane Karl. Mais je le rejoins, Ethel, c'est un vrai parcours pour monter au refuge. Tu espères trouver quoi ?

Le shérif remplaçant pousse un soupir.

– Un lien, la raison pour laquelle le nom de ce lieu se retrouve dans la bouche de notre victime. Je ne sais pas, je t'avoue, mais on ne peut pas laisser cette piste en plan. Cette Eve Cardel, c'est son mari qui l'a tuée, c'est ça ?

Karl acquiesce d'un mouvement de menton.

– Erny Cardel. Il purge normalement sa peine dans l'établissement correctionnel North Central.

– Il aurait pu sortir avant ?

– Ça ne coûte pas grand-chose de vérifier s'il y est toujours, déclare Karl.

– C'est clair, qu'au moins ce bout de papier nous mène à quelque chose, soupire Ethel.

– OK, je m'y colle.

Dany sautille jusqu'à son bureau, content de se lancer dans de nouvelles recherches. Parce qu'elle les sort de leur léthargie, cette affaire leur ferait presque du bien.

– De mon côté je vais essayer de joindre Sam Cuvert pour négocier une nouvelle balade, grogne Zucko sans grande motivation.

Au contraire de son acolyte, il se traîne jusqu'à sa chaise.

– Et cette recherche d'entrepôt, ça donne quoi ? demande Karl à Ethel.

Le citadin, les épaules affaissées, baisse les yeux sur les petites lignes de la carte interactive restée ouverte sur son ordinateur.

– Il me reste un bout de rue à examiner.

Il se rassied en poussant un soupir frustré. Encore une piste qui semble ne pas vouloir aboutir. Il commence à penser que son mystérieux contact n'est peut-être pas si bienveillant que ça. Son but est-il de détourner son attention ? Il va vraiment falloir qu'il se creuse la cervelle pour trouver un moyen de craquer les comptes de Tara et de découvrir qui est cet interlocuteur. Il se retient de jurer : à Boston, l'équipe informatique lui aurait apporté la réponse en une journée, deux grand max. Il se mord la lèvre, choppe à l'aveuglette une de ses conneries sucrées et la mâchouille pour se détendre. Il faut impérativement qu'il arrête de réfléchir comme un flic de Boston. Qu'il s'adapte aux moyens dont il dispose ici pour trouver des solutions adéquates. Bordel, on dirait le discours de Sanders ! Ça lui tire un sourire, qui s'efface aussitôt. Un détail sur l'écran accroche son regard. Ces fenêtres… Il récupère la photo, fixe l'écran. Soudain, il se redresse.

– Je l'ai ! Putain, je l'ai ! hurle-t-il en bondissant de sa chaise.

CHAPITRE 17

Que l'on prenne la route par le nord, le sud, l'est ou l'ouest, les chemins sont tous aussi vétustes et les panneaux d'indication, aussi rares que les rayons de soleil dans le ciel d'Hinsdale. Heureusement que Karl l'accompagne pour le guider, bien qu'Ethel le trouve un peu pâlot et peu réactif depuis qu'ils ont décidé de prendre la route. Comme s'il couvait quelque chose. Ce qui ne serait pas étonnant vu le temps de merde en ce moment.

– Tu vas bien ?

Le vieux shérif hoche la tête.

– Un petit mal de crâne, t'inquiète pas. Tu comprendras quand tu auras mon âge qu'un homme ne doit jamais dépasser son heure. Je vais fermer un peu les yeux, ça va aller pour conduire ?

Il réussit à sourire en dépit de son mal-être évident.

– C'est bon, je suis bien habitué maintenant.

Il lui doit bien ça, c'est un peu de sa faute si Karl est fatigué, parce qu'il a laissé la soirée s'éterniser pour faire durer le sentiment de bien-être qu'il ressentait. Pour éviter de rentrer et de se retrouver seul dans sa chambre avec l'invitation fantôme de Tara sur Instagram. La jolie Tara… Il chasse ses magnifiques yeux bleus de sa tête, il a besoin de toute sa concentration pour ne pas se paumer. Car Karl a déjà tiré sa révérence. Son ronflement régulier remplit l'habitacle. Ils ont une grosse heure de route jusqu'à Springfield, de quoi faire une bonne sieste pour se requinquer.

Le crachin qui s'est invité à la sortie de la bourgade se transforme en déluge à peine la Masspike atteinte. Une route à péage, entretenue par le ministère des Transports, sur laquelle Ethel se sent tout de suite plus à son aise. Même avec la boîte de vitesses. Exit les nids-de-poule et croisements hasardeux, à partir de là, on entre dans la vraie civilisation, avec un marquage au sol digne de ce nom, un éclairage public qui remplace sans problème le soleil manquant et où les panneaux d'indications font leur job. Pour la première fois depuis des temps qui lui semblent immémoriaux – soixante-deux jours exactement –, il sent ses trapèzes se détendre.

Il allume même l'autoradio, pas trop fort pour ne pas réveiller Karl, mais suffisamment pour dépasser les décibels de ses ronflements, et se met même à fredonner un petit air de country que lui a fait découvrir le vieux shérif. L'antique poste de radio ne capte de toute façon rien d'autre que WKLB. Ce n'est pas trop son genre de musique, mais il reconnaît que ça se laisse écouter. Il a toujours eu des goûts éclectiques, ça ne surprendrait aucun de ses amis s'il leur avouait aimer ce style. Il soupire un instant, nostalgique. Qu'est-ce qu'il ne donnerait pas pour une pinte dans un des pubs de Boston. Il a beau se sentir beaucoup plus à son aise depuis quelques jours, il ne serait quand même pas contre un peu plus de bruit, d'odeurs d'alcool et de potes.

Springfield l'accueille avec un temps clair, mais glacé. On ne peut pas tout avoir, et il est au moins débarrassé de ce foutu brouillard et de son humidité constante. Le ciel est là, blanc et cotonneux, mais bien présent. Une fine couche de givre colle aux trottoirs, ça sent le goudron, les fumées d'usine et l'arrière-boutique des boucheries, et les rares passants sont camouflés sous d'immenses capuches. Mais c'est comme chez lui. Ça lui donne l'impression de rentrer à la maison pour le week-end. Il a un petit pincement au cœur ; ses parents lui manquent. Il lance un regard aux chiffres carrés du gros cadran posé sur le tableau de bord. Quatorze heures dix. *Cinq minutes de peine et après, tu passes à autre chose*. C'est ce que lui avait conseillé le psy à la mort de ses parents. Autoriser sa peine à sortir pendant une durée limitée, autant de fois que nécessaire, et après se mettre un bon coup de pied au cul. Enfin, dans des termes un peu moins crus.

Il tourne en rond un petit moment pour trouver une place pas trop éloignée du bâtiment tant recherché et finit par choisir un parking où le stationnement est limité à deux heures. Ça devrait être largement suffisant pour repérer les lieux et savoir si Tara Stevens vivait bien ici. Il sent une petite excitation lui titiller le ventre. Jusque-là, Tara ne se résumait qu'à une existence virtuelle et à un rêve. Aujourd'hui, il touche du concret, un aspect tangible de sa vie. De Ninel Holmes ou de Tara Stevens, laquelle de ses personnalités habitait ce bâtiment désaffecté ?

– On est déjà arrivés ?

L'absence de roulis a réveillé Karl. Il a les yeux gonflés de sommeil et l'air un peu hébété, mais il semble plus reposé.

– Ça va, Karl ?

Il prend deux secondes pour frotter sa joue râpeuse.

– Beaucoup mieux, dit-il avec un petit sourire. Laisse-moi juste déplier ma carcasse et je te suis.

Karl joint le geste à la parole et choppe le haut de la voiture pour s'extirper de l'habitacle avec une grimace tandis qu'Ethel observe la rue.

– J'ai l'impression que c'est ici. C'est le bon numéro, en tout cas.

– C'est dégueulasse et ça sent la pisse.

Plutôt bien résumé, se dit Ethel. Ils traversent la rue déserte et jonchées de tellement de détritus qu'il a le sentiment que quelqu'un a pour habitude de jeter ses poubelles par les fenêtres. Il lève les yeux. Il en compte huit au total sur la façade. Seules celles du rez-de-chaussée sont grillagées, mais les autres sont tellement sales qu'il doute qu'on puisse voir à travers. Tara vivait vraiment ici ?

– Il y a du courrier dans la boîte aux lettres, dit Karl, et ce n'est pas le nom de Tara ou de Ninel dessus. C'est une certaine Mels Varlow.

– Ça a peut-être été reloué depuis que Ninel a disparu des réseaux

En tout cas, il l'espère, il ne veut en aucun cas imaginer Tara dans un pareil endroit crasseux. Ils perçoivent une ombre mouvante derrière l'une des vitres du premier.

– Ce serait bien notre chance, raille Karl en grimpant les quatre marches qui les séparent d'une porte en métal rouillé.

Les traces d'une ancienne peinture rouge ornent le haut de la porte. Ethel avise dans un recoin une caméra, mais aucune LED clignotante n'indique qu'elle fonctionne. Un leurre dissuasif, peut-être. Vu le quartier, ce ne serait pas étonnant.

Il n'y a pas de sonnette, Karl frappe donc un grand coup qui résonne dans le vide et attend patiemment que quelqu'un daigne leur ouvrir. De longues minutes.

– Police ! braille Karl. Ouvrez, on vous a vu derrière la porte !

Il ferme le poing et le balance plusieurs fois contre le métal, jusqu'à ce que le bruit d'un verrou qu'on fait glisser l'arrête. Aussitôt, une bouffée d'air rance et âcre qui s'accorde parfaitement au décor leur saute au visage, bientôt remplacée par une femme que les deux hommes reconnaissent immédiatement. Ce n'est pas difficile, une impressionnante cicatrice lui barre la joue gauche et remonte jusqu'à la racine de ses cheveux noirs, un peu au-dessus de l'oreille. Elle a l'aspect décharné de ceux qui morflent, le visage émacié, et de grands yeux gris enfoncés dans des cernes noirs. Elle leur lance un regard revêche.

– Vous avez pas l'air de flics, lance-t-elle en voulant repousser la porte. J'ai pas de fric à vous filer.

Karl place de justesse un pied de manière à bloquer la fermeture et cherche sa carte dans sa poche. Heureusement qu'il a des réflexes.

– Shérif Rosenberg, l'informe-t-il alors qu'elle lui broie les orteils.

Elle a un petit sourire en coin, mais qui n'adoucit pas les traits de son visage, au contraire.

– Un shérif ? Depuis quand les shérifs frappent aux portes des grandes villes ? (Elle balance un regard dédaigneux à Ethel.) T'es shérif, toi aussi ?

Il acquiesce d'un mouvement de tête :

– Shérif Green. Vous êtes Anya Jenkins ?

Elle a un petit sourire énigmatique et secoue la tête de droite à gauche. Ethel sort son téléphone de la poche intérieure de son blouson et affiche la photo d'elle et de Tara récupérée sur Instagram.

– C'est bien vous, là ?

Elle confirme en oscillant faiblement de la tête, ce qui donne à Ethel le sentiment glauque que celle-ci va se détacher de son cou maigrelet, puis elle lâche la porte pour croiser les bras sur sa poitrine sèche avec un air provocateur.

– Vous êtes identifiée sur ce compte comme Anya Jenkins, alors, c'est votre nom ou pas ? insiste Ethel.

– Non.

– Vous êtes Mels Varlow ?

Elle tourne les yeux vers Karl, son sourire s'agrandit.

– Exact. Anya Jenkins est un pseudo que j'utilise sur les réseaux. Vous voulez quoi, les shérifs ?

– On peut entrer ?

Elle ne bouge pas d'un iota.

– Nous cherchons des informations sur Tara Stevens. C'est la photo que mon coéquipier vient de vous montrer qui nous a conduits jusqu'ici.

Elle a un imperceptible frémissement dans la mâchoire et son bras remonte instinctivement vers son visage, mais elle retient son geste.

– Nous savons que Tara s'appelle en réalité Ninel Holmes. Nous aimerions vous poser des questions sur elle, enchaîne Ethel en se frottant le nez.

L'odeur qui s'échappe de cette pièce est infecte et irritante.

– Ninel n'habite plus ici depuis un bail, répond la jeune femme en baissant les yeux sur ses godasses qui raclent le sol comme pour y ôter une tache incrustée.

– Vous étiez colocataires ?

Elle se fige, puis hoche la tête. Des larmes se mettent à grossir dans ses grands yeux.

– Ninel est… morte ?

Et merde, il n'a pas fait attention. Un peu abrupt, comme révélation. C'est Karl qui s'y colle.

– Oui, il y a deux jours. Nous enquêtons sur son meurtre. Vraiment désolé.

Mels Varlow se couvre la bouche mais un petit sanglot s'en échappe. Ethel tourne la tête vers la rue. Exactement comme l'avait fait le flic qui était venu lui annoncer la mort de ses parents. Sauf que c'était le matin, qu'il faisait un froid à glacer le sang et qu'il s'était douté que quelque chose de grave était arrivé vers trois heures du matin, quand le portable de sa mère était passé sur répondeur.

La jeune femme se calme assez vite, renifle bruyamment et demande d'un ton sec.

– Comment elle est morte ?

– C'est confidentiel, on ne peut pas vous le dire, répond Karl.

La colère envahit ses yeux sombres aussi vite que l'avaient fait les larmes un peu plus tôt. Elle se frappe la poitrine du poing.

– Ninel et moi, on était comme des sœurs ! Je suis de la famille, vous entendez ? On était une famille à nous deux !

– Elle a été empoisonnée, répond rapidement Ethel pour la calmer. C'est tout ce qu'on est autorisés à vous dire.

Il sent sa frustration, une petite veine pulse sur son front et ses joues prennent une teinte rosée. Il s'attend à ce qu'elle hurle et réclame toutes les informations. Mais elle se détend, passe une main maigrichonne dans ses cheveux et les arrange pour masquer sa cicatrice.

– Vous pouvez nous parler un peu d'elle ? demande Ethel.

Elle hausse les épaules en râlant.

– Qu'est-ce que vous voulez que je vous dise ?

– Pourquoi Ninel est-elle devenue Tara ?

Elle a encore un petit sourire énigmatique qui contraste avec ses yeux rougis et Ethel se dit qu'elle va sûrement les envoyer paître, mais de nouveau, elle croise les bras et s'adosse au chambranle de la porte.

– Pour le fric. (Elle désigne l'extérieur du menton.) Ça se voit pas ?

Comme il ne répond pas à sa provocation, elle ajoute plus docilement :

– Les parents de Ninel étaient des militants extrémistes, ils n'avaient pas de domicile fixe. C'est eux qui ont rédigé le tract « Lettre au gouverneur » qui faisait la liste des actes ségrégationnistes du gouverneur du Wisconsin. Vous avez peut-être appris ça dans votre école de flicaille ? Enfin bref, elle n'a jamais connu le grand luxe, et quand ils ont clamsé, c'est sa tante qui l'a récupérée. Sauf qu'elle avait le même genre de vie, et quand elle est morte aussi, tout ce qu'elle lui a laissé, ce sont des dettes.

Une montagne de dettes ! Et je vais pas vous apprendre que les gens renâclent un peu à embaucher des ex-taulardes. Alors il a bien fallu trouver une solution. Un matin, elle est revenue avec ce nouveau look et putain, elle était méconnaissable !

Un petit hoquet nostalgique et amer lui étreint la gorge :

– Le pire, c'est que ça a marché du feu de Dieu. Elle était tellement douée ! Tout ce qu'elle entreprenait se transformait en or. Elle a… avait un charme indescriptible, envoûtant. Les gens adhéraient à tout ce qu'elle disait, des vrais clébards qui se laissaient appâter par une jolie gueule et de jolies photos.

Ethel approuve sans s'en rendre compte. Pour être envoûtante, elle l'était.

– On a même pu acheter notre propre maison, poursuit-elle avec un regard tendre pour l'intérieur du bâtiment.

– On ne peut pas dire que vous ayez fait beaucoup d'efforts pour la déco, marmonne Karl en jetant un regard autour de lui.

Ethel ravale un éclat de rire et poursuit :

– Qu'est-ce qui s'est passé pour que Tara cesse d'être Ninel ?

Elle quitte le vieux des yeux pour les poser sur le jeune avec un air contrarié. Ses mâchoires se crispent.

– Ça ne s'est pas fait du jour au lendemain. Au départ, elle enfilait juste une perruque pour faire ses photos et basta ! (Elle a un geste violent de la main, comme si elle envoyait valser ses souvenirs.) Et puis elle a commencé à publier de plus en plus souvent, tous les jours et plusieurs fois par jour ensuite. C'était comme une drogue, vous voyez ?

Ethel affirme d'un hochement de tête coupable, son premier réflexe étant de vérifier ses réseaux avant de poser un pied au sol.

– Plus elle avait d'abonnés, plus elle avait envie d'en avoir, et plus elle publiait. Et un matin, elle s'est coupé et teint les cheveux. Soi-disant parce que c'était plus pratique que la perruque. En fait, je crois qu'elle en avait tout simplement marre d'être Ninel.

– Marre de combattre ? demande Karl.

Varlow baisse les yeux de nouveau, puis elle secoue la tête, dépitée.

– Ouais… Elle disait qu'on faisait fausse route, que nos actions exacerbaient la haine des femmes, que nous devions avoir une approche plus pacifique, tout le tralala.

Elle hausse les épaules et a un petit gloussement railleur.

– C'est pourtant elle qui avait créé ce groupe !

– Les Witches Scare ?

Elle approuve en hochant la tête.

– Un hommage à ses grands-parents paternels, que ce gouvernement de bâtards a fait assassiner pendant la chasse aux sorcières de 1954.

Ethel arque les sourcils. Elle se moque.

– T'as séché les cours d'histoire ? C'est comme ça qu'on appelle la chasse aux communistes lancée par McCarthy. La *Red Scare*. La peur du rouge avait semé la paranoïa dans tout le pays à cette époque, il y avait des listes noires de personnes soupçonnées d'alliance avec les Russes. Certaines ont été exécutées, juste sur la base de suppositions, d'autres ont préféré fuir.

Elle hausse les épaules de nouveau.

– Heureusement, ses grands-parents avaient pu confier sa mère et sa tante à des amis. Sinon (elle mime le geste de se couper la tête), pas de Ninel. Vous saviez que son prénom est une anagramme de Lénine ? Le mien, c'est le rassemblement des initiales de Marx, Engels, Lénine et Staline.

Pour un peu, elle lèverait le poing.

– Ninel était tellement fière de ce prénom ! On a fait des bouts de route ensemble. De vraies sœurs. C'était une révolutionnaire, prête à tout pour la cause des femmes. Je l'aurais suivie au bout du monde. Et puis, tout a changé.

Son regard s'assombrit et ses doigts viennent machinalement caresser sa cicatrice.

– Elle est devenue Tara, souffle Ethel.

Elle secoue violemment la tête.

– Non ! Tara, elle l'avait créée pour nous ! Pour qu'on s'en sorte ! Si vous l'aviez entendue au début, comme elle se foutait de la tronche de tous ces crétins qui suivaient son compte alors qu'ils ne la connaissaient même pas ! Jusqu'à ce qu'elle rencontre ces chiennes de l'enfer !

– Les Sorcières de Salem ?

– Elles, tout ce qui les intéressait, c'était le fric que Tara pouvait engranger. Elles connaissaient la lutte de Ninel, alors elles se sont dit qu'elles pouvaient la récupérer et elles ont commencé à lui tourner autour pour lui faire miroiter qu'elle pourrait gagner plus si elle les rejoignait.

Ethel fronce les sourcils, même Karl se redresse un peu.

– Attendez, l'interrompt Ethel, ce sont elles qui ont contacté Tara ?

– Ouais, pouffe-t-elle, c'était limite du harcèlement ! Tous les jours elles l'appelaient pour la convaincre de les rejoindre. Et au bout d'un moment, je crois que Ninel s'est fait happer par Tara. Le fric, les belles maisons, la vie facile, forcément ça attire plus que cet endroit dans une rue qui pue la pisse.

Il est bien d'accord. Un voile de tristesse s'abat sur le visage de Mels.

– Ninel, tout ce qu'elle voulait, c'était la paix… Elle s'était battue toute sa vie, pour au final se rendre compte que quoi qu'on fasse, on est toujours critiqué par quelqu'un. Elle en avait marre. J'espère qu'elle l'aura trouvée dans l'éternité.

– Pour quelle raison vous avez voulu les rejoindre, alors ?

Elle arque les sourcils.

– Je n'ai jamais voulu les rejoindre.

– Elles nous ont pourtant dit le contraire. Vous avez apparemment même eu une démarche plutôt… agressive.

Elle pousse un bref soupir.

– Alors elles vous ont menti. Qu'est-ce que j'aurais fait avec des filles comme elles ? La seule fois où je suis allée chez elles, c'était pour parler à Tara, parce qu'elle avait dissous notre groupe ! C'est vrai qu'elles m'ont gonflée avec leurs grands airs, mais Ninel n'était pas là, alors je suis partie.

– Tara avait mis fin aux Witches Scare ?

Elle acquiesce d'un mouvement rapide de la tête qui fait dégringoler deux petites larmes sur ses joues. Elle les essuie aussitôt.

– Changement radical de vie ! Adieu Ninel et ses idéaux, bonjour Tara et son sale fric.

Ethel sursaute, un chat vient de s'enrouler autour de sa cheville. Mels lui lance un regard mauvais.

– Vous aimez pas les chats noirs ?

– Si, mais il m'a surpris.

– *Elle*, c'est une femelle. On n'a que des femelles ici. Quinze en tout.

C'est donc ça, l'odeur.

– D'ailleurs, faut que j'aille les nourrir, vous voulez autre chose ?

– Une dernière question, oui. Vous connaissiez une certaine Eve Cardel ?

Elle fait mine de réfléchir, puis secoue la tête pour dire non. Pourtant, elle a de nouveau cet air étrange en caressant sa joue meurtrie.

– Une amie de Tara peut-être ? Son nom est apparu dans notre enquête, elles auraient pu se rencontrer.

– Je ne sais pas, répond-elle avec un air renfrogné.

– D'accord.

Il n'insiste pas.

– Vous pourriez me donner vos coordonnées, au cas où ?

Elle lève les yeux au ciel mais accepte malgré tout.

– Votre cicatrice, elle vient d'où ? demande Karl tandis qu'Ethel enregistre le numéro sur son portable.

Il pose les yeux sur son chef, surpris de son manque de tact, puis sur Mels dont les yeux se voilent de chagrin et de colère.

– Un homme qui avait tendance à confondre affection et maltraitance.

– Je vous remercie pour votre coopération, intervient Ethel pour calmer le jeu. Et… nous vous présentons toutes nos condoléances pour Tara.

– Ninel. Pour moi ce sera toujours Ninel.

CHAPITRE 18

Elle regarde les deux flics s'éloigner, quitte à regret la fraîcheur de la fenêtre du salon sur laquelle un peu de givre s'est formé. Ça dissimule la crasse, c'est pas plus mal. Elle aurait dû y réfléchir à deux fois avant d'acheter un entrepôt de cent vingt mètres carrés avec des dizaines de fenêtres toutes plus grandes les unes que les autres.

Elle déambule dans le salon gigantesque de la maison dont elle avait tellement rêvé, comme un fantôme. Déserte et froide. Ses amies, si on peut nommer ainsi les différentes squatteuses qui ont fait irruption dans sa vie, se sont éloignées jusqu'à disparaître totalement. Et Ninel est désormais locataire permanente de la morgue d'Hinsdale. Jusqu'à ce que les flics la déménagent au cimetière de Providence avec sa tante. Elle pourra toujours lui rendre visite en train, mais ça fait quand même un bout de chemin. Il règne un calme oppressant dans la maison. Pourtant elle avait eu à cœur de l'entendre résonner de cris joyeux de protestation. Elle aurait aimé qu'il soit le haut lieu de leurs décisions. Leur QG. Elle avait même réfléchi à un logo, qu'elle aurait pu faire graver sur une planche de bois et qu'elle aurait fièrement affiché sur l'un des murs. Elle tourne la tête vers la porte. Dans un recoin gisent les planches de bois qui ont servi à faire leurs pancartes. Des rouleaux de papier et des pots de peinture. Un peu plus loin, sous une des fenêtres, un grand coffre métallique contient encore leurs tenues et chapeaux de sorcières. C'était la belle époque, celle des feux de camp et des rires.

Elle pleure un coup et se rend compte qu'elle a mal au crâne. En fait, elle a mal depuis un moment, mais elle s'est habituée à la douleur. Les migraines la taraudent chaque début de mois. Elle a parfois tellement mal que ça joue sur son humeur, mais ça, évidemment, tout le monde s'en fiche. Ninel s'en foutait aussi, sinon elle n'aurait pas déménagé. « Faut qu'on arrête, Mels, j'en peux plus de tes histoires ! » « Arrête de râler, Mels, va bosser ! » C'est pas des choses qu'on dit à une amie, à une sœur ! Putain, ça lui fait encore mal au cœur de repenser à toutes ces vilaines choses qu'elle lui a dites ! Mais on doit pardonner aux morts, non ? Et puis c'est pas sa faute à Ninel, c'est la faute de Tara ! C'est elle qui a cédé aux tentations de ces filles de Salem.

Elle prend deux Imitrex, se déshabille et passe sous la douche. Quand elle en ressort, elle constate que ses fringues sont tachées. Les chatards ont encore dû pisser dessus ! Elle repousse les vêtements sous son lit d'un coup de pied, abaisse les stores et se glisse sous la couette. Elle s'en occupera plus tard, plus rien ne presse désormais. C'est Ninel qui était la maniaque des deux. Un sanglot lui étreint la gorge de nouveau et elle enfonce la tête dans son oreiller pour l'étouffer. Elle lui manquait déjà beaucoup depuis qu'elle avait décidé de se planquer dans les montagnes, mais il lui restait au moins la possibilité de la voir, d'entendre sa voix au téléphone. Cet espoir n'est plus, ne lui restent que la douleur et la solitude et elle se dit qu'en finir serait peut-être une bonne solution. Une mort fulgurante qui l'emporterait loin de cette vie de lutte et de peine. N'a-t-elle pas suffisamment souffert ? À quoi bon s'acharner ? Ninel avait raison sur ce point. Lutter sans cesse n'apporte que de l'épuisement.

Elle tire les couvertures par-dessus sa tête engourdie par les antimigraineux, comme quand elle voulait se cacher des monstres quand elle était petite. C'est son père qui lui a appris cette technique. C'est avec lui qu'elle aurait dû vivre, pas avec sa mère. Même s'il était alcoolique, il était gentil avec elle. Mais elle n'aurait jamais rencontré Ninel, dans ce cas. Ninel a fait plus que l'aider à affronter les monstres du placard : elle les a chassés.

Elle s'endort sans s'en rendre compte, et c'est une sirène des pompiers qui la réveille en sursaut. Elle a moins mal à la tête et ses envies suicidaires ont disparu. Elle est juste fatiguée. Elle va encore dormir un peu, et quand elle se réveillera, l'esprit plus clair, elle décidera ce qu'il convient de faire pour combler sa solitude.

Le sale temps d'Hinsdale les rattrape à la moitié du chemin et l'obscurité les frappe aussi vite que les gouttes de pluie sur le pare-brise. Même s'il ne le reconnaîtra jamais à voix haute, Karl est bien content qu'Ethel ait pris le volant. Conduire de nuit devient aussi difficile qu'affronter une journée après une soirée tardive. Il est frustrant de se dire que le corps ne tient plus la charge de boulot alors que le cerveau demande du rab. Heureusement qu'Ethel a assuré l'entretien avec la petite. Voir le lien qui se crée entre ses hommes et le gamin lui plaît autant qu'il attise une petite pointe de jalousie en lui. Il a le sentiment qu'il est devenu un vieil appareil qu'on va jeter à la déchetterie. Ce boulot va lui manquer et il se demande de plus en plus à quoi il va bien pouvoir occuper ses journées. Rosalie s'est toujours occupée de tout, tant à la maison qu'au jardin, et il n'a jamais eu la fibre bricoleuse. Ils n'ont pas de gosses, donc pas de petits-enfants auprès desquels jouer au papi. Conclusion : il risque de vraiment se faire chier. Il pourrait peut-être demander à être consultant ? Aider les gamins sans aller sur le terrain ? *Mouais, reviens sur terre pépère*, glousse-t-il, *on est à Hinsdale.*

Le gamin se tourne vers lui.

– Tu te marres tout seul ?

– Je réfléchissais à mon avenir, bougonne-t-il.

Ethel fronce les sourcils, intrigué. Karl chasse ses interrogations silencieuses d'un mouvement de main.

– Laisse tomber, des bêtises de vieux. Tu en as pensé quoi, de la copine de Tara ?

Le jeune fait la moue.

– Je l'ai trouvée sincère la plupart du temps, quand on lui a annoncé la mort de Tara notamment – enfin, de Ninel –, mais j'ai aussi eu l'impression qu'elle nous cachait quelque chose.

– J'ai ressenti la même chose.

– Tu as remarqué comment elle caressait sa cicatrice quand je lui ai parlé d'Eve Cardel ?

– Pourquoi tu crois que je lui ai demandé d'où elle provenait ? Elle a eu ce geste plusieurs fois quand on parlait de Tara.

– Tu crois qu'elle sait qui l'a tuée ?

Karl secoue la tête, l'air dubitatif.

– Non, je ne dirais pas ça, mais elle est peut-être au courant d'une histoire entre les deux femmes.

– Cet homme qui l'aurait défigurée, ça pourrait être Erny Cardel ?

– De ce que je me souviens de lui, c'était un gars perturbé. Il avait fait quelques séjours en hôpital psychiatrique pour dépression il me semble, mais il n'avait aucun antécédent de violence. Quand on l'a arrêté, il m'a paru… abattu.

– Peut-être parce qu'il venait de buter sa femme ?

Karl hausse les épaules.

– Possible…

– Je me trompe ou tu n'es toujours pas convaincu cinq ans après ? ricane Ethel.

– Mon vieux crâne se pose trop de questions. Et puis le gars a avoué de toute façon.

Il tourne la tête vers la fenêtre pour signifier à son adjoint que la discussion est close. C'est une période de sa vie sur laquelle il n'a pas envie de s'appesantir. Il sait qu'il n'aura pas le choix vu que cette sale histoire est étrangement réapparue dans la bouche de leur victime, mais ce sera pour demain. Pas ce soir, alors qu'il est d'humeur morose.

– Les garçons t'ont donné des nouvelles de leurs recherches ? dit-il pour changer de sujet.

– Euh non. Mais peut-être qu'ils t'en ont donné à toi, sur ton téléphone…

– Ils savent que je ne m'en sers pas beaucoup, ils sont contents de t'avoir de ce côté-là !

Dire ça lui refile le bourdon. Encore une preuve, s'il en fallait une de plus, de sa vétusté. Il bougonne dans sa barbe et se tourne une nouvelle fois pour observer la nuit, jusqu'à ce qu'Ethel se gare devant sa porte.

– Garde la voiture, gamin, lance Karl avant de descendre. Tu viendras me chercher demain, ça ne t'embête pas ?

– Pas du tout. Je viendrai vers neuf heures, ça te va ?

Il hésite à lui répondre que les vieux se couchent tôt et se lèvent aux aurores, mais il se contente de hocher la tête avec un sourire fatigué.

Le portail est ouvert, pas en grand, juste une porte, mais c'est bien suffisant pour entrer. Ethel arrête la Range dans la rue – Marysa déteste qu'on roule dans l'allée car les pneus éjectent les gravillons dans la pelouse et abîment les lames de la tondeuse. *Putain de journée*, songe-t-il en descendant de la voiture. Il a mal partout et il a l'impression que son cerveau va imploser.

Il remonte lentement le chemin en inspirant profondément l'air humide au parfum de résineux qui sature l'atmosphère. Karl a raison, ça puait vraiment en ville. Est-ce que ça sentait autant à Boston ? Pas la pisse, non, mais les pots d'échappement, sûrement. Il ne se rappelle pas. Il commence à perdre ses souvenirs. Il tâte sa poche arrière dans laquelle est rangé son portefeuille, où il a consciencieusement plié une photo de ses parents. Il a peur de les oublier ; c'est débile, il n'est plus un gamin, pourtant c'est une peur qui ne le quitte pas. « Vous oublierez certains détails, lui a dit le psy. C'est normal. Au fur et à mesure qu'on emmagasine de nouveaux souvenirs, les plus anciens laissent la place aux récents et on ne garde que le meilleur. » Il aimerait ne perdre aucun souvenir, même les plus mauvais.

Un écureuil saute d'un bosquet et s'enfuit devant lui, le sortant de sa nostalgie. L'animal touffu file dans l'herbe et va se réfugier dans un arbre. Ethel le fixe et la bestiole le regarde en contrebas de ses petits yeux brillants, puis il grimpe et disparaît dans le brouillard.

– Ethel ?

Il sursaute et se prend la lumière de la veilleuse de la porte d'entrée en pleine face.

– Ethel ? Ethel, c'est vous ?

– Oui, je suis désolé, Marysa, je rentre tard. Pardon, je ne voulais pas vous faire peur.

Elle le regarde avec un air angoissé, les cheveux ébouriffés. Elle serre contre elle les pans d'un peignoir rose trop large et il s'aperçoit que ses mains tremblent.

– Oh, je suis vraiment désolé ! s'excuse-t-il en avançant vers elle.

Elle a un sourire tendre et secoue la tête.

– Ne vous excusez pas, c'est moi qui suis bête, on dirait une gamine ! Ne restez pas dans le froid.

Elle recule pour qu'il entre et referme la porte derrière lui.

– Vous voulez un thé ? Vous avez l'air frigorifié.

Il ne sait pas s'il en a vraiment l'air ; s'il y a bien une chose qui marche dans la Range de Karl, c'est le chauffage. Mais sa mère l'a bien éduqué alors il acquiesce du bout des lèvres et la suit dans la cuisine. Une entêtante odeur de citron lui fait lever les yeux au ciel. Cette femme voue un véritable culte à cet agrume. À moins que ce ne soit encore une manie d'ici.

– Il paraît que vous avez fait du raffut chez *Lester's*, dit-elle en versant l'eau bouillante dans sa tasse.

Elle lui tourne le dos, il n'arrive pas à savoir si elle se moque de lui ou si elle le gronde.

– Les nouvelles vont vraiment très vite.

– Pas plus que d'habitude, répond-elle en se tournant vers lui et en lui tendant le mug, un petit sourire aux lèvres. Surtout quand la moitié de la ville est présente.

– C'est vrai.

Il souffle sur la fumée qui s'échappe de la tasse et y trempe les lèvres. C'est doucereux, comme d'habitude un peu trop sucré, mais c'est réconfortant et plus vite il l'aura bu, plus vite il pourra aller se coucher.

– Vous devriez faire attention, murmure Marysa, Karl n'est pas toujours un bon exemple à suivre.

Elle a le nez dans son thé et le fixe à travers la vapeur qui s'échappe. Deux grands yeux bleu délavé qui ne papillonnent pas pour une fois, mais l'observent durement.

– Qu'est-ce que vous voulez dire ?

– Je m'inquiète pour vous, Ethel, vous venez d'arriver, les gens sont déjà méfiants à votre égard, si en plus vous vous mettez le maire à dos…

– Comment ça ? Est-ce que Weld vous a parlé de quelque chose ?

Elle avale une gorgée avant de répondre et grimace. Le thé doit être trop chaud, comme le sien. Elle secoue la tête.

– Non, non, rien… mais… les gens parlent.

Ethel pose sa tasse sur la table et une main sur celle de sa logeuse. Il a du mal à fixer son attention, il doit être encore plus fatigué qu'il ne le pensait.

– Ne vous inquiétez pas pour moi, Marysa, je suis un grand garçon. À Boston, je n'étais pas vraiment le chouchou non plus, et je m'en suis très bien sorti.

– Charlie dit que vous êtes là parce qu'on vous a puni.

Il fronce les sourcils et ôte sa main, vexé que le maire colporte des conneries pareilles. Pas étonnant que les gens le regardent de travers s'il a raconté ça à tout le monde.

– C'est peut-être vous qui ne devriez pas écouter tout ce que Weld baratine. Je suis ici parce qu'il y avait une place à prendre et que je suis un homme ambitieux.

Le téléphone de Marysa se met à vibrer, il prend ça comme un signe.

– Merci pour le thé et pour ces... révélations. Bonne nuit, Marysa.

CHAPITRE 19

Le brasier du feu de camp lui lèche le visage. Il perçoit derrière ses paupières closes des ondulations. Ses oreilles captent le craquement des branches dans le feu, le frôlement des pas sur l'herbe humide, les rires étouffés de jeunes filles. Il renonce un instant à ouvrir les yeux.

Ça recommence. C'est un rêve, il le sait rien qu'à l'odeur caractéristique qui effleure ses narines, un mélange suave et terreux, qu'il a attribué à Tara dès leur première rencontre onirique. Mais que va-t-il advenir s'il ouvre les yeux ? La dernière fois qu'il a fantasmé sur elle, sa montre s'est retrouvée à côté de son cadavre. On retrouvera quoi, demain, s'il cède à ses avances chimériques ? Il ne doit pas ouvrir les yeux, même si la demoiselle est terriblement excitante, et que son odeur commence à s'insinuer dans son esprit pour le torturer. Elle n'est qu'un cadavre ! Un cadavre en attente de réponse. Et des réponses qu'il va avoir du mal à trouver si son esprit d'ordinaire si analytique continue à se concentrer sur son joli minois. Le souffle froid de Tara remplace la chaleur du feu sur sa face, il crispe les mâchoires.

– *Ouvre les yeux, Ethel.*

Son haleine est glacée mais sa voix, rendue rauque et légèrement cassée par le poison, est follement envoûtante. Il obéit. Le sourire carmin de sa belle s'élargit et elle dépose sur ses lèvres un baiser givré qui lui colle direct un frisson dans le dos. Il regarde autour de lui pour voir où elle l'a emmené, et se redresse d'un bond, étonné. Il n'y a pas de brouillard. C'est la première fois que la forêt s'offre à lui aussi clairement. Elle est magnifique, baignée par la lumière de la voûte céleste. Il ne se rappelle pas avoir jamais vu un ciel aussi étoilé. Les nuits sont-elles vraiment aussi belles par ici ? Ou n'est-ce que l'effet de ses songes ?

Il perçoit des mouvements dans son dos, mais Tara l'empêche de se retourner en posant une main sur sa joue. Elle est chaude, preuve s'il en faut une de plus que c'est bien un rêve. La vraie Tara est froide et sèche, abandonnée dans un frigo. Cette réflexion le fait réagir.

– Qu'est-ce que tu me veux ?

Le regard bleuté se plante dans le sien, elle agrippe ses mains pour l'aider à se relever en se mordillant la lèvre d'une façon si espiègle qu'elle allume une fournaise incontrôlée dans son bas-ventre.

Reprends-toi, Ethel ! Bordel, elle est morte !

Mais elle n'a vraiment pas l'air d'un cadavre. Des reflets flamboyants courent dans ses cheveux, ses joues sont enfiévrées et son regard, langoureux. Elle tient ses mains d'une poigne ferme et décidée. Il se laisse entraîner à l'écart du feu, loin des rires et des exclamations chaleureuses des braises.

– Qui t'a fait du mal, Tara ? insiste-t-il.

Car il suppose que c'est pour ça qu'elle entre dans ses rêves, pour l'aider à trouver des réponses. Ne dit-on pas que la nuit porte conseil ? Pour quoi d'autre, sinon ?

Elle pose un doigt sur ses lèvres, lui signifiant de se taire, et l'embarque à sa suite. Ils quittent la clairière pour s'enfoncer dans la forêt, dense et vertigineuse. Les cimes des pins sylvestres semblent caresser le ciel. *C'est fou ce que c'est beau quand c'est dégagé*, songe Ethel avant que Tara n'encercle sa nuque de ses bras et l'embrasse à pleine bouche. Son parfum s'enfonce dans sa gorge et se répand sous son crâne jusqu'à lui filer le vertige. Elle l'a pris de court et son corps réagit plus vite que son cerveau. Un frémissement délictueux descend dans ses reins. Le corps de Tara se plaque contre le sien. Il titube sous sa force, perd l'équilibre et bute contre le tronc d'un arbre. Une branche cassée se plante dans son dos, lui arrachant un râle douloureux. Il a beau savoir que ce n'est qu'un rêve, ça lui semble vachement réel.

Il repousse un peu l'assaut de la jeune femme en la prenant par les épaules, histoire de reprendre pied. Est-ce qu'il est même encore dans son lit ? Ou avance-t-il jusqu'à la chambre froide ?

Il se sent mal à l'aise, coupable, de fantasmer sur une morte. Ça ne lui ressemble pas, ça ! Il est là pour découvrir qui l'a tuée, pas pour coucher avec elle. Il tente de se dégager de son étreinte, mais la belle ne semble pas vouloir se laisser faire.

– Tara, je ne comprends pas, lâche-t-il, pourquoi tu fais ça ?

Une ombre colérique voile le regard céruléen.

– *Allez, me sors pas ton baratin, je vois que tu aimes ça !* grogne-t-elle en empoignant fermement le renflement de son pantalon.

La douleur imaginaire le réveille d'un coup sec. Il reste quelques secondes sur le dos, le cœur battant, les yeux rivés au plafond, à tâter son entrejambe. Non, il n'a pas mal en réalité. Oui, il est bien dans son lit. Sa main part à la recherche de sa montre, qui est encore en place à son poignet puisqu'il n'a pas osé l'enlever avant de se glisser entre les draps.

Il s'autorise à respirer normalement. Qu'est-ce qu'elle a bien pu vouloir dire ? Pourquoi cette attitude ? Pour lui montrer qui elle est réellement ? Non pas la simple beauté des magazines mais une femme en colère, revendicative, prête à tout ? Une femme à deux visages. Mais finalement, vaut-il mieux qu'elle, lui qui critique les avances de sa logeuse tout en fantasmant sur une morte ?

Il soupire, remet ses cheveux en place et s'extirpe des couvertures, en sueur. Il a besoin d'une douche.

Elle est brève et revigorante. Un café et il sera d'aplomb pour aller récupérer Karl. La maison est étrangement silencieuse, percute-t-il soudainement. Il jette un coup d'œil à sa montre. D'habitude, à cette heure, Marysa a allumé son poste et chantonne toutes fenêtres ouvertes en faisant son ménage. Il fait un froid de canard et les pièces résonnent des plus grands tubes de Mariah Carey. Mais pas ce matin. Il descend l'escalier, vérifie le salon, ne voit personne. Rejoint la cuisine, espérant la trouver, et regarde par la fenêtre qui donne sur le jardin. Elle a dû sortir.

Il sc retourne et avise la table avec un sourire. Une chose n'a pas changé : elle a pensé à lui. Le café est prêt et encore chaud et une part de gâteau est soigneusement emballée dans un papier kraft. Un Post-it est glissé dessous : « Pardon pour hier soir ». Il sent une pointe de culpabilité se planter dans son cœur. Elle prend soin de lui et en plus s'excuse de l'avoir mis en garde contre son propre tempérament de merde. Il va vraiment falloir qu'il se remette en question et cesse de se fier aux apparences.

Il remplit son mug, attrape le sachet et fonce rejoindre Karl. À force de cogiter, il va se mettre en retard.

Le bonhomme est à peine prêt quand il arrive. Ethel surprend une discussion houleuse entre Karl et sa femme : elle lui reproche de sortir alors qu'il est fatigué. Le jeune homme préfère attendre, adossé contre le portail. Karl rapplique quelques minutes plus tard, la mauvaise humeur greffée au visage.

– Ça va ?

– Tu vas pas t'y mettre, toi aussi !

Ethel place ses mains en position de défense.

– Simple politesse.

– Ça va très bien, maugrée le vieux en contournant la voiture pour prendre place côté passager.

Donc c'est devenu une habitude. Ethel s'installe au volant sans dire un mot, mais avec un sourire amusé.

– J'allais pas te laisser tout seul, explique Karl. Les gars sont partis filer un coup de main à Curtis sur la 128. Il a un terrain en pente et avec les pluies d'hier, sa clôture s'est affaissée sur la route.

Ethel hoche la tête en se gardant de demander qui est Curtis. Il pointe de l'index le papier d'emballage posé dans le vide-poche central.

– Si tu as besoin de réconfort.

– C'est quoi ?

– Un gâteau que Marysa a fait pour moi, mais il est à la noisette et je suis allergique. Ce serait dommage de le jeter.

Karl chope la part de gâteau, le sourire est revenu sur ses lèvres.

– Je suis bien d'accord avec toi !

Et il mord dedans comme s'il n'avait pas mangé depuis plusieurs jours.

Ethel fait le tour de son bureau et se laisse tomber sur sa chaise tandis que Karl traîne la patte pour s'asseoir devant le sien. Rosalie n'a peut-être pas tort, Karl devrait prendre davantage de repos. Il a l'air éreinté. Il croise le regard de son chef, interrogateur, et lance le premier truc qui lui passe par la tête.

– J'ai encore rêvé de Tara.

– Tu as ta montre ? s'inquiète le vieux avec un petit sourire amusé.

Ethel balance en l'air son poignet.

– Oui ! Je ne suis donc pas somnambule.

– Je le savais déjà, sourit Karl. John m'a filé le relevé d'empreintes du sac mortuaire de Tara, et les tiennes ne sont pas dessus.

– Quoi ? s'insurge Ethel. Et tu comptais me le dire quand ?

– Hier, mais en remontant du labo, on a enchaîné sur Eve et la visite à Mels Varlow, et j'ai oublié.

– Tu as oublié ? Tu te fous de moi ?

– Arrête, tu ne croyais tout de même pas que tu étais coupable ?

Ethel soupire, décontenancé.

– Bien sûr que si, je l'ai cru ! Qui d'autre aurait pu le faire ? Et pourquoi ? Tu aurais pu m'en parler.

– Excuse-moi ! Mais on a déjà tellement de mystères sur cette enquête qu'il faut trier les priorités. Le corps de Tara n'a pas été dégradé, ta montre non plus.

– Oui, mais on a un mystère de plus, du coup, parce que si ce n'est pas moi, c'est qui ? Et pourquoi ? On aurait dû faire un relevé d'empreintes sur ma montre !

– Il n'y avait pas lieu d'y penser, quand ta montre s'est retrouvée au côté du corps de Tara, John pensait que c'était toi qui l'avais perdue.

– Je sais… je ne comprends pas. Il n'y a pas de traces d'effraction dans ma chambre et, à part moi, il n'y a que Marysa qui peut y entrer.

Il s'arrête un instant.

– Tu crois que Marysa aurait pu faire ça ?

Le chef se retient de rire.

– La Marysa qui te fait des petits gâteaux à la noisette pour ton petit déjeuner ?

– Ouais, c'est con, t'as raison. Cette enquête va me rendre parano !

Au même instant, Zucko gare la voiture devant la fenêtre du bureau, les coupant dans leur conversation. Il leur adresse un petit signe de main et échange quelques mots avec Dany en refermant la portière.

– Je me sens un peu faiblard, lance Karl en se levant, je vais me chercher un petit truc au distributeur. Fais le point avec les garçons sur leurs recherches d'hier le temps que je revienne.

Ethel hoche machinalement la tête, l'esprit préoccupé. Quel intérêt de poser sa montre auprès de Tara ?

CHAPITRE 20

– Bien, donc je résume : on a trois problèmes. Petit un, Mcls Varlow, qui est la véritable identité d'Anya Jenkins, nous a informés que les Sorcières de Salem en avaient après Tara. Elles l'auraient harcelée, selon elle, pour que Tara rejoigne leur communauté. Petit deux, lorsque j'ai évoqué le nom d'Eve Cardel, elle a eu une réaction équivoque, comme si elle la connaissait mais ne voulait pas l'avouer. Ce qui nous amène au petit trois : East Mountain. Zucko, tu as réussi à contacter Sam Cuvert ?

Il acquiesce.

– Il est OK pour nous accompagner.

– Parfait ! Il faut qu'on récupère un maximum d'informations avant d'aller voir les Sorcières de Salem pour tirer cette histoire de harcèlement au clair. Et comme Emelyne était impliquée… Reprenons complètement le dossier de Cardel, qu'on sache qui elle était et si elle avait un lien avec Tara, Mels ou les Sorcières. Dany, tu sais si son mari est toujours en taule ?

– Yep, il purge toujours sa peine.

– OK, donc on peut l'éliminer de l'équation pour le meurtre de Tara. Mais le papier qu'on a retrouvé nous indique qu'il y a forcément un lien entre les deux femmes. La mise en scène de leur meurtre est trop particulière. Il avait dit pourquoi il l'avait pendue par les pieds ?

Dany secoue la tête.

– Non, pas vraiment. Je vais remonter le dossier des archives, mais de ce que je me rappelle, il nous avait sorti une histoire de dingue. Je vais aller chercher ça.

Ethel se tourne vers Zucko, un grand sourire aux lèvres :

– Bien, Dany étant occupé avec les archives, il me semble que tu es libre pour m'accompagner à East Mountain ?

– Comme par hasard, grogne Zucko. Mais d'abord, je prends un café !

Au moment où Ethel se lève pour rejoindre Zucko, John déboule dans la pièce, l'air bouleversé.

– Karl ne se sent pas bien, tu peux le ramener ?

L'adjoint repose la tasse qu'il vient de prendre, renversant quelques gouttes par terre.

– Bien sûr, qu'est-ce qui se passe ?

– Il tire trop sur la corde, s'agace John en faisant demi-tour, j'arrête pas de lui dire qu'il doit se calmer, voilà le résultat !

– Rosalie le trouvait fatigué ce matin, et hier il s'est endormi dans la voiture pendant le trajet à Springfield.

– Bien sûr qu'il est fatigué, vu sa tension ! Mais monsieur ne pense qu'à l'enquête.

Il se tourne vers Ethel si brusquement que le jeune manque de lui rentrer dedans.

– Il a des problèmes de cœur, il ne doit pas crapahuter partout comme il l'a fait hier !

Ethel lorgne la porte du labo par-dessus l'épaule du légiste puis baisse la tête, atterré.

– Je ne le savais pas, il ne m'en a pas parlé.

– Ça ne m'étonne pas. C'est pas de gaîté de cœur qu'il prend sa retraite, crois-moi ! Si ça ne tenait qu'à lui, il continuerait jusqu'à la mort.

John pousse un soupir et croise les bras.

– Il ne se ménage pas assez avec cette enquête. J'aurais dû le savoir, pourtant, c'est ce qui s'est passé il y a cinq ans avec l'autre meurtre. Il s'est mis dans tous ses états jusqu'à faire une crise cardiaque.

Le visage d'Ethel se décompose tandis que celui de John devient plus dur :

– Il faut que tu t'imposes, Ethel, que tu ne lui laisses pas le choix.

Sa voix rauque devient tremblotante. Ethel secoue la tête vivement et pose sa main sur son épaule pour le rassurer.

– Je vais faire ce qu'il faut, je te le promets.

– On rentre ? raille Karl en ouvrant la porte, ou je crève dans le labo pendant que vous vous faites des papouilles ?

– Très drôle, Karl, vraiment très drôle, l'engueule John. Tu devrais songer à regarder ta tête en montant dans la voiture.

Il laisse passer son ami et envoie un dernier avertissement du regard à Ethel.

– Quand c'est pas ton heure, gamin, c'est pas ton heure ! déclare Karl en s'installant dans la voiture. J'ai fait une crise cardiaque il y a cinq ans, et les symptômes ne ressemblaient absolument pas à ça. J'ai une lourdeur au niveau de l'estomac, ça doit être le chili de Rosalie hier soir. J'en ai pris trois fois, je n'aurais pas dû, je supporte mal les épices.

Ethel s'installe derrière le volant.

– John pense que tu as exagéré en venant à Springfield avec moi.

– Je me suis étouffé avec cette connerie de pollution, ça n'a rien à voir.

– La pollution, les épices, il va falloir choisir.

– C'est bon, c'est bon. Démarre, que j'aille me reposer, puisque vous pensez tous que je ne suis plus bon à rien !

Ethel met le contact et s'engage dans la rue sans répondre. Ça ne sert à rien de l'exciter davantage en entrant dans son jeu.

Quand il se gare devant chez Karl, il aperçoit Rosalie qui fait le pied de grue devant la porte d'entrée. John a dû la prévenir et ça ne plaît visiblement pas à Karl, qui recommence à grogner.

Elle se précipite sur Ethel.

– Comment il va ?

– Il va bien, râle Karl en s'extirpant de la voiture. C'est pas Dieu possible de faire chier les gens à ce point-là !

Rosalie tapote l'épaule d'Ethel avec un petit rire.

– S'il gueule, c'est qu'il n'est pas mort. Merci de l'avoir ramené.

– Pas de quoi, c'était la seule chose sensée.

Elle a un petit soupir.

– Sans toi, il serait sûrement resté au poste toute la journée.

Elle observe Karl qui pénètre dans la maison sans les attendre.

– Et sans moi et mon insistance, on l'aurait sûrement retrouvé mort un de ces quatre matins au volant de sa Range.

Ethel pose la main sur son épaule, compatissant. Il se dit que la vie de Rosalie Rosenberg, femme du shérif d'Hinsdale, n'a pas dû être rose tous les jours. C'est une situation qu'il connaît bien, puisque sa mère était mariée à un représentant de commerce absent cinq jours sur sept.

Elle se tourne brusquement vers lui.

– Tu veux boire quelque chose ?

– Je veux bien un peu d'eau.

Elle hoche la tête et l'entraîne le long de la maison, sur un gazon parfaitement entretenu et agencé, jusqu'à un petit salon de jardin. Le long d'une palissade de planches, un cornouiller défleuri dont les branches pendouillent comme des petites feuilles de sang séchées les attend. Rosalie s'éclipse un instant et revient les bras chargés de deux bouteilles d'eau gazeuse.

– Ça t'ennuie de boire directement à la bouteille ?

– Absolument pas.

Elle la lui tend et s'assied en face de lui. Tandis qu'elle boit la sienne au goulot, les yeux perdus dans le vague et l'esprit prisonnier de l'état de santé de Karl, Ethel songe que Rosalie est une très belle femme. Même maintenant, alors que l'inquiétude souligne ses yeux et qu'elle a visiblement passé un jean et un tee-shirt à la va-vite, il ne la trouve pas ordinaire. Elle fait partie de ces femmes sur lesquelles le temps et les épreuves n'ont pas de prise. Sa mère avait laissé la solitude la prendre, et il n'y avait guère que lorsqu'elle sortait ou que son père était là qu'elle prenait la peine de s'habiller.

– Karl t'aime beaucoup, tu sais ?

Il lui sourit et une légère rougeur lui monte aux joues. Il n'est pas à l'aise avec les compliments, il ne sait jamais quoi répondre.

– Moi aussi, marmonne-t-il en avalant une nouvelle gorgée fraîche.

– Il t'a dit qu'on n'avait jamais pu avoir d'enfants ?

Il secoue la tête.

– Enfin, on a réussi une fois, mais le bébé n'a pas tenu. Une malformation due aux spermatozoïdes, Karl en garde une culpabilité tenace. Quand tu es arrivé, je lui ai demandé de te décrire. Il m'a dit :

« C'est moi en jeune. » Et c'est vrai, vous vous ressemblez beaucoup.

– Vraiment ?

Elle acquiesce.

– Vous avez cette même force dans le regard. Celle de ceux qui se sont battus pour en arriver où ils sont.

Il baisse la tête et rougit de nouveau.

– Je ne me suis pas battu pour avoir cette position. On me l'a mise dans les pattes.

– Je ne parlais pas de cette bataille-là. Tu as quelque chose dans le regard qui dit que tu as souffert.

Il lève les yeux et leurs regards s'accrochent.

– Mes parents sont morts quand j'avais dix-sept ans. Ils étaient ma seule famille.

Elle en reste bouche bée, de manière peu élégante.

– Un accident de voiture lors du blizzard de février 2011. Je ne sais pas si vous vous souvenez, il s'est abattu sur Boston en une heure. Une véritable horreur.

Elle hoche la tête et pose une main sur la sienne.

– Je me rappelle bien, oui, ça a paralysé toutes les infrastructures. On n'avait plus de moyens de communication, mais on n'a eu que des dégâts matériels.

– Comme pour beaucoup de petites villes, oui, confirme Ethel. Mes parents, eux, étaient partis au resto. (Les yeux d'Ethel sont rivés sur la main de Rosalie qui tient toujours la sienne. Plus fermement.) Quand ils ont voulu rentrer, la neige était partout, je leur ai dit de se trouver un hôtel, ce n'est pas ce qui manque à Boston, mais ma mère ne voulait pas me laisser seul. C'est ironique quand on y pense. Ils ont pris la route. On habitait en périphérie, treize kilomètres à tout casser. Leur voiture a dérapé dans un virage et elle a fini sa course dans un fossé dix mètres plus bas. Les pompiers m'ont dit qu'ils auraient eu une chance de s'en sortir s'ils n'avaient pas mis autant de temps à les trouver. C'est le froid qui les a achevés.

Il se tait, boit une longue gorgée, le temps de ravaler ses larmes.

– Qui s'est occupé de toi ?

– Moi. J'avais presque dix-huit ans, le juge s'est laissé convaincre de ne pas me mettre en foyer pour quatre mois. Ça l'arrangeait je crois, ça faisait moins de paperasse.

– Mais comment tu as survécu tout seul ? s'inquiète Rosalie.

– Je me suis débrouillé. Et puis j'ai eu de la chance, la vente de la maison m'a permis de vivre quelque temps sans souci. J'ai pu aller à l'université et la suite, vous la connaissez. Je suis ici.

Elle pousse un très long soupir, empli de leur peine commune.

– C'est en cela que vous vous ressemblez. Dans vos combats contre les hasards de la vie.

Il ne répond rien à ça, il ne sait pas quoi dire. En vérité, il n'a jamais pensé qu'il avait fait preuve de courage. Il s'est plutôt résigné à poursuivre ce qu'il avait commencé et les choses se sont faites naturellement. Un pas après l'autre. Ça aussi, c'est un conseil de son psy. Est-ce qu'il aurait eu besoin d'être suivi s'il était vraiment un battant ?

– Je vais m'occuper de lui, Rosalie, dit Ethel en posant sa main sur son avant-bras. On va le décharger de force, Dany, Zucko et moi, il n'aura pas d'autre choix que de se reposer.

Il ponctue d'un clin d'œil qui la fait sourire. Un petit sourire tout pâle.

– Merci, Ethel.

– Je dois retourner bosser, déclare Ethel en se levant, mais n'hésitez pas si vous avez besoin de quoi que ce soit, Rosalie. Et merci pour l'eau.

C'est idiot, mais il a envie de l'embrasser comme sa mère. Il se retient, lui fait un petit signe de la main. Il a du pain sur la planche.

CHAPITRE 21

Sam Cuvert ressemble à un épouvantail. Un mètre quatre-vingt-cinq pour soixante kilos, il a des bras pratiquement aussi longs que ses jambes. Des épis jaunes plein la tête qu'aucune marque de gel n'a jamais réussi à maîtriser. Il en a apparemment pris son parti, parce qu'à quarante mètres du sol, le vent se fout de votre coupe de cheveux de toute façon. Malgré son aspect décharné, c'est un costaud. Il n'a pas son pareil pour grimper aux arbres et la seule raison pour laquelle il met un baudrier, qu'il dit, c'est à cause des assurances. Elles lui feraient fermer sa boîte s'il prenait le risque de crapahuter dans les cimes sans son harnachement. Alors il s'est résigné, là aussi, bien qu'en son for intérieur, il pense que si un jour il doit tomber d'un arbre, ce sera justement à cause de ces conneries de cordes qui s'entortillent entre ses cuisses.

– D'la fin du mois de septembre à la mi-automne, les couleurs sont les plus belles ! clame Cuvert aussi fort que son buggy est bruyant. Du jaune, d'l'or, d'l'orange, du rouge ! Une palette de peinture, vous trouvez pas ?

– Si si, grogne Mirandi en se cramponnant aux renforts. Y a des amortisseurs, là-dessus ?

L'élagueur se bidonne.

– On fait pas mieux ! Ça va à l'arrière ?

Ethel lève le pouce. Il a juste l'impression que ses genoux lui rentrent dans la gorge.

– C'est bientôt fini, on arrive, r'gardez.

Il pointe de l'index l'énorme tronc d'un pin rouge au sommet du chemin. *L'arbre qui cache la forêt*, songe Ethel en apercevant juste derrière un chalet de bois d'une quarantaine de mètres carrés.

Sam Cuvert arrête le buggy juste devant et les deux flics se précipitent pour en descendre, le postérieur et les jambes en compote.

– Je crois que je vais faire le retour à pied, maugrée Zucko à un Ethel hilare de le voir se secouer dans tous les sens. J'ai plus de sensations ! Je te jure, je ne sens plus rien !

– Arrête de chouiner et avance.

– On dirait Karl, baragouine Zucko.

Ethel fait mine de n'avoir rien entendu – ça le met un peu mal à l'aise.

– T'as vu ? s'extasie-t-il, le nez en l'air. D'ici, on voit le ciel et le brouillard tout en bas qui s'accroche aux arbres.

– Ouais, confirme Zucko, on dirait une mer de brume. C'est à couper le souffle…

Et Ethel songe que ça pourrait ressembler à la forêt que Tara lui a fait voir en rêve. Ils restent quelques secondes mains sur les hanches à admirer l'horizon et Zucko se tourne brusquement.

– Je crois que c'est là qu'on a retrouvé la fille.

Ethel tourne la tête vers le pin qu'il pointe du doigt. La première branche est à trois mètres.

– Comment il a fait pour la pendre ?

– Il a balancé la corde et a fait comme avec une poulie. Fallait être costaud.

Ethel confirme d'un hochement de tête et se tourne vers le chalet, puis vers Sam Cuvert qui s'étire près de son engin à sensations fortes.

– Le refuge est ouvert toute l'année ?

– Bah ouais, c'est un refuge. Mais si vot' question, c'est d'savoir si y a du monde qui vient toute l'année, c'est non.

– Trop difficile d'accès ?

Sam fait tournoyer son doigt en l'air.

– C'est la forêt, elle dégage de mauvaises énergies ici.

– De mauvaises énergies ? répète Ethel, incrédule, un petit sourire en coin. Et ça ne vous fait pas peur ?

– Moi ? Non ! Pas d'risques, la forêt elle m'aime, parce que j'prends soin d'elle.

– OK…

Mirandi tapote sa tempe de son index : *complètement taré*. Ethel retient un gloussement et se tourne vers le chalet.

– On visite ?

– Si ça peut te faire plaisir.

C'est une belle construction de bois, en dépit du manque d'entretien évident. Les hivers ont dû se succéder sans qu'elle voie une couche de vernis, mais elle tient le coup et se dresse au sommet de la montagne telle une reine sur son trône. La porte coince un peu, Ethel est obligé de jouer des épaules pour la faire bouger, mais elle finit par coulisser avec un léger craquement.

– C'est quoi, ça ? demande le jeune shérif en montrant une entaille en Y dans le bois. J'en ai vu une sur la porte du poste de police, à l'hôtel de ville, et aussi au *Lester's*.

– Un symbole de protection.

Ethel arque les sourcils devant le haussement d'épaules de Mirandi.

– Il y en a sur toutes les portes des vieilles baraques. C'est censé protéger du mauvais sort.

– Tu m'en diras tant… Ça n'a pas porté chance à Eve Cardel.

– Les mauvaises énergies, singe Mirandi en agitant ses doigts en l'air.

Ethel a un petit sourire et scanne la pièce du regard. C'est un dortoir, avec une énorme cheminée sur le mur opposé aux lits. Une grosse table en chêne au milieu. Des chaises empilées à droite de la cheminée et une armoire à gauche. Ça sent le renfermé, mais c'est propre dans l'ensemble.

– Les énergies font le ménage, aussi ?

– Va savoir.

– Je trouve ça plutôt propre pour un endroit où personne ne vient. Regarde par terre, pas un grain de poussière.

– Sûrement des gosses qui viennent pour s'amuser. Fumer de l'herbe à l'abri ou tirer un coup.

Il a un regard dégoûté pour les lits.

– C'est pas très accessible pour venir s'amuser, argue Ethel.

– C'est pas faux, mais quand tu veux être tranquille…

– Suffisamment tranquille pour tuer quelqu'un ?

– Aussi, oui.

– Ça appartient à qui ?

Zucko a un haussement d'épaules.

– À la direction des forêts de l'État je suppose.

– Ça appartient à Weld, répond Sam Cuvert dans leur dos.

Ethel se retourne, interloqué.

– À Charlie Weld ?

Sam secoue la tête.

– Non, à Weld père, c'est lui qui a financé les refuges alentour, pour l'tourisme qu'il disait.

– Ça a marché ?

– Au début, oui, mais à cause des mauvaises énergies… Dites, je voudrais pas vous presser mais j'ai pas mal de boulot à cette période de l'année…

– On va y aller, oui, il n'y a pas grand-chose à voir au final.

– Tu t'attendais à quoi ? se moque Zucko. Au trésor du parchemin ?

– Y a pas d'trésors, ici, qu'des emmerdes, intervient Cuvert.

– Qu'est-ce que vous voulez dire ?

– Bah, y a eu la gamine, pendue par les pieds. Et pis pendant l'automne y a trois ans, les pluies diliviennes…

– Diluviennes.

Il balaie son intervention d'un mouvement de main.

– Ouais, c'est ça comme vous dites, ça pleuvait beaucoup et y a eu un glissement de terrain. On a retrouvé des os.

– Des os ? Humains ?

Ethel interroge Zucko du regard, qui lève les yeux au ciel en secouant la tête.

– Oui, pardi ! C'étaient des sacrifices de sorcières. Y en a une qui vient souvent la nuit.

– C'étaient des os de bêtes sauvages, ça a été confirmé, rétorque l'enquêteur. Qu'est-ce que vous faites là la nuit ?

– Je prends soin de la forêt, je vous dis.

Il précise ça comme si c'était une évidence. Zucko regarde Ethel qui garde les yeux écarquillés. « Complètement chtarbé », veut dire ce regard, et Ethel n'est pas loin d'être du même avis.

– Elle est comment, cette femme ?

– Grande, baraquée pour une fille. Les cheveux courts. L'air pas aimable.

Il ajoute à l'attention de Zucko qui lui jette un regard sceptique :

– Je l'ai vue de jour aussi, elle passe parfois chez Lester, et elle s'est pris la tête avec notre shérif une fois quand j'étais là.

– Ça me dit quelque chose, cette description.

Sam a un petit sourire fier.

– Maintenant, si on pouvait y aller, ajoute-t-il en pointant du pouce l'engin de l'enfer.

Ethel acquiesce et s'esclaffe devant la tronche de dix mètres de long de son subalterne.

– C'est reparti pour un tour.

***

Le temps qu'ils rentrent, les ombres se sont étendues sur les murs lambrissés de pin de la salle de réunion, qui n'a dû servir en tout et pour tout qu'une fois depuis sa création – lors de la visite inutile du responsable de Boston, lorsqu'un pan de la mine s'est écroulé. Mais ni Dany, ni Zucko, ni Ethel n'ont envie de rentrer chez eux. Dany a téléphoné à Rosalie pendant que les deux autres crapahutaient dans les montagnes et les nouvelles ne sont pas bonnes. L'état de santé de leur chef ne s'améliore pas et selon l'avis de sa femme, il est possible qu'il ne vienne pas bosser pendant plusieurs jours.

– On doit avancer sur cette enquête au maximum pour décharger le chef le plus possible ! déclare Zucko. Enfin, je sais que t'es chef aussi, mais…

Ethel l'interrompt en levant la main.

– On s'en fout du poste, on est une équipe, et tout le monde soutient l'équipe.

Il étale tous les détails de l'enquête sur la table en chêne polie comme un miroir. Les sièges ont été repoussés contre le mur pour laisser un espace de circulation aux trois hommes. Des emballages de chez Lester traînent sur un coin de table.

– Bien, commence Ethel après avoir pris une gorgée de Cola Light, mettez-moi au parfum.

Il s'essuie les mains et se place devant la photo d'Eve Cardel.

– On a épluché le dossier de la victime. Jeune femme sans histoires, née en 1995 à Providence et résidant à Providence également, commence Dany. Grande adepte de randonnée. Selon les témoignages de sa famille et de ses amis, elle partait en trek régulièrement. Et les affaires qu'on a retrouvées près d'elle le confirment.

Il tend le rapport d'enquête à Ethel qui le parcourt d'un œil distrait.

– Son mari venait avec elle en rando ?

– D'après la famille, non, déclare Zucko. Les deux étaient totalement opposés, c'était plutôt un casanier.

– OK, donc il décide du jour au lendemain de l'accompagner ? Il a dit pourquoi il était sur place ?

– Ouais, et c'est même pour ça qu'il se retrouve dans le secteur psychiatrie de la prison. D'après lui, une voix lui aurait donné l'ordre de la sacrifier.

– De la *sacrifier* ?

Dany hoche la tête.

– Cardel n'était déjà pas très net avant le meurtre, il avait fait plusieurs séjours en maison de repos parce qu'il se scarifiait, pour trouver, je cite, une petite bête velue qui pénétrait sous sa peau.

– Et il n'était jamais passé à l'acte avant Eve ? demande Ethel en s'enfilant un bonbon.

Cette histoire de petite bête lui dit quelque chose, mais il n'arrive pas à resituer quoi exactement.

– Même pas sur une bestiole. Un pétage de plombs.

– Sûrement un coup des énergies de la forêt, lance Mirandi, les sourcils levés.

Ça n'arrive pas à dérider Ethel.

– Est-ce qu'Eve avait un compte Instagram ? Un quelconque lien avec Tara ?

– Je t'avoue qu'on n'avait pas trop fait attention aux réseaux sociaux à l'époque, dit Dany, mais j'y ai jeté un coup d'œil cet après-midi et je n'ai rien trouvé d'autre que des photos de ses excursions.

– Personne n'a fermé le compte ?

– Non, sa famille a posté un message quelques jours après sa mort, et puis plus rien, ils ont dû zapper.

Ethel pousse un long soupir désabusé. Il récupère la photo d'Eve et les informations collectées par Dany et place le tout sur un bord de la table, pas trop loin des emballages vides.

– Je regarderai ce soir en rentrant. Il faudrait de nouveau éplucher le compte de Tara pour identifier ce qui la lie à l'endroit où Eve est morte. Il y en a obligatoirement un, sinon pourquoi avoir écrit ce nom et l'avoir placé dans sa gorge ?

– John est certain du texte ? Ça peut être autre chose que « East Mountain » et « Great Barrington ». La première ligne n'a toujours pas été traduite.

Ils se penchent tous les trois sur la photocopie, dépités.

--r--a cl----
east m--nt---
---at ----i-g-on

– Aucune idée, répond Ethel, mais il doit forcément y avoir un rapport. On va devoir retourner là-bas avec du matos et relever les empreintes. On a remarqué des traces de présence humaine récente, Zucko et moi. Vous aviez fait un relevé à l'époque, non ?

– Ouais, répond Dany en se marrant, et c'est ce qui a foutu la merde.

– Les empreintes d'Emelyne Mailand sont ressorties, c'est ça ?

Les deux inspecteurs opinent.

– Et pourquoi elle a été innocentée ?

– Elle avait le meilleur alibi qui soit, réplique Zucko. Weld a affirmé qu'elle était avec lui en train de faire de la comptabilité.

Ethel tique.

– C'est une blague. C'est Weld, son alibi ?

– Tout à fait, c'est pour ça qu'il était si énervé que Karl poursuive l'enquête, parce qu'il le faisait passer pour un menteur.

– Ou parce qu'il avait quelque chose à se reprocher, argue Ethel.

Le téléphone de Zucko se met à sonner, il leur fait signe de poursuivre le temps qu'il réponde.

– D'après ce que j'ai pu comprendre, continue Ethel, Weld n'est pas très réglo avec les comptes de la ville, et si cette fille s'occupe de sa comptabilité, il a peut-être voulu lui rendre un petit service.

– Un échange de bons procédés.

– C'est ça.

– Désolé les gars, c'était ma femme, les coupe Zucko en revenant. Elle s'inquiétait.

– On va rentrer, propose Ethel. Il est tard et vos familles vous attendent. On reprendra la liste des pistes demain et on décidera quelles sont les priorités.

– J'ai pas de femme qui m'attend, rétorque Dany en s'étirant, mais j'avoue que je ne serais pas contre un petit dodo.

– Alors tout le monde au lit, conclut Zucko, j'espère qu'on aura de bonnes nouvelles de Karl.

Ethel baisse la tête sans répondre. Il l'espère aussi, il a encore besoin de lui ici.

CHAPITRE 22

La première chose qu'Ethel voit en se réveillant, c'est le portrait d'Eve Cardel, jolie blonde aux joues rosies par l'effort et le froid. Un selfie avec en arrière-plan la mer de brume, telle que l'a décrite Zucko la veille. Sur l'écran de l'ordinateur, à la droite de la jeune femme, le refuge dans lequel on a retrouvé les empreintes digitales d'Emelyne innocentée par le maire, et à sa gauche, le pin dans lequel elle a fini sa vie.

Pourtant, sa première pensée est qu'il n'a pas rêvé de Tara cette nuit. En même temps, sa nuit a été tellement courte qu'il doute que son cerveau ait eu le temps de quoi que ce soit, même de se reposer. Sombrer dans un coma serait un terme plus approprié. Après avoir passé des heures à se faire du mouron pour son chef, puis d'autres heures à scruter les moindres détails du compte d'Eve Cardel, il s'est écroulé. Plus de quatre cents publications tournant autour de la passion de la victime. Des photos d'arbres, de chemins, de rivières, de feux de camp et de chaussures, qui, Ethel en est sûr, déplairaient beaucoup à Karl. Ou du moins qu'il ne comprendrait pas. Des heures à s'abîmer les yeux pour rien. Pas de lien, aucun rapport évident avec Tara ou les Sorcières de Salem. Déprimant.

Il rabat l'écran de son ordinateur portable et se redresse en se frottant le visage. Il va lui falloir plus qu'une douche et un café pour démarrer.

Marysa l'arrache à ses réflexions en tambourinant furieusement à la porte, un rai de lumière s'infiltrant au niveau du seuil. Il allume la lampe de chevet, vérifie l'heure. Six heures trente. Il s'extirpe du lit, un peu inquiet, enfile un tee-shirt avant d'ouvrir. Sa logeuse lui tombe dans les bras, le visage ruisselant de larmes, et se colle contre son torse. Bêtement, le premier truc qui lui vient à l'esprit c'est qu'elle est toute petite en fait, il n'avait jamais vraiment fait attention. Elle a l'air en vrac, ses traits sont déformés, on dirait qu'elle n'a pas dormi elle non plus. Il la repousse et la saisit par les épaules.

– Qu'est-ce qui se passe, Marysa ?

Elle lui baragouine deux ou trois mots incompréhensibles entre deux hoquets larmoyants. Il la conduit jusqu'à son lit où elle se laisse tomber sans retenue.

– Calmez-vous, dites-moi ce qui se passe. C'est grave ?

Elle hoche la tête de haut en bas, faisant dégringoler une barrette à cheveux qui glisse sur le parquet et disparaît sous le lit.

– Rosalie, bafouille-t-elle.

Le cœur d'Ethel s'emballe.

– Qu'est-ce qu'elle a ? Qu'est-ce qui lui est arrivé ?

Elle tire un mouchoir de son pyjama, qui est vraiment très moche, puis elle se mouche fortement avant de lui répondre.

– Elle vient de m'appeler, elle n'arrivait pas à vous joindre. C'est Karl… il… il est mort.

Quoi ? Ethel fronce les sourcils, perdu. De quoi parle-t-elle ? Il la voit s'agiter, ne pas réussir à se calmer. Puis il la regarde, la regarde vraiment : ses épaules qui tombent, les larmes qui s'écrasent sur les draps, le téléphone qu'elle tient dans la main comme s'il s'agissait d'une bouée de sauvetage… Elle a parlé à Rosalie. Rosalie, la femme de Karl, qui était hier soir dans un sale état.

Et là, il percute. Il fait quelques pas et s'écroule sur le lit. Il a la sensation que le monde est lentement en train de s'effriter autour de lui. Comme si, à chaque battement de son cœur, le sol disparaissait sous lui. Karl est mort.

Formuler consciemment cette phrase ne la rend pas plus crédible. Il n'arrive pas à le croire. Comment c'est possible ?

– Il ne s'est pas réveillé, l'informe Marysa en posant de nouveau sa tête contre son torse.

Il n'a pas le courage de la repousser. Ni de lui répondre. La colère, la tristesse et l'incompréhension se disputent la place derrière ses paupières.

Et ce n'est pour l'heure qu'une infime partie de la tempête émotionnelle sans précédent qui s'abat sous son crâne. Il lui semble qu'il est un hamster coincé dans une boule. Ça roule, ça roule dans un mouvement perpétuel, il s'attache et les gens meurent. Non, pas encore. Pourquoi lui ? Le monde n'a pas assez de gens à torturer ?

Marysa chouine et bave sur lui, il essuie machinalement sa salive et retourne à ses pensées.

Karl va bien. Marysa n'a pas compris. Il va mieux, c'est ce qu'a dû dire Rosalie. Si Karl était vraiment mort, Rosalie l'aurait appelé. Il prend son téléphone posé sur la table basse, tente de l'allumer. Plus de batterie. « Elle n'arrivait pas à vous joindre. » Pourquoi il n'a plus de batterie ? Il vit avec son téléphone greffé à la main !

Marysa renifle, le tire par la manche.

– Il faut qu'on y aille, Ethel. Il faut qu'on aille voir Rosalie.

Aller voir Rosalie, oui, il faut y aller.

Il se redresse, le regard fixe, l'esprit ailleurs. Elle lui tend un jean qu'il enfile sans regarder. Il a un tee-shirt, c'est bon. Un pull ? Oui, pourquoi pas. Il laisse ses instincts primaires prendre le contrôle, annihiler ses émotions. Il est aux abonnés absents pour le moment. Parce que sinon il va tomber. Dans un trou profond et sans fond. Inspire, expire, inspire, expire. *Prends cinq minutes.* Non ! Non, il ne peut pas, parce que cinq minutes, ce sera déjà trop. Parce que s'il ouvre les vannes, il va sombrer dans le néant.

Pour toujours. Ils avaient le truc, bordel ! C'était vraiment arrivé. Il se rend compte qu'il a oublié de respirer. Inspire, expire.

Marysa l'oblige à monter dans sa voiture, côté passager, elle a compris qu'il ne sera pas plus utile. Il n'a pas la force de se concentrer sur la route, sur la complexité de la boîte de vitesses ni sur les autres automobilistes. Puisqu'il faut qu'il contrôle ses émotions.

Il se laisse conduire, le cerveau en ébullition, traquant le moindre détail des journées précédentes qui auront mené à ce dénouement aussi funeste qu'inattendu. Ce n'est pas normal. Il allait bien. John a dit qu'il était juste fatigué ! Il crispe les mâchoires, son sang bouillonne et un long frisson lui zèbre la colonne vertébrale. Et si c'était vrai ? Les énergies négatives et toutes ces conneries ?

– Vous avez un trident sur votre porte ?

Elle se tourne vers lui, sourcils froncés, les yeux rouges.

– Quoi ?

– Un trident ! Un trident sur la porte ! Une… une rune de protection ?

Elle ne comprend rien à ce qu'il raconte, de toute évidence, ni pourquoi il lui crie dessus.

– Oui, oui, j'en ai un. C'était la maison de mes parents, toutes les vieilles maisons en ont un sur leur porte.

– Ça marche pas ! Ça marche pas.

– Ethel, s'il te plaît, calme-toi…

Il pose sa main sur sa cuisse, la tapote nerveusement. Elle a raison, il doit se reprendre.

– Pardon, dit-il nerveusement.

Bordel, il est ridicule, ce n'est pas la faute des énergies, c'est la sienne. Parce qu'il l'a traîné avec lui à Springfield.

– Ça va aller, Ethel, ne t'inquiète pas.

Non, ça ne va pas aller. Il le sait parfaitement, il l'a déjà vécu. D'abord il y aura du monde, des voisins, des amis, pour étouffer Rosalie avec leurs bonnes intentions, leurs bons sentiments, leur trop-plein d'expérience ou d'avis, et puis elle sera seule avec l'effervescence de ses émotions. Elle se sentira comme un cachet d'aspirine qu'on balance dans la flotte et qui se dissout lentement en milliards de petites bulles.

Marysa arrête la voiture à l'arrache entre deux autres bagnoles. Il se rend vaguement compte qu'il y en a trop sur le trottoir, beaucoup trop pour ce bled, mais ça lui passe. Elle lui crochète le bras et il se laisse traîner dans l'allée. C'est un pantin articulé. Le Pinocchio du trou du cul du monde. Dieu qu'il n'a pas envie d'entrer dans cette maison. Le corps de Karl est-il encore là ? Est-ce qu'il va le sentir ? Il se sent tellement ridicule et gamin. *Tu l'as déjà vécu, Ethel, tu sais ce qui va se passer*. Ah non, tiens, il ne sait pas. Parce que ses parents ne sont pas morts dans leur sommeil mais dans un putain d'accident de voiture.

Marysa affirme sa prise et ils poussent ensemble la porte d'entrée. Merde, il n'a pas eu le temps de voir s'il y avait une rune de protection sur la porte.

***

Les yeux de l'assemblée se braquent sur lui. C'est fou le monde qu'il y a autour de Rosalie. Pourquoi autant de monde ? Laissez-la respirer un peu ! Elle a besoin d'espace pour pleurer tranquille. Il a soudain envie de les dégager en leur hurlant dessus : « Vous n'avez rien à foutre ici ! C'est moi qui avais le truc avec Karl ! » Mais le regard que pose la veuve sur lui délaie instantanément sa colère dans sa peine. Le visage de sa mère se superpose sur celui de cette femme qui l'a accueilli comme un membre de sa propre famille et il se débarrasse de Marysa pour courir vers elle comme un gosse.

La mort a ce pouvoir de rassembler les âmes chagrines, de les lier d'un lien indéfectible. *Le truc*. À moins qu'Hinsdale ne sache faire la même chose vu le nombre de personnes présentes ce matin. Ils restent de longues minutes l'un contre l'autre, à épancher leur peine ensemble, comme si c'était la chose la plus naturelle du monde alors qu'ils se connaissent à peine. Ce sont leurs cœurs qui parlent, leurs cœurs qui se reconnaissent dans leur malheur commun. N'était-ce pas justement ce qu'elle disait ? Quand tout allait bien, que Karl se reposait seulement. Comment John a-t-il pu se tromper à ce point ?

– Je suis avec vous, Rosalie.

Il doit lui parler, il doit comprendre.

– Je sais mon garçon, bredouille-t-elle en tremblotant.

Elle agrippe ses manches comme pour le retenir auprès d'elle, puis elle relâche sa prise.

Il embrasse délicatement ses mains, se redresse et rejoint John Eymer près d'un buffet improvisé à la hâte par les voisins de Rosalie. Café, thé, croissants, il y a vraiment des gens qui pensent à manger dans un pareil instant ? Alors que le corps sans vie de Karl repose derrière le mur ?

John lui propose un café, il l'accepte d'un signe de tête. Ses mains sont glacées, il a besoin de la tasse pour les réchauffer.

– Il faut qu'on parle, lui murmure John. Pas ici.

Il lit dans ses pensées. D'un signe de tête, il indique la cuisine. Elle donne sur ce joli jardin dans lequel hier encore il prenait en parfaite inconscience un verre d'eau avec la femme de son chef. Il fait frais ce matin, plus sec. Le temps tourne. Il s'aperçoit que son esprit tente de faire diversion et se tourne vers John.

– Qu'est-ce qui s'est passé ?

Il serre les mâchoires, il ne veut pas s'énerver, se laisser mener par ses émotions. Le lendemain de la mort de ses parents, il a bousillé tous les meubles du salon. Il a découvert en lui une rage indescriptible qui l'a effrayé lui-même, et le seul moyen de l'anéantir a été de boxer. C'est une chose qui ne doit pas se reproduire.

John le fixe, la mine grave. Ethel voit bien qu'il fait bonne figure, qu'il tente de tenir le coup, mais ses yeux sont éteints. Il a oublié depuis combien de temps Karl et lui se connaissaient. Il a oublié que lui aussi devait souffrir.

– Je suis désolé, je te présente toutes mes condoléances.

John le remercie d'un hochement de tête.

– Quand je suis repassé hier soir, Karl n'allait pas bien. Je lui ai conseillé d'aller aux urgences, mais il a refusé en disant qu'il se sentait mieux et que ça passerait.

Il baisse les yeux et Ethel sent qu'il fait un effort considérable pour contrôler ses émotions lui aussi.

– J'aurais dû insister.

– Tu l'aurais fait si tu avais senti quoi que ce soit.

John hausse les épaules.

– Ça ne ressemblait pas à une crise cardiaque, il avait de la fièvre, des essoufflements, j'ai pensé qu'il avait chopé une grippe. (Il inspire profondément et ajoute, un ton plus bas :) Mais il y a des détails qui clochent.

– Quels détails ?

– Il a commencé à vomir dans le milieu de la nuit, puis à avoir des crampes abdominales et à ne plus rien garder. C'est devenu hémorragique, Rosalie m'a appelé et le temps que j'arrive, il était déjà trop tard.

Ethel le fixe avec des yeux ahuris.

– Qu'est ce qui peut provoquer ça ?

– Un empoisonnement.

Ethel s'adosse à un tronc, soufflé.

– Tu veux dire… qu'on l'aurait tué ? Mais pourquoi ?

John secoue la tête, dépité.

– Je n'ai aucune certitude et je peux me planter. Mais je refuse de laisser un doute planer. Ni pour lui, ni pour moi… je ne le permettrai pas. Je vais devoir pratiquer une autopsie pour en être certain.

Un énorme vrombissement leur fait tourner la tête vers la rue. John lève les yeux au ciel.

– Viens, il faut qu'on retourne auprès de Rosalie, l'autre couillon va nous faire son cinéma.

Ethel acquiesce et ajoute en baissant la voix :

– Ils se sont engueulés avec Karl au *Lester's*, tu crois qu'il serait capable de…

John fronce les sourcils, puis finit par sourire.

– C'est un gros con et un magouilleur, mais honnêtement ça m'étonnerait.

L'enquêteur a quand même un gros doute, mais se tait pour le moment.

Quand ils pénètrent dans la cuisine, ils croisent Marysa clope au bec qui s'apprête à sortir. Ethel ne savait même pas qu'elle fumait. Elle a les yeux humides, les baisse, retire sa cigarette et la fixe avec un air gêné.

– C'est uniquement quand je suis stressée.

Il a un petit sourire triste pour elle et déçu envers lui-même. Elle le loge, elle le nourrit, et il n'a même pas la décence de s'intéresser un tant soit peu à sa vie. Il va falloir que ça change.

– La ville m'en est témoin, Karl et moi avions parfois des différends, deux caractères comme les nôtres ne peuvent faire que des étincelles (il a un petit sourire qui semble tellement hypocrite à Ethel qu'il lui donne envie d'écraser sa main sur sa face), mais il était un pilier pour cette ville, et il va terriblement nous manquer.

Le maire se frappe la poitrine du poing et baisse la tête en fermant les yeux.

– Merci, Charlie, murmure Rosalie en le fixant.

Et Ethel la trouve digne. « Je sais qui tu es vraiment », disent ses yeux, Ethel en mettrait sa main à couper. Karl a dû lui en conter des bonnes à son sujet. Dommage qu'il n'ait pas eu le temps de les lui raconter, à lui, histoire de savoir dans quel panier de crabes il vient d'être jeté. Et justement, Weld se tourne vers lui.

– Dieu a toujours un plan tout tracé, la preuve est là puisqu'il nous a envoyé ce jeune shérif afin qu'il puisse être formé par le meilleur avant son départ.

Les mots sont là, mais tellement mal tournés. Ethel en rougit. Il se sent mal comme s'il volait la place encore chaude de Karl. Ses mâchoires se crispent et sa tête doit refléter son irritation car

Rosalie se lève d'un coup pour placer une main sur son épaule.

– Nous avons beaucoup de chance, en effet, dit-elle d'une voix qui lui transperce le cœur.

Ethel la regarde d'un air affligé. Il serait tenté de dire au maire sa façon de penser, mais ce n'est ni l'endroit, ni le moment. Et il a mieux à faire.

– Nous allons devoir nous entretenir à propos des directives, poursuit Weld.

– Il va surtout falloir nous accorder du temps, monsieur le Maire, rétorque Ethel. Karl était un ami, nous venons de subir une grosse perte. Par ailleurs, le bureau de Boston m'a parfaitement bien renseigné sur les directives à appliquer.

Les deux hommes se toisent et les gens venus soutenir Rosalie dans sa terrible épreuve ont cessé leurs conversations pour suivre la leur. C'est leur présence assurément qui incite Weld à battre en retraite.

– Bien évidemment ! Tout le temps dont vous avez besoin. Et puis, ce n'est pas comme si je ne savais pas où vous logiez… Rosalie, je vous accompagne dans votre peine.

Il lance un dernier regard à Ethel avant de sortir, un regard qui lui fait prendre conscience que ses doutes sont fondés. Le nouveau shérif ne sait pas encore si Charlie Weld est responsable de la mort de son collègue, mais il est sûr d'une chose : cet homme est dangereux.

CHAPITRE 23

C'est Lester en personne qui vient leur apporter leur café et les sandwichs aux œufs. Il s'assied même deux secondes avec eux, pour prendre des nouvelles de Rosalie.

– Elle est courageuse, répond Dany, vraiment courageuse. Je n'imagine même pas le choc qu'elle a dû avoir en se levant ce matin.

Lester hoche lentement la tête et ajoute avant de retourner en cuisine :

– J'enverrai Rose lui apporter un plat dans l'après-midi.

Les trois flics le remercient d'un mouvement de menton. Ethel baisse les yeux sur son plat. Les œufs brouillés sont recouverts d'un peu de cheddar et de bacon. Il se surprend à avoir faim. Mais quand les deux autres attaquent sans avoir l'air de se poser de questions, il se force à balancer :

– John a le sentiment que Karl a été empoisonné.

Dany relève la tête, la bouche pleine. Un petit bout d'œuf s'en échappe et retombe mollement dans son assiette.

– Empoisonné ?

Ethel acquiesce d'un mouvement de tête timide.

– Qu'est-ce qui lui fait penser ça ? demande Zucko.

– Des signes cliniques.

Il pique un morceau de bacon avec le bout de sa fourchette et l'enfourne dans sa bouche. Lester n'a pas failli à sa réputation, même froid, son plat est à tomber.

– Attends, intervient Zucko. Tu veux dire qu'il aurait été empoisonné comme Tara Stevens ?

Ethel l'arrête tout de suite.

– Je n'ai pas dit ça. Pour le moment, l'empoisonnement reste une supposition. Mais j'avoue que s'il est avéré, ce serait une énorme coïncidence.

– Mais c'est de la folie ! Pourquoi on l'aurait tué ? s'insurge l'Italien.

– Comment veux-tu que je le sache ? Et pourquoi Tara est morte ? Et pourquoi ma montre s'est retrouvée à côté de son cadavre ? Il y a trop de choses qui n'ont aucun sens…

Il se prend la tête dans les mains et inspire pour se calmer. Il ne doit pas péter les plombs. Il doit rester concentré.

– C'est quoi cette histoire de montre ? lui demande Dany.

Il ôte ses mains, surpris, mais les gars ont vraiment l'air de ne pas savoir. Karl avait gardé le secret ?

– Quelqu'un a volé ma montre et l'a placée dans le sac mortuaire de Tara. John a fait un relevé d'empreintes mais ça n'a rien donné.

– Tu te fous de nous ? s'exclame Dany. Pourquoi on n'est pas au courant de ça ?

– Je pensais que Karl vous en avait parlé, répond Ethel en baissant la tête sur son plat.

Il n'a pas envie de charger son chef, *ancien* chef, surtout maintenant, mais il ne veut pas mentir aux gars. Il n'y a plus qu'eux maintenant et une bonne relation ne se construit pas sur des mensonges.

– Il ne l'a pas fait, non. Ça nous fait un mystère de plus à élucider !

Il pique rageusement les derniers morceaux de bacon de son assiette et les avale.

– Le problème c'est que ma montre était sur ma commode chez Marysa et que nous n'avons relevé aucune trace d'effraction.

– Attends ! braille Zucko un peu trop fort au goût d'Ethel. On te vole ta montre et on la fout sur un cadavre, on empoisonne Karl, c'est le poste qui est visé ou quoi ?

À l'air que tire Dany, il n'en pense pas moins et Ethel est obligé de reconnaître qu'il a des doutes, lui aussi.

– Marysa m'a fait une drôle d'impression l'autre soir. Elle m'a dit que Karl n'était pas forcément un bon exemple à suivre et que Charlie Weld déblatérait dans mon dos.

– Attends, murmure Zucko, cette fois, tu sous-entends qu'il aurait quelque chose à voir là-dedans ?

– Je n'affirme rien, j'émets de simples hypothèses par rapport aux éléments dont on dispose, et franchement on n'a pas grand-chose. Mais d'un point de vue extérieur à Hinsdale, honnêtement, ce type est louche.

Les gars baissent la tête. Zucko repousse son assiette encore pleine devant lui.

– Bon, on fait quoi, alors ?

– J'ai étudié le compte Instagram d'Eve Cardel et je n'ai rien trouvé qui la relie à Tara ou aux Sorcières. Dany, tu te souviens de quoi elle est morte exactement ?

– Elle n'a pas été empoisonnée si c'est que tu penses. Elle a reçu plusieurs coups à la tête, et ce n'est qu'après qu'on lui a brûlé les doigts et les cheveux et qu'on l'a pendue par les pieds.

– Comment on a su qui elle était, si les doigts étaient brûlés ?

– Empreintes dentaires, répond Dany en agitant son index devant sa bouche.

– Ouais, les résultats étaient arrivés très vite pour une fois, raille Zucko.

– Trop vite ? demande Ethel en louchant de son côté.

– Disons qu'on se serait crus dans un bureau à Boston. À quoi tu penses ?

– Quand j'ai demandé de l'aide au patron de Boston, il m'a envoyé sur les roses, par contre il a pris le temps d'appeler Weld pour se plaindre.

– OK, et donc, Weld serait de mèche avec Sanders ? Il nous a plutôt aidés sur ce coup-là, non ?

– Oui, admet Ethel, mais c'était peut-être pour cacher autre chose. Il a servi d'alibi à Emelyne…

– Mailand, finit Dany.

Ethel le remercie d'un hochement de tête.

– Il lui trouve un alibi alors que ses empreintes sont sur le lieu du crime et il fait jouer ses relations pour boucler l'enquête au plus vite. On peut supposer que c'était pour détourner l'attention.

– Ça, ça ressemble bien à Weld, c'est vrai. Un vrai magouilleur. Sachant que cette fille lui fait sa compta, elle doit être au courant de pas mal de trafics.

– Et j'ai bien l'intention de savoir lesquels, déclare Ethel.

– Tu vas aller les voir ?

– Oui, j'ai plusieurs questions à leur poser. Surtout si, comme nous l'a dit Mels Varlow, les Sorcières de Salem ont harcelé Tara Stevens, alors que Katherine prétend ne pas la connaître plus que ça.

– Méfie-toi de ces filles, le prévient Zucko, ce ne sont pas des tendres.

– Je sais ce qu'elles infligeaient à Karl, t'inquiète pas. Est-ce que de votre côté vous pourriez essayer de me trouver tous les renseignements possibles sur Katherine Priest ? Karl m'a raconté son passé, mais je ne comprends pas pourquoi elle s'expose autant alors qu'elle est censée être en fuite. Et trouvez-moi aussi des infos sur Mels Varlow, je suis certain qu'elle connaissait Eve Cardel. On pourrait peut-être aussi trouver pourquoi elle voulait absolument rejoindre les Sorcières de Salem.

– OK, pas de souci, acquiesce Zucko. Tu vas à Lanesborough tout de suite ?

Ethel a un petit sourire triste. Il se racle la gorge.

– Non, d'abord je vais assister John pour l'autopsie de Karl et après j'aimerais aller prévenir Christabella. Ils étaient proches tous les deux et je vois mal Rosalie aller farfouiller là-bas. Mais avant tout ça, j'ai une première chose à faire.

Il sort son téléphone et lance l'application Instagram.

– Il faut que je suive cette piste. De toute façon, ça ne pourra pas être pire que maintenant sans Karl.

– Ton mystérieux ami ? lui demande Dany.

– On saura bientôt si c'est un ami ou non, mais s'il s'avère que oui, je ne peux pas me permettre de passer à côté.

Il clique sur le compte de Tara et accepte l'invitation fantôme.

Oui, il a bien besoin d'un ami.

***

Karl et John se connaissaient depuis exactement quarante-deux années. Ils s'étaient rencontrés à l'université d'État de Worcester. John y était étudiant en médecine et Karl venait assister à sa première autopsie en tant que futur shérif.

Si John avait atterri à Hinsdale, c'était en partie à cause de Karl – ou plutôt *grâce* à Karl. John n'aimait pas la foule, il avait un petit penchant pour l'agoraphobie et quand Karl lui avait proposé de le rejoindre à Hinsdale qui n'avait pas de médecin, il avait accepté tout de suite. Devenir par extension le médecin légiste de la ville ne l'avait pas dérangé plus que ça. Il considérait les morts comme appréciables car pas dérangeants, et c'était l'occasion de travailler avec Karl qu'il trouvait incroyablement intuitif et intelligent. Il ne croyait pas en la vie éternelle, ils approchaient tous les deux des soixante-cinq balais et John savait qu'ils étaient sur la pente descendante, mais pas un seul instant il n'aurait pensé devoir un jour ouvrir les entrailles de son meilleur ami.

C'est donc avec les yeux rougis par le chagrin qu'il accueille Ethel. Les deux hommes restent quelques secondes silencieux, puis John demande à Ethel de fermer la porte du laboratoire à clef.

– Je risque de chialer, dit-il, les yeux baissés et la voix tremblotante.

Et effectivement, de grosses larmes roulent sur ses joues tout le temps que le scalpel glisse sur le torse de Karl. Une fois l'ouverture pratiquée et l'écarteur mis en place, il se mouche bruyamment, remet ses gants en place et se racle la gorge.

– J'ai relevé avant que tu n'arrives des signes d'une cyanose. Visuellement, on peut noter un œdème pulmonaire, ça expliquerait la gêne respiratoire dont il m'a parlé. Je vais maintenant prélever les organes et les peser.

Il effectue les gestes machinalement, avec une lenteur qui ne lui est pas habituelle. Il découpe, pèse et emballe chaque organe, cœur, poumon, trachée, puis, une fois fait, se tourne de nouveau vers Ethel. Il ne le regarde pas dans les yeux, il se contente de s'adresser à lui comme s'il parlait à un enregistreur. Ça arrange bien le jeune homme, il a du mal lui aussi à contenir ses émotions. Il n'aurait pas imaginé devoir revivre cette douleur en venant ici, il pensait plutôt pouvoir la laisser derrière lui.

– Je vais prélever l'estomac et étudier le sac gastrique.

John s'exécute une nouvelle fois en silence. Une petite odeur acide envahit la pièce.

– L'estomac contient vingt-huit centimètres cubes de liquide et des restes d'ingrédients solides.

Il les met de côté.

– On dirait des graines, je ferai faire une analyse biologique pour confirmation.

– Ça doit être des noisettes, intervient Ethel. Karl a mangé le gâteau aux noisettes que Marysa avait cuisiné pour moi.

Le légiste arrête son geste, main en l'air. Il se tourne lentement vers le garçon.

– C'est elle qui t'a dit que c'étaient des noisettes ?

Ethel hoche la tête et se rapproche du légiste qui prend à l'aide d'une pincette un des morceaux trouvés dans l'estomac de Karl. Il le rince et l'examine sous la lampe.

– Non, elle n'a pas eu besoin de le dire, ça sentait vraiment la noisette. C'est pour ça que je n'en ai pas mangé, je suis allergique.

– Il faut que je fasse une analyse biologique, mais j'ai un doute. Marysa l'a fait elle-même ou elle l'a acheté ?

– Tu me fiches la trouille, répond le nouveau shérif (et en pensant ça, ça lui fout un coup au cœur). Elle l'a fait, elle l'a cuisiné pour moi. C'est quoi l'embrouille ?

– On ne s'emballe pas, tous les symptômes de Karl peuvent être imputés à d'autres maladies, une infection notamment.

– Karl allait bien. Il est parti en vingt-quatre heures et tu as parlé d'un empoisonnement, et je vois bien que tu tires la tronche ! Alors dis-moi à quoi tu penses !

John pousse un bref soupir.

– Ça pourrait correspondre à un empoisonnement à la ricine. Les graines de ricin ont une odeur caractéristique de noisette. Et les symptômes de Karl correspondent. Mais c'est Marysa…

La bonne amie de Weld depuis des années. Avec qui elle boit des cafés le matin. Il sent ses trapèzes se tendre et son bide se retourner. Est-ce qu'il lui avait parlé de son allergie ? Il a un doute. Il n'aurait pas négligé de le mentionner, vu que le dernier accident l'a conduit à l'hosto. Marysa aurait-elle pu oublier cette information ? Si c'est le cas, ça veut dire que…

– On va d'abord faire une analyse, le calme John, je vais appeler le laboratoire de Boston pour qu'ils se magnent le train de nous filer tous les résultats, je peux les avoir à la fin de la semaine. *Ensuite*, on établira des hypothèses. On avisera quand on saura !

– T'emmerde pas à appeler Boston, de toute façon ils ne feront rien pour nous. (*Encore plus si c'est Weld qui a commandité tout ça.*) Je sais qui appeler. J'ai un pote qui est prof d'histoire à la fac…

– C'est un biologiste qu'il nous faut, argue John.

Il se fait rembarrer direct d'un mouvement de main.

– Sa copine, si on a la chance qu'ils soient toujours ensemble, bosse pour un laboratoire. Je suis certain qu'elle fera ça pour nous en vingt-quatre heures !

John tire la tronche.

– C'est pas très légal.

– Et empoisonner Karl, c'est légal ?

– OK, déjà, on va se calmer. La matinée a été émotionnellement difficile, inutile de se taper dessus pour en rajouter. Je vais doubler les prélèvements. Comme ça j'enverrai légalement les premiers au laboratoire de la police scientifique de Boston et les seconds à la femme de ton ami. On aura au moins des résultats légaux à envoyer à un juge si on en a besoin.

– Il te reste pas des prélèvements de Tara, par hasard ?

– Pour les envoyer à ton amie ? Oui, je prélève toujours plus que nécessaire au cas où on aurait besoin de confirmer un résultat.

– OK, donc toi tu prépares le paquet, moi j'appelle Robin.

John a un bref sourire.

– C'est ça, appelle Robin des Bois !

– Ouais, raille Ethel. Sauf que c'est pas trop le portrait de Russell Crowe.

– C'est pas Kevin Costner qui jouait Robin des Bois ?

Les deux hommes se jaugent, chacun enfermé dans sa bulle générationnelle, puis Ethel lâche l'affaire et prend son téléphone qui vient de sonner. Il a un petit sourire. Son informateur secret était pressé qu'il réponde. Il clique sur le nouveau message. Une photo de mauvaise qualité, d'une espèce de H un peu penché qui lui fait penser aux runes gravées sur les portes. Il soupire. Le moins qu'on puisse dire, c'est que son mystérieux contact écrit des messages… mystérieux. Il songe un instant à demander à John s'il sait ce que c'est, mais le légiste a déjà commencé à ouvrir ses frigos pour récupérer ses prélèvements.

– Je t'envoie l'adresse par SMS.

***

Les deux adjoints relèvent la tête au moment où Ethel remonte du labo de John, à croire qu'ils n'ont attendu que son retour, ce qui n'est pas loin d'être vrai. Leurs traits sont figés et Ethel se dit qu'il ne va malheureusement pas leur permettre de se détendre.

Il souffle un bon coup avant d'attaquer. Sa mère disait toujours qu'il fallait retirer le pansement le plus vite possible pour s'éviter des douleurs inutiles.

– Bien, John doit faire des analyses toxicologiques pour confirmer, mais l'examen interne de Karl a prouvé que c'était bien un empoisonnement.

La main de Zucko vient se poser sur son front tandis que Dany lâche un « putain ».

– On a un autre problème.

– C'est une blague, grogne Zucko. Qu'est-ce qui peut être pire que ça ?

– C'est à prendre au conditionnel…

– Arrête de tourner autour du pot, l'engueule l'Italien, et lâche ta bombe.

– Il est possible que Karl ait été empoisonné par de la ricine, c'est une graine…

– Qui a le goût et l'odeur de la noisette, finit Dany. (Il ajoute en voyant leur air surpris.) Ma mère avait un buisson de ricin dans son jardin, et elle n'arrêtait pas de m'interdire d'y toucher. C'était une torture quand j'étais gosse parce que ce truc sent vraiment très bon.

– Sauf que Karl était loin d'être un gosse, râle Zucko.

Ethel blêmit.

– Marysa m'a fait un gâteau à la noisette, hier, et Karl l'a dévoré.

Dany a les yeux écarquillés, Zucko se décompose. Puis, réfléchissant, il fronce les sourcils :

– Mais pourquoi elle aurait voulu tuer Karl ? C'est Marysa, elle n'avait aucun problème avec lui !

Ethel hausse les épaules, l'air dépité.

– On va partir du postulat qu'elle en avait après moi, vu que c'est pour moi qu'elle l'a fait et que le soir où ma montre a disparu, elle avait accès à ma chambre.

L'adjoint ramène les mains sur sa bouche, l'air catastrophé.

– Oh bordel…

– Mais la question vaut pour toi aussi, intervient Zucko. Pourquoi aurait-elle voulu t'empoisonner ?

Ça, c'est la question à dix mille dollars. Ethel hausse les épaules de nouveau.

– Honnêtement, je n'en sais rien, mais si je suis mon intuition, je me dis que l'idée ne vient peut-être pas d'elle.

Les trois hommes restent silencieux un moment, interloqués, puis Zucko lâche :

– Weld. Tu penses que c'est Weld qui le lui a demandé.

Ethel se mord la lèvre.

– Je sais ce que tu penses et encore une fois, ce ne sont que des suppositions. Mais ils sont proches, non ? Marysa est arrivée quand à Hinsdale ?

Zucko se gratte la tête.

– Elle est née ici. Elle était dans la même classe que ma sœur aînée et que notre couillon de maire. Ils traînaient souvent tous les trois quand ils étaient gamins, on se demandait s'ils couchaient pas ensemble.

Dany a un petit gloussement.

– C'est vrai, je me rappelle, tu pouvais pas en voir un sans avoir les deux autres.

– Et puis, elle est partie, commente Ethel.

– Ouais, l'université les a séparés. Ma sœur est partie du côté de Boston, et Marysa à Providence. Elle s'est mariée avec un gars de là-bas.

– Et elle est revenue quand il est décédé.

Zucko secoue la tête.

– Non, avant. Il paraît qu'il s'était maqué avec une fille plus jeune alors elle est revenue ici.

Ethel soupire.

– Vous lui connaissez des rapports avec les Sorcières de Salem ? Des engagements féministes ? Si elles sont impliquées et que Marysa fait partie de leur groupe, elle a peut-être voulu nous mettre hors course…

– Engagements féministes, je sais pas, mais il se murmure que si elle est revenue, ce n'est pas uniquement parce que son mari la trompait. Il la battait aussi.

Ethel se mâchouille l'intérieur de la bouche.

– Et s'il n'a pas eu de sanctions judiciaires… Vous croyez qu'elle aurait pu retourner à Providence pour le tuer ? On connaît les circonstances de sa mort ?

– Elle n'a jamais été inquiétée et franchement je la vois mal tuer quelqu'un. T'as vu son gabarit ?

Il affirme d'un mouvement de tête. Mais ça n'explique pas le gâteau.

– De quoi elle vit ? Ce n'est pas avec mes malheureux dollars qu'elle peut entretenir sa maison.

– Elle a eu sa revanche sur son couple à la mort de son mari. Ce crétin l'avait foutue à la porte mais il n'a jamais demandé le divorce, donc officiellement aux yeux de l'État elle était sa femme quand il est mort. Elle a hérité de tout et apparemment il avait un paquet de pognon.

– C'est même sûr, renchérit Dany, ça fait au moins dix ans qu'il est décédé ! Et elle n'a jamais bossé depuis.

– Je crois que Charlie lui a fait faire de bons placements, explique Zucko en se levant pour prendre un café. Ils étaient potes après tout.

– Plus que potes, se marre Dany, elle est son petit toutou.

Zucko a un sourire qui veut dire que ce n'est pas faux.

– Qu'est-ce que vous voulez dire par là ?

– Bah, tu dois commencer à la connaître. Elle aime bien les hommes, mais elle a un gros faible pour notre cher maire, elle l'a toujours eu d'ailleurs, et elle se plie en quatre pour satisfaire ses moindres désirs, si tu vois ce que je veux dire.

– Elle couche avec ?

Zucko hausse les épaules :

– Elle s'en est jamais cachée. Contrairement à lui.

– Vous pourriez vous renseigner sur la mort de son mari ? Ou voir si elle avait porté plainte ? Les Sorcières de Salem s'occupent des femmes battues, elle aurait pu être en contact avec elles à cause de ça.

– Tu crois qu'il y a un lien ? demande Dany.

Il a l'air abattu.

– En toute honnêteté, je n'en ai aucune idée. Je prends les éléments dont je dispose et j'essaie de les décortiquer pour voir s'ils nous mènent à quelque chose. Pour l'instant, ça me paraît de toute façon bien maigre pour l'arrêter…

Les gars hochent la tête.

– Je vais me renseigner sur elle auprès des flics de Providence, lance Dany avec un sourire compatissant.

– Autre chose. Est-ce que l'un de vous deux connaît ça ?

Ethel tend son téléphone devant leurs yeux, sur lequel est affichée la photo un peu floue.

– Un H.

Le jeune shérif pousse un soupir las.

– Je vois bien que c'est un H, mais je pense que c'est une rune. Ça ressemble énormément à celles qu'on peut voir sur les portes de certaines maisons du coin. Vous savez ce que ça veut dire ? Mon mystérieux contact Instagram vient de me l'envoyer.

– Je ne sais pas, répond Mirandi avec un air désolé. Mes parents étaient cathos, ce genre de truc était tabou chez nous.

– Dommage, souffle Ethel. Ça ne te dit rien, Dany ?

L'autre secoue la tête.

– OK, je vais me renseigner. Zucko, tu n'oublies pas les renseignements sur Mels Varlow.

– Je te fais ça, t'inquiète.

Ethel range son téléphone et chope les clefs de sa désormais voiture officielle.

– Quant à moi…

Il ferme les yeux et soupire, effondré.

– Je vais au bureau des légendes.

CHAPITRE 24

La Range cale dans le chemin boueux. Ethel râle. Encore ! C'est au moins la cinquantième fois depuis qu'il a décidé de venir rendre visite à Christabella. Il n'en a pas envie. Il n'arrive pas à se sortir de la tête ce qu'elle a raconté à Karl après son altercation avec Charlie Weld. *« Il y a quelque chose dans l'air, je ne sais pas ce que c'est, mais ça tourne ici. »* Est-ce qu'elle a senti sa mort ? S'il veut des réponses, il va devoir les poser à quelqu'un qui les connaît.

– Putain, Karl, tu me manques déjà.

Il remet le contact en regardant d'un air anxieux la brume qui s'étend alentour, lui bouchant la vue.

– Comment on se repère dans cette poix ?

Il se souvient bien que la fois où Karl l'avait emmené à la cabane, ils avaient tourné à gauche environ deux cents mètres après le pont couvert à moitié bousillé de Breklyns. Jusque-là, ça concorde. Il a bien viré dans le chemin troué de nids-de-poule. Ce qu'il a dû mal à se rappeler, c'est combien de temps ils ont roulé dans le brouillard avant de parvenir à la baraque dissimulée dedans. Un kilomètre, deux ? Il lui semble qu'il roule depuis plus longtemps que ça, il aurait déjà dû tomber dessus. Peut-être a-t-il raté un embranchement ? Il n'arrête pas de se perdre dans ses pensées, il a très bien pu ne pas voir un chemin.

– OK, j'avance encore cinq minutes et après je fais demi-tour.

Il se sent con de parler à voix haute, mais ça le rassure un peu. Il se dit que s'il vient à se perdre, personne ne le retrouvera jamais. Pas étonnant que Christabella se planque là. Il enclenche la première et roule au pas, la jambe tremblotante sur l'accélérateur. Manquerait plus qu'il défonce la bicoque et sa journée serait parfaite.

– Je ne serais pas contre un peu d'aide, les gars, poursuit-il. Karl, Tara ? Vous êtes là ?

Il se sent tellement nul. Nul et triste. Son cœur n'a cessé sa cavalcade depuis qu'il a quitté Rosalie. Il imagine sans mal la souffrance qu'elle a dû ressentir à son réveil, au côté de son défunt mari. Est-ce qu'elle s'en est rendu compte tout de suite ? Ou a-t-elle agi comme d'habitude, pensant qu'il dormait simplement ? Au moins, ses parents à lui sont morts à l'extérieur. Une faible consolation mais on se raccroche à ce qu'on peut. Le dernier souvenir qu'il garde d'eux, c'est leur visage ravi d'aller au restaurant en amoureux. Il espère qu'au moins Karl avait un visage apaisé. Une petite pointe de culpabilité vient le titiller, il la repousse avec rage. Non, ce n'est pas sa faute ! Il n'est pas mort à cause de lui ! Ce n'est pas lui qui a fait le gâteau, si c'est bien ça qui l'a empoisonné. Mais c'est quand même lui qui aurait dû y passer à sa place… Est-ce que c'est mal, d'être soulagé d'être encore vivant ?

Il arrête la bagnole au beau milieu de nulle part et ouvre la fenêtre pour prendre l'air. L'humidité l'envahit, chargée des odeurs des bois. Il sort de l'habitacle et inspire à fond. La terre mouillée, les feuilles mortes, la résine des pins, tous ces effluves se combinent pour apaiser sa tension. C'est agréable en fait, jamais il n'avait pris le temps de respirer comme ça à Boston. C'est l'énergie de la forêt. Un sourire irrépressible étire ses lèvres et il se met à rire, bruyamment, comme un aliéné. Tu parles de conneries !

– Eh bien alors, tu te balades ?

Il fait volte-face en beuglant, surpris. La vieille Christabella plisse ses petits yeux et pose une main sur le capot encore chaud de la voiture, comme pour reposer ses vieux os. Ses cheveux sont nimbés de gouttelettes de pluie, on la croirait modelée par le brouillard.

– Tu viens me rendre une petite visite ?

Il hoche la tête d'un air triste, incapable de formuler un mot, la gorge prise dans l'étau de sa peine. Parce qu'en la voyant, il se souvient de l'attachement de la vieille femme pour Karl, et sa culpabilité revient. Elle ajoute en opérant un demi-tour :

– Allez viens, reste pas dans le brouillard, il pourrait t'engloutir.

Et il la croit sur parole.

Il referme vivement la porte de la cabane et est saisi par la chaleur du feu qui crépite dans l'âtre et se diffuse partout dans la petite maison. Elle est fidèle à ses souvenirs, en bordel, mais elle lui paraît étrangement réconfortante. Comme un petit havre nostalgique dans ces instants difficiles. La trace indélébile de moments partagés.

– Tu n'es pas venu seul, lui lance la vieille en se tournant vers lui.

Il baisse les yeux tristement, un pincement au cœur.

– Si, Christabella. J'ai une mauvaise nouvelle à vous annoncer.

Elle chasse sa réponse d'un revers de main et se penche sur lui pour le renifler.

– Il faut arrêter de faire ça, Christabella, c'est… gênant, explique-t-il avec un mouvement de recul.

Elle sent les épices et le café bouilli, une odeur prégnante et tenace.

– Je te parle pas de Karl, répond-elle en rejoignant la table, je sais qu'il est mort, il est venu me dire au revoir avant de partir. Non, tu as une odeur différente. De pourri.

Il arque les sourcils, dubitatif. Il n'y a pas à dire, cette femme a un réel don pour les relations sociales.

– Merci, ironise-t-il en posant sa veste sur une chaise. Comment ça, Karl est venu avant de partir ?

– Son esprit, répond-elle avec un clin d'œil.

Il soupire, renonçant à discuter avec elle de leur propension à causer avec les morts. Il préfère ne pas trop se pencher sur son propre cas. Elle pose devant lui une tasse d'eau fumante et un pot de chicorée.

– Tiens, j'ai sorti un café de fiotte pour toi, dit-elle en lui tendant une cuillère.

Décidément, il est à la fête. Il décide de passer outre, il n'a pas trop le choix vu qu'il ne sait pas comment rentrer chez lui, et de la prendre comme Karl le lui avait conseillé : une vieille dame lui offrant généreusement du café. Et à qui les morts rendent visite. Il se sent quand même moins seul sur ce coup-là.

– Merci, c'est très gentil à vous, souffle-t-il en prenant la tasse ébréchée. J'étais venu réclamer votre aide.

Elle se pose sur la chaise à côté, se verse une tasse de son café infâme et pour la première fois, le regarde vraiment dans les yeux. Il est surpris, il n'avait jamais remarqué à quel point ils étaient bleus, presque comparables à ceux de Tara. Seulement ternis par les années et la dureté de sa vie. Elle le tire de ses réflexions en sirotant bruyamment une gorgée brûlante.

– Dis-moi en quoi je peux t'aider, mon garçon.

Il a un petit sourire amusé et sort son téléphone de sa poche.

– J'ai reçu une rune, j'aimerais que vous me disiez ce qu'elle signifie vraiment.

Elle jette un coup d'œil rapide à la photo.

– Qui t'a envoyé ça ?

– Je ne sais pas, soupire-t-il. Il ou elle passe par l'intermédiaire de Tara, enfin de son compte Instagram, pour me les envoyer. C'est une application sur Internet où on poste des photos.

– Je sais ce qu'est Instagram, je ne suis pas si stupide.

Il fronce les sourcils. Stupide, non, mais coupée du monde, oui.

– Vous savez ce que ça veut dire ?

Elle soupire longuement avant de répondre, comme si cela l'embarrassait.

– On dirait Hagalaz.

– OK… et c'est quoi ?

Elle se mordille la lèvre inférieure, visiblement tendue.

– Ça dépend du contexte, mais c'est une rune qui invoque le chaos, la destruction, le malheur. Elle est annonciatrice de danger mais aussi de victoire. Elle est l'inattendue.

– Je ne comprends rien à ce que vous racontez.

Son index lui tapote le front.

– Parce que tu es fermé à l'imaginaire ! Tu n'écoutes pas les vibrations autour de toi !

Ce n'est pas faux. Mais il prend des cours de nuit, en ce moment. Il baisse les yeux.

– Vous saviez, quand vous avez vu Karl chez Lester, qu'il allait mourir ?

– C'est le destin de tout le monde, répond-elle en se levant, faisant craquer douloureusement toute sa carcasse.

– Vous avez essayé de le prévenir, mais de quoi ?

Elle se verse une nouvelle tasse et se tourne vers lui avec un air sérieux :

– Je sens des choses, la forêt me parle, et elle me dit qu'un changement arrive. Mais je n'ai pas toutes les réponses, puisque je ne dispose pas de toutes les informations. (Elle ajoute avec un clin d'œil.) Ce ne sont que des arbres, après tout.

– Vous connaissez Sam Cuvert ? Il dit comme vous que la forêt lui parle.

– Sam Cuvert, tu dis ?

Elle réfléchit quelques secondes et son visage s'éclaire.

– Ah oui, le coupeur d'arbres. Il est un peu simple d'esprit, mais pas méchant, ça ne m'étonne pas que la forêt l'aime.

Elle se laisse tomber plus qu'elle ne s'assied sur sa chaise.

– Il dit que vos sorcières grimpent au refuge d'East Mountain la nuit et font des choses là-bas.

– Des choses ?

– Des sacrifices.

Elle explose de rire.

– Chéri, ne dis donc pas de bêtises ! Cuvert a le QI d'une huître. Les sorcières ne font plus de sacrifices depuis belle lurette, elles ont Internet, maintenant, pour jeter des sorts !

– Tout le monde peut jeter des sorts dans ce cas…

– Exact ! Alors pourquoi t'acharnes-tu sur mes sorcières ?

– Je ne m'acharne pas sur elles, je ne les ai vues qu'une fois. Je collecte juste des informations en posant des questions pour tenter de trouver qui a tué Tara.

– Tu vois, tu fais comme moi avec mes arbres. Tu écoutes et après tu interprètes.

– Vous connaissiez Eve Cardel ?

Elle secoue la tête.

– Ce nom ne me dit rien. Je devrais ?

– Elle a été pendue l'année dernière, au refuge justement.

– Ah, je me souviens de l'histoire, mais j'avais oublié son nom. Pendue tête à l'envers, c'est ça ? Il me semble que c'est Cuvert qui l'a retrouvée, ça n'a pas dû arranger sa santé mentale.

Il confirme d'un hochement de tête.

– On a accusé mes filles, évidemment, pour certains abrutis d'ici, ça ne pouvait être qu'elles, une œuvre en hommage à l'Antéchrist. Les flics sont mêmes venus arrêter l'une d'elles.

– Emelyne, je sais.

– Bois ton café.

Il plonge le nez dans la lavasse et ingurgite la tasse en une seule fois. Au moins, avec de la chicorée, son estomac ne risque pas grand-chose. Elle lui sourit avec douceur.

– Je ne voudrais pas que tu attrapes froid. Pour en revenir aux filles, oui c'est Emelyne qu'ils ont arrêtée. Elle est pas très fute-fute celle-là, gentille et volontaire, mais c'est une sanguine. Elle agit et après seulement elle réfléchit à la connerie qu'elle vient de faire. Bref, ils avaient retrouvé ses empreintes dans le refuge, alors ils l'ont embarquée pour l'interroger. Pour une fois, le fils Weld nous a servi à quelque chose !

– Il lui a servi d'alibi, ça aussi je le sais, c'était dans le rapport. Ce que je ne sais pas, c'est pourquoi.

Elle hausse les épaules.

– Parce que c'était vrai, elle bosse pour lui. Elle est très douée avec les chiffres.

– Assez pour trafiquer les comptes de la mairie ?

– Ce n'est pas moi qui le dis. De toute façon, ils avaient déjà retrouvé l'ADN du meurtrier sur la fille morte. Emelyne a reconnu être parfois montée au refuge pour se divertir, affaire conclue. Et la populace était rassurée, les flics avaient les Sorcières à l'œil.

– Et tout est bien qui finit bien.

Elle tend la main pour le resservir, il remarque une irritation sur son avant-bras. Rouge et suintante.

– Vous devriez soigner ça avant que ça s'infecte. Vous vous êtes brûlée ?

Elle a un petit air indifférent pour la plaie.

– Je vais faire passer ça avec une petite décoction. C'est rien, une petite bête sous la peau.

Un souvenir très clair lui revient à l'esprit. Quelque chose que Karl lui a raconté et qu'il a entendu une seconde fois sans pouvoir le replacer sur le moment. Pourquoi ce souvenir a-t-il été si lent à lui revenir ?

– Une petite bête velue ? dit-il en souriant.

Un instant, elle a un air surpris, l'air de quelqu'un qui se sent enfin compris, puis, elle tilte.

– Je vois que Karl n'a pas su tenir sa langue. Il t'a raconté que j'étais folle ?

– C'est moi qui lui ai forcé la main en voulant savoir qui vous étiez.

– J'espère que tu n'es pas déçu.

Il se met à rire.

– Non, rassurez-vous. Pourquoi une petite bête velue ?

Cardel avait eu la même expression. Une petite bête velue qu'il cherchait sous sa peau. Christabella a un frisson et serre ses bras squelettiques contre sa poitrine.

– J'étais très malade, j'avais des hallucinations. On me droguait, j'en suis persuadée, car juste après que je me suis enfuie dans la forêt, j'ai arrêté de la voir.

La petite bête velue. C'est tout de même étrange que deux personnes du coin aient eu le même délire. Est-ce que Cardel la voit toujours ? Une petite vérification s'impose. Il pourra peut-être le renseigner sur cette bestiole qui semble attirée par le bled le plus paumé du Massachusetts. Et, qui sait, lui permettre de la rencontrer.

CHAPITRE 25

– Ethel, mon pote ! Comment tu vas ?

Une voix amicale, sans prise de tête. Ça se fait rare, en ce moment. Il n'a pas attendu de rentrer au poste pour appeler, il avait cruellement besoin de lien, d'un ami. Le bruit de fond du bar qui couvre partiellement la voix de Robin l'oblige à brailler dans le téléphone. Il ferme les yeux. Imagine l'odeur iodée qui envahit la terrasse sur laquelle son pote est certainement installé pour lui parler. Avec vue sur la jetée. Il sent l'émotion lui remonter dans la gorge.

– Je vais bien, Robin, et comment se porte Boston sans moi ?

– Putain, tu manques à nos soirées mon ami ! Les cocktails n'ont pas le même goût de renvoi sans toi !

Il part dans un rire gras qui met du baume au cœur nostalgique d'Ethel.

– Je ne vomissais pas à toutes nos soirées, n'exagère pas, réplique-t-il en tentant de contrôler les saletés de trémolos qui lui bloquent la trachée.

– Juste quand tu te décidais à jouer les hommes en prenant autre chose qu'un petit vin blanc ! renchérit son ami sur le même ton. La gnôle de ton nouveau comté te plaît ?

Je n'ai même pas eu le temps de goûter à celle de Karl.

– Pas plus que celle de chez nous. Vous me manquez les copains.

– Toi aussi mon pote. Et maintenant, dis-moi, comment tu vas vraiment ?

Robin a toujours eu le don de lire en lui, il n'a jamais rien pu lui cacher. Il semblerait que ça marche aussi à plus de cent cinquante bornes de distance.

– On fait aller. Je viens de perdre un ami, pour être honnête, mais ça va je gère, t'inquiète pas, s'empresse-t-il d'ajouter.

– Je te fais confiance, Ethel. Mais tu aurais dû m'appeler.

– Je vais bien, je suis bien occupé par une affaire. C'est pour ça que je t'appelle, d'ailleurs.

Robin souffle, Ethel sent qu'il aimerait bien développer le sujet précédent, mais il lâche l'affaire.

– Raconte.

– Tu te rappelles Tara Stevens ?

Autant enchaîner avant qu'il ne change d'avis.

– La petite rouquine super mignonne que Sarah adorait ? Un peu, que je me rappelle ! Mais elle est pas décédée ? Il n'y a pas longtemps, en plus, non ?

– C'est sur son meurtre que j'enquête.

– Attends ! Tu te fous de moi ?

– Non, et d'ailleurs, tu sors toujours avec Sarah ?

– Pourquoi est-ce que j'ai l'impression que tu vas me faire avoir des ennuis ?

– Dis-moi juste si Sarah serait d'accord pour filer un petit coup de main dans la résolution de l'enquête sur son influenceuse préférée.

Robin soupire à l'autre bout du fil. Il a même l'impression d'entendre ses neurones s'entrechoquer. Ça doit être des verres, mais il trouve ça plus amusant d'attribuer ce son aux neurones de son ami. Enfin, au bout de quelques secondes, il cède.

– Vas-y, dis-moi ce qu'elle doit faire.

– Analyser les échantillons que mon légiste va lui envoyer.

– T'as pas un laboratoire pour faire ça ?

– J'ai même pas de maison.

Et je vis chez une femme qui, après avoir voulu me sauter dessus, veut potentiellement me tuer.

– On bosse avec le laboratoire de Boston, mais nos affaires ne sont pas prioritaires, précise Ethel. On me l'a clairement fait comprendre.

– C'est une blague ?

– Je ne te demanderais pas ça si j'avais une autre possibilité. Je n'en ai pas, on manque cruellement de moyens, ici. On est loin de tout. D'habitude, c'est pas grave, il ne se passe jamais rien à Hinsdale. Mais cette fois, c'est différent. Et tout le monde s'en fout, parce qu'un meurtre résolu ou non dans notre ville ne changera rien à leurs précieuses statistiques.

– OK, OK, accepte Robin, je vais lui demander.

Une demi-heure après, Ethel reçoit l'adresse par SMS.

– Bien, se dit-il à voix haute. Y a plus qu'à trouver le chemin de retour.

– Alors ? l'accueille Dany avec un petit sourire en le voyant débarquer.

Ethel a mis plus d'une heure à retrouver son chemin, il est trempé de sueur alors qu'il doit faire douze degrés tout au plus, il pue, et il a soif.

Dany répond à son dernier besoin en lui tendant une tasse de café. Du vrai café, chaud, corsé, avec une petite mousse sur le dessus. Du bonheur à l'état pur.

– Tu as réussi à avoir les flics au sujet de Marysa ?

– Oh oui !

Il a un petit air à la fois mystérieux et surexcité.

– Faut que je te replace d'abord dans le contexte, commence-t-il. Quand Marysa est revenue habiter à Hinsdale, elle a reconnu sans se cacher que son ex l'avait foutue à la porte pour vivre avec une fille plus jeune. Est-ce que c'était vrai ou non, personne ne s'est jamais posé la question. Tout le monde s'en foutait au final puisque le gars, personne ne le connaissait. Au bout de quelque temps, elle a dit qu'il était mort d'un cancer, elle est retournée une semaine à Providence pour régler les papiers et elle est revenue. Fin de l'histoire.

Il s'assied, se ressert un fond de café qu'il avale immédiatement et reprend. Ethel décide de se poser aussi, il sent que ça va être long.

– Ça, c'était sa version. Les flics m'en ont donné une autre. Je suis tombé sur un mec très sympa, dans les âges de Karl et un peu le même caractère. (Il a un petit sourire tendre en disant ça.) Je ne sais pas si tu sais, mais lorsqu'une femme se présente à l'hosto avec des blessures qu'elle a du mal à justifier, les médecins ont normalement l'obligation de prévenir les flics. Comme lors d'une blessure par balle.

Ethel acquiesce d'un mouvement de tête. Procédures pas toujours appliquées malheureusement.

– Deux ou trois fois, un médecin a fait le boulot et a prévenu les flics. Celui que j'ai eu au téléphone s'est déplacé à chaque fois et a donc rencontré Marysa. Il me l'a décrite comme une fille dans un sale état mais tellement apeurée qu'il n'a jamais réussi à lui tirer les vers du nez. Il pensait même que je l'appelais parce qu'on l'avait retrouvée morte.

– Il ne savait pas que son mari était décédé ?

Le sourire mystérieux s'agrandit.

– Si, si, il était parfaitement au courant puisqu'il a enquêté sur sa mort.

– Enquêté sur sa mort… Mais il n'est pas mort d'un cancer ?

– C'est effectivement ce que Marysa raconte à tout le monde, mais c'est faux. Il est mort poignardé dans une ruelle à putes.

Ethel écarquille les yeux, étonné, puis se ravise.

– Elle n'a peut-être pas voulu raconter un truc aussi glauque. Les gens auraient posé des questions et puis…

– Et puis…

– Et puis certains auraient sûrement pensé qu'elle l'avait tué.

– Tout à fait. Sauf que Marysa fait un mètre soixante à tout casser et, quoi ? Cinquante kilos toute mouillée ?

Ethel hoche la tête, ça doit être à peu près ça.

– Selon le flic, son ex était un mec balèze, le genre qui passe son temps à la salle de muscu. Et même si on l'a poignardé dans le dos, il doute que le type se serait laissé faire. Mais, et c'est là que je te révèle pourquoi il pensait qu'elle était morte…

– Ton suspense va m'achever, répond Ethel en vidant sa tasse.

– Quand elle est venue au poste reconnaître le corps, elle n'était pas seule. Elle était avec un homme qui lui a dans le même temps fourni un alibi en béton.

Un large sourire éclaire le visage d'Ethel.

– Laisse-moi deviner : Charlie Weld ?

Dany tire la tronche, déçu.

– Notre cher maire a apparemment le don de trouver des alibis à tout le monde.

– Il semblerait, effectivement, et très franchement je commence à penser comme toi à son sujet. Le flic m'a avoué que lorsqu'il a vu Charlie Weld avec elle, il a pensé qu'elle ne mettrait pas longtemps à revenir aux urgences. Il semblait très possessif.

– Vu comme il se comporte avec sa ville, ça ne m'étonne pas. Et Zucko, il est où ?

– À côté de l'imprimante dans le couloir. Il sort le dossier Mels Varlow, et apparemment c'est un gros pavé.

– Je vais aller le rejoindre, tu pourrais me rendre un autre service ?

– Bien sûr.

– Contacte les soignants qui s'occupent d'Erny Cardel et demande-leur s'il parle toujours de sa petite bête velue.

– OK, répond Dany avec un petit air perplexe.

– T'inquiète, s'il en parle, ils comprendront. Je veux savoir ce que c'est.

En sortant du bureau, le regard d'Ethel se pose sur l'horloge au mur. Quatorze heures trente. Il y a encore quelques jours à cette même heure, ils étaient attablés tous les cinq au *Lester's* parce qu'il ne se passe jamais rien à Hinsdale. Il faut croire que ça a changé.

Il serre les mâchoires et va rejoindre Zucko.

Le flic relève la tête de sa machine en l'entendant arriver.

– Bien rentré ?

– À l'instant, oui.

– Christabella t'a apporté des réponses ?

– La rune serait Hagalaz, ça veut dire le chaos.

Zucko plisse les yeux en faisant la moue.

– Ton mystérieux contact ne pourrait pas être un peu plus précis ?

– Je lui ai répondu par un point d'interrogation, il ne m'a pas encore fait de retour.

– Ça doit lui sembler tellement évident, soupire l'adjoint.

Il croise les doigts et les fait craquer en s'étirant, provoquant un frisson chez Ethel. Il a toujours détesté les gens qui font ça.

– Tu as trouvé quelque chose sur Mels Varlow ?

– Beaucoup, comme tu peux le voir. Cette femme a un dossier tellement énorme qu'on pourrait refaire la tapisserie du bureau avec.

Et ce serait pas du luxe, quand on voit l'état des peintures.

– Tu me résumes ?

– Voie de faits, agressions, vols et dégradation de biens publics. Elle a fait de la taule en même temps que notre victime. Enfance difficile avec une mère violente et un père alcoolique. Elle a été placée plusieurs fois en foyer.

– Ça aide pas à grandir. Tu as pu établir un lien avec Eve Cardel ?

Un petit sourire étire les lèvres de l'Italien. Un sourire qui réchauffe le cœur glacé par les mauvaises nouvelles d'Ethel.

– Quoi ?

– Elle la connaît, mais pas sous le nom d'Eve Cardel. À l'époque, elle s'appelait Eve Abott.

Elles se sont retrouvées dans le même foyer à trois reprises. Sa mère la frappait et l'enfermait dans un placard pendant des jours. Son addiction au grand espace doit venir de là.

– J'étais sûr qu'elles se connaissaient ! soupire Ethel en se passant la main sur le front.

Enfin, ils tiennent quelque chose.

– Faut que je la convoque.

– Sauf que tu ne peux pas le faire dans le cadre de l'affaire Eve Cardel vu qu'elle est close, et on n'a pas de preuves qui nous permettent de l'interroger dans celle de Tara Stevens.

Il secoue la tête, déterminé.

– Je m'en fiche, je vais juste l'appeler et la foutre au pied du mur pour voir sa réaction.

– Comme tu veux, répond Zucko en récupérant son paquet de feuilles. Et les Sorcières, tu vas les voir ?

– Non, elles, je vais les convoquer. Mels Varlow m'a clairement certifié qu'elles harcelaient Tara Stevens, je veux avoir leur version.

– Tu vas toutes les faire venir en ville ? Ça va foutre la merde, les gens n'aiment pas les voir traîner dans Hinsdale, elles leur font peur.

– Il est peut-être temps de faire changer les choses, non ? De montrer aux gens qui elles sont réellement. Non pas des sorcières au nez crochu mais juste des femmes indépendantes. Puissantes certes, mais humaines, juste humaines. Et de toute façon, ils n'auront pas le choix.

CHAPITRE 26

Mels met en route la machine à laver le linge en réfléchissant à ce qu'elle va faire. Elle inspire profondément en rejoignant le salon. D'abord, un café. La migraine partie, elle arrive enfin à réfléchir. Elle a dormi longtemps et profondément, une conséquence de ses maux de tête incessants et de la prise régulière des médicaments, elle a besoin de se secouer. Elle hésite un instant à prendre la bouteille de vodka qui jouxte la cafetière et se dit que ce ne serait peut-être pas raisonnable. Ninel aurait désapprouvé. Et bien que Ninel ne soit plus là, elle se dit qu'il ne sert à rien de contredire les morts. Elle attrape la boîte métallique qui contient le café, du pur arabica premier prix, verse une quantité à la louche – elle l'aime bien fort de toute façon – et va s'affaler dans le canapé le temps qu'il coule.

Bien. Et maintenant, qu'est-ce qu'elle va faire ? Elle a laissé tomber ses projets de suicide qui étaient bien davantage motivés par le manque de Ninel que par une réelle volonté d'en finir. Son amie lui manque infiniment, mais elle se dit qu'elle n'aurait jamais voulu qu'elle se laisse abattre. Ninel a toujours été une battante, elle n'aurait pas renoncé à la vie si facilement. C'est cocasse quand on y réfléchit, puisque c'est Ninel qui est morte au final, alors que Mels se prélasse sur son canapé.

Elle reste plantée un long moment à fixer le vide, ne se levant qu'une seule fois quand la cafetière crachouille ses dernières gouttes de flotte. Elle attrape machinalement une tasse, la remplit et retourne poser ses fesses, dépitée. Elle ne sait pas quoi faire. Son cerveau ne fonctionne pas aussi bien que celui de Ninel, la faute à ses foutues migraines. Soit ce sont elles qui la transforment en légume, soit c'est sa drogue sur ordonnance qui s'en charge – mais bon, au moins avec elle, elle n'a plus mal. Elle chope un comprimé sur la table basse au cas où et se demande ce qu'aurait fait Ninel. Ce serait plus facile si c'était son amie qui décidait à sa place. C'est comme ça que ça se passait toujours. Ninel prenait les décisions et Mels suivait. Quand sa tante est morte en lui laissant ses dettes, elle a réagi en deux jours. Et quand ce connard lui a fait du mal aussi. Elle a retroussé ses manches, elle est partie voir ses pétasses et adieu misère ! Mais les filles de Salem ne l'aideront pas. Elles l'ont rembarrée avec leurs grands airs la dernière fois. Elle pose sa tasse et se demande si elle ne devrait pas elle aussi juste enfiler une perruque et faire de belles photos. Mais personne ne voudra d'elle avec sa cicatrice.

Elle inspire profondément pour chasser un sanglot. La poussière s'engouffre dans ses narines et la fait tousser pendant cinq longues minutes. Elle se redresse, furibonde. C'est cette baraque le problème, cette baraque dégueulasse qui pue la pisse de chat. C'est elle qui l'empêche de réfléchir ! Ninel l'avait compris, c'est pour ça qu'elle a acheté sa maison à elle, bien cachée dans les bois. Elle voulait vivre en paix, fonder une famille, avoir des enfants. Mels n'avait pas compris, au début. C'était la faute de Tara, tout ça ! Et puis Tara est partie, et Ninel aussi, définitivement. Alors si Ninel ne peut pas le faire, peut-être qu'elle le pourrait, elle ? Avoir un bébé et aller vivre dans le chalet de Ninel, comme elle. Elle se redresse, faudrait juste qu'elle se rappelle où elle a rangé le double des clefs.

Au moment où elle s'apprête à chercher dans la commode de l'entrée, son téléphone sonne. C'est un numéro inconnu. Elle fronce les sourcils, elle n'a qu'à laisser sonner, le correspondant finira bien par se lasser. Mais ça lui résonne dans la tête, alors elle décroche pour le faire taire.

– Mels Varlow ? Shérif Green à l'appareil, j'aurais une petite question à vous poser.

Il l'entend soupirer à l'autre bout du fil et il suppose au bruit qui suit qu'elle vient de s'affaler par terre.

– Vous allez bien ?

– Vous voulez quoi, shérif Green ?

Elle a une voix traînante, comme endormie.

– Vous parler d'une amie, Eve Abott. J'ai sous les yeux la liste des membres du foyer Sainte-Geneviève à Providence et celle de l'Old Slater à Pawtucket, et ma foi, il me semble que vos deux noms sont dessus alors que vous m'avez dit ne pas la connaître.

Elle garde le silence un moment, mais elle ne raccroche pas. Puis elle se racle la gorge.

– Vous m'avez demandé si je connaissais Eve Cardel, pas Eve Abott.

– Effectivement, mais j'ai le sentiment que vous saviez très bien de qui je parlais. Je ne sais pas pour Old Slater, mais pour le foyer Sainte-Geneviève, la sœur qui y travaille encore se souvient très bien de vous deux. Vous étiez très amies, selon elle.

– Et qu'est-ce que ça peut vous faire, vous surveillez mes relations ?

– Non, peu m'importe, mais pourquoi m'avoir menti ? C'était une simple question.

Elle pouffe à l'autre bout.

– Il n'y a jamais de simple question avec les flics, j'en ai fréquenté tout un tas, vous savez !

– Je sais, oui, alors pourquoi mentir, Mels ?

Elle se tait à nouveau et il jurerait que c'est parce qu'elle pleure.

– Mels ? Vous savez qui a tué Eve ?

Elle ne répond pas.

– Mels, vous devez…

– Je ne sais pas qui l'a tuée ! se met-elle à hurler.

– Est-ce que c'est son mari ? insiste Ethel.

– Son mari ? (Elle ricane.) C'était juste un minable qui passait les trois quarts de son temps en hôpital psychiatrique et le reste à chouiner sur sa misérable existence. Il était déjà incapable de sortir dans son jardin, alors monter au refuge, l'accrocher à un arbre et la pendre ?

Elle se met à rire comme une folle.

– Et Tara, vous savez qui lui a fait du mal ?

– Elle s'appelle Ninel ! Tara, c'était juste un personnage de fiction !

Elle lui raccroche au nez avant qu'il ait pu ajouter autre chose, le laissant avec un arrière-goût dans la bouche : la frustration de tenir quelque chose sans arriver à déterminer exactement ce que c'est.

– Ethel ?

Il redresse la tête, ses deux adjoints se tiennent dans l'encadrement de la porte.

– On va aller faire un petit coucou à Rosalie, dit Dany, tu veux venir avec nous ?

Son estomac se tord. Il n'a pas trop envie d'affronter ça pour le moment.

– J'irai demain matin, plutôt, histoire d'espacer un peu les visites.

Les gars acquiescent d'un mouvement de tête et le saluent de la main. Ses tripes se détendent mais ce n'est qu'un sursis. Il devra tôt ou tard affronter ça. Il lance un regard dans le couloir, au bout duquel l'escalier en colimaçon mène au laboratoire et aux frigos dans lesquels repose le corps de Karl.

Il secoue la tête, il ne doit pas penser à ça. Surtout maintenant qu'il a décidé de rester dormir ici. Il ne peut décemment pas retourner dormir chez Marysa alors que plane le doute de son éventuelle responsabilité dans la mort de son chef.

Il songe avec effarement qu'il va falloir qu'il trouve un autre logement. Après, quand toute cette histoire sera terminée. Il a le sentiment que ce n'est pas pour tout de suite et qu'il va devoir passer plusieurs nuits sur le canapé avachi de la salle de repos. Il faudrait qu'il trouve un moyen de faire accélérer les choses. Songer à dormir le fait bâiller, il appuie sur l'écran de l'ordinateur pour l'éteindre et range les convocations qu'il a imprimées. Katherine Priest, Emelyne Mailand et Ava Randolph ont accepté de se présenter. La journée risque de ne pas être de tout repos.

Il tend les bras au-dessus de sa tête et les étire longuement, jusqu'à ressentir un élancement dans son dos. Il boit une gorgée d'eau au goulot de sa bouteille et alors qu'il revisse le bouchon en envisageant de récupérer la couverture qui traîne dans le coffre de la Range pour ne pas avoir froid cette nuit, il s'aperçoit qu'il n'est plus seul dans la pièce. Elle vient d'apparaître dans son champ de vision. C'est impossible et pourtant, elle est assise sur le canapé et le fixe de ses jolis yeux bleus. Dieu qu'il les aime, ces yeux. De petites portes ouvertes sur le paradis – ou l'enfer, vu les pensées qu'ils soufflent à son esprit. Il regarde droit devant lui, cherchant à se rappeler à quel moment il s'est endormi. Une main pénètre dans son champ de vision, elle flotte. Sur sa peau presque transparente est tatouée la rune qu'il a reçue ce matin sur son téléphone.

– *Hagalaz*, murmure-t-elle à son oreille. Son souffle glacé coule sur sa nuque et lui hérisse les poils.

– Le chaos. C'est ça que tu amènes, Tara ?

Elle ne répond pas mais avance sa main gauche de l'autre côté. Autre main, autre rune. Le trident cette fois, celui qui est gravé sur toutes les vieilles portes. La protection et le chaos. Deux idées opposées. Elle couvre les yeux d'Ethel de ses mains. Il sursaute d'abord, ses doigts sont aussi froids que l'enfer est chaud, puis un long frisson lui descend le long du dos. C'est fou, elle est capable de lui procurer de telles sensations mais incapable de lui dire qui l'a tuée. Il devrait songer à demander des cours à Christabella. Tara s'esclaffe, ôte ses mains, Ethel ouvre les yeux et il est dans la forêt. La même que dans son second rêve. La belle sans brume angoissante et avec son plafond d'étoiles.

Sans l'attendre, elle attaque le chemin sinueux qui longe la clairière. Il la suit en traînant des pieds, puis se résout à courir pour la rattraper. Arrivée au sommet de la première colline, elle s'arrête pour l'attendre. Plus bas sur la gauche, il aperçoit une rangée de motocross rutilantes. Sur la droite, un bâtiment tout en longueur, le refuge.

– Il n'y a rien ici Tara, pourquoi tu m'emmènes là ?

Elle rit encore et passe devant le refuge en courant. Un autre chemin gravit le tertre par-derrière.

– Mais quel con ! s'insulte-t-il.

– Euh… pardon ?

Ethel relève la tête en poussant un petit cri guttural qui fait s'esclaffer Dany.

– Je venais voir si tu étais réveillé pour prendre un petit déj chez Lester, mais visiblement je vais te laisser deux minutes.

Ethel hoche la tête, les yeux pleins de sommeil et l'esprit embrumé.

– J'étais en train de rêver.

Dany a encore le sourire aux lèvres.

– OK, et donc tu insultais qui ?

– Moi, de ne pas avoir pensé à aller regarder ce qu'il y avait derrière le refuge.

– Et il y a quoi derrière ?

– Je ne sais pas encore.

– Tu te doutes que Zucko va t'envoyer chier si tu l'obliges à remonter sur l'engin de Sam Cuvert.

On pourrait prendre une moto, songe Ethel.

– Et si je te paie le petit déjeuner ?

– Je n'irai pas non plus.

– OK, je vais y réfléchir. John est arrivé ? J'aimerais lui poser une question.

– Je ne l'ai pas vu mais j'ai vu sa voiture, donc je suppose que oui.

– Merci, Dany, je te rejoins dans cinq minutes.

Il se frotte le visage, remet en place ses épis et rejoint John dans son antre réfrigéré. Quoique le bureau doive être à la même température ce matin. *Winter is coming*, dirait Jon Snow. À moins que ce ne soit l'effet Tara Stevens.

Il surprend le légiste en train de siffler en passant le chiffon sur la table en inox pourtant déjà nickel.

– Salut John, je peux te déranger deux minutes ?

– Je suis tout à toi pendant environ trente minutes, après j'ai une visite. Mme Hollie Garth, qui a une sainte horreur des retards.

Garth, sûrement la femme de Rusty Garth qui reprochait à Karl sa trop grande mansuétude envers les Sorcières tout en leur passant de petites commandes.

– J'ai vu dans ton rapport que tu avais relevé une empreinte partielle sur le sac mortuaire de Tara.

John fronce les sourcils.

– Une empreinte floue, corrige le légiste. Je voulais tenter une reconstitution mais c'est compliqué.

– Oui, mais avec des crêtes identifiables, et tu as noté une particularité.

John soupire, il commence à comprendre.

– Oui, une cicatrice.

– Donc si je te donne un échantillon, tu pourrais me faire une comparaison ?

– Quel échantillon, Ethel ?

Il lui tend le sachet qui a servi à emballer le gâteau et qu'il a récupéré dans la poubelle.

– Il y a mes empreintes et celles de Karl, mais tu pourras facilement les éliminer vu qu'on est fichés. Les autres sont celles de Marysa.

John reste un instant interdit et finit par tendre le bras.

– Mais pourquoi elle ferait ça ?

– Je n'en ai aucune idée, mais il faut que je sache. Par tous les moyens. Ma vie part en miettes et je n'en vois pas le bout. J'ai besoin de réponses, et Karl aussi.

Le légiste fixe le sachet quelques secondes et finit par secouer la tête. Tout le monde soutient l'équipe.

CHAPITRE 27

– On est partis ? demande-t-il à Dany. On a deux heures avant la première convocation.

– Tu crois qu'elles vont venir ?

Il n'en est pas certain, mais autant partir confiant.

– Je pense que oui. J'ai bien insisté au téléphone pour leur faire comprendre que c'était informel, que je ne leur reprochais rien, mais qu'il me fallait une déposition officielle pour le dossier de Tara.

– Si elles t'ont cru c'est qu'elles sont plus stupides que je ne le pense.

Cela fait rire Ethel. Malheureusement, il perd rapidement sa bonne humeur. Alors qu'il s'apprête à sortir, il se heurte à Christabella. Elle a l'air furax. Ses petits yeux sont deux fentes et des dizaines de plis lui barrent le front.

– Vous allez bien ? lui demande-t-il alors qu'il voit bien que non. Je suis désolé, je ne vous avais pas vue.

– Je suis venue te prévenir de pas faire de conneries.

– De quoi vous parlez ?

Il a sa petite idée, mais là aussi, autant faire le sot.

– De tes interrogatoires. Tu ne sais pas dans quoi tu mets les pieds, murmure-t-elle en se rapprochant de lui.

Il se recule pour mettre ses capteurs olfactifs en sécurité.

– C'est informel ! Pour le dossier de Tara.

– Si tu penses qu'elles vont croire ça, c'est que tu es stupide !

Il ne vient pas d'avoir cette conversation ? Il se tourne vers Dany, qui lui lance un regard l'air de dire « je t'avais prévenu ».

– Tout va bien se passer, Christabella, je serai très gentil avec vos petites sorcières.

– Ce n'est pas pour elles que je m'inquiète (elle pointe son index sur son torse), c'est pour toi.

– Qu'est-ce que vous voulez qu'elles me fassent ? Qu'elles me droguent ? Ou me brûlent avec du gympie-gympie ?

Elle serre les mâchoires et ce n'est plus de la colère qu'Ethel lit dans ses yeux, mais de la peur.

– Je me suis trompée mon garçon, ce n'est pas autour de Karl que la chose tournait, c'est autour de toi !

– Quelle chose ? De quoi vous parlez, Christabella ?

Elle se rapproche encore, cette fois il ne bouge pas. Elle doit se mettre sur la pointe des pieds pour lui glisser à l'oreille.

– La bête velue. Elle est revenue dans mon rêve.

Ethel fronce les sourcils. Dany se penche pour s'incruster dans la conversation.

– La bête velue ? Comme Erny Cardel ?

Cette fois, c'est Christabella qui se tourne vers lui, l'air surprise.

– Le tueur d'Eve Cardel a reconnu l'avoir tuée, mais selon lui sous les ordres d'une bête velue.

La peine et l'incompréhension remplacent l'inquiétude sur le visage de Christabella. La pauvre femme donne le sentiment à Ethel qu'elle va défaillir.

– Venez vous asseoir, lui propose-t-il.

Mais elle secoue la tête et recule. Elle semble complètement paumée. Elle fait volte-face et se dirige vers un pick-up orange bouffé par la rouille qui ne doit même pas avoir le droit de rouler. La carrosserie a l'air de tenir avec des bouts de ficelle.

– Elle a une voiture ? s'étonne Ethel.

– Bah oui, vaut mieux vu où elle vit. Tu croyais qu'elle venait en ville à balai ?

Il lève les yeux au ciel et se met à rire. Il garde néanmoins en tête une curieuse impression. Celle que Christabella vient de faire le lien qui lui manquait.

Une autre impression l'accompagne, celle de déjà-vu, quand ils arrivent au restaurant. Ethel ne bouscule personne cette fois, mais il constate que tout le monde fait la gueule. Lester se contente d'un mouvement de tête poli derrière ses fourneaux,

Rose lui adresse un regard boudeur et Zucko, qui est déjà attablé depuis quelques minutes avec une tasse fumante devant lui, souffle quand enfin ils le rejoignent.

– Vous allez voir, c'est chouette l'ambiance ! Nos convocations ne plaisent pas à tout le monde.

– Tu veux dire qu'elles ne plaisent à personne, plutôt, non ? rétorque Ethel sans se départir de son sourire. Christabella nous a chopés à la sortie du poste.

– Lester m'a eu quand je suis arrivé en me demandant ce qu'on avait derrière la tête.

– Et t'es en train de te demander ce que j'ai derrière la mienne ?

Il tourne sa grande masse vers lui.

– Absolument pas ! On fait juste notre boulot. Et s'il faut remuer la merde pour ça, je suis prêt !

Le problème, c'est de savoir la merde de qui ? Comme elle ne semble pas pressée de venir prendre leur commande alors que le restaurant est désert, Ethel se lève et rejoint Rose au comptoir. Il met tout le charme dont il dispose dans sa voix.

– Bonjour Rose. Je suis désolé, je sais que tu es inquiète, mais je t'assure que tout va bien se passer.

Son corps penché vers elle et ses grands yeux verts font le reste. Elle rougit, papillonne et finit par lui adresser un large sourire. Malheureusement, ça n'a pas le même effet sur son père.

– Tu comptes foutre le bordel dans notre petite ville, Green ?

Ethel quitte à regret le regard énamouré de Rose pour affronter celui plus acariâtre de son père.

– Le bordel était là bien avant moi, Lester, et vous le savez.

– Karl aurait jamais permis ça !

– Il n'est plus là pour le dire, malheureusement, mais je pense qu'il aurait approuvé.

– Pour sûr qu'il aurait approuvé, et tu le sais très bien, Lester ! braille Zucko derrière son dos.

– Ces filles, elles n'en resteront pas là ! grogne le cuistot en astiquant son gril.

– Mais vous avez peur de quoi exactement ? lui demande Ethel. Qu'elles vous jettent un sort ?

Ça a le don de faire rire Rose, bien cachée derrière ses mains, mais un petit éclat réussit à fuser entre ses doigts.

– D'abord y a eu l'autre folle qui foutait des conneries pas possibles dans la tête de nos femmes, et puis la gamine est arrivée ! Dès le début, j'ai su qu'elle allait nous attirer des emmerdes, les *staties*[4] se déplacent pas pour rien ! Mais Karl nous a demandé de rien dire, donc on l'a fermée ! Et maintenant quoi ? Une fois que vous les aurez interrogées, elles vont l'avoir mauvaise et vont venir nous faire chier avec leur propagande dans notre petite ville !

– Calmez-vous, Lester ! Tout va bien se passer, on les interroge seulement dans le cadre de notre

4. Surnom de la police d'État.

enquête sur Tara Stevens. Dans nos locaux, de manière officielle. Point final. Elles ne viennent pas pour déambuler dans les rues, ni nourrir des velléités de vengeance et de destruction de phallocrates.

– Vous ne savez pas de quoi elles sont capables !

– Si, j'ai vu qu'un match de base-ball féminin allait être retransmis sur une chaîne nationale, rétorque Ethel en singeant un air scandalisé.

Cette fois, Rose se mord la lèvre pour ne pas éclater de rire et Ethel se dit que ça ne doit pas être facile tous les jours de vivre avec un père qui ne se rend pas compte que le monde a changé depuis le Moyen Âge.

Lester apprécie moyennement la blague, ses sourcils se touchent presque à force de se froncer. Il pose son tablier, sort de la cuisine et fait le tour du comptoir. Ethel se demande s'il ne va pas lui en retourner une et visiblement, il n'est pas le seul à le penser, car Dany et Zucko se lèvent brusquement. Mais Lester tend juste la main vers le zinc, derrière le fanion qui vante les mérites de ses petits déjeuners.

– Et ça, ça te fait marrer ?

Il lui tend un tract sur lequel on voit les Weld, père et fils, posant fièrement au côté de Katherine Priest. « Pour un avenir commun », peut-on lire en majuscules en en-tête. Et effectivement, Ethel ne rit pas. Mais ce n'est pas à cause de la présence d'une sorcière de Salem sur un tract électoral. C'est plutôt dû à la vision d'une rune sur la boucle de ceinture de Charlie Weld. Un H. Le chaos.

CHAPITRE 28

– C'est quoi ce petit connard que vous m'avez envoyé ?

Sanders a beau être à plusieurs kilomètres de Charlie, il doit sûrement entendre sa rage bouillonner comme s'il était à côté de lui.

– Monsieur le Maire, ravi de vous entendre de si bonne humeur.

– Et comment voulez-vous que je sois ? Votre petit merdeux de flic n'arrête pas de foutre son nez partout, il n'écoute rien !

– Allons allons, ne nous emballons pas ! Déjà, ce n'est pas mon petit merdeux de flic mais votre nouveau shérif, c'est donc *votre* problème. Ensuite, c'était un très bon élément à Boston. Vous vouliez bien un très bon élément, non ?

– Ne vous foutez pas de moi ! Je voulais un jeune docile, ouvert d'esprit…

– Manipulable, je sais, le coupe Sanders, mais je n'ai pas forcément sous la main tout ce qu'il vous faut pour couvrir vos petits trafics.

Charlie s'en étouffe presque. Il va parler de son dernier détournement de fonds en plein milieu du commissariat, aussi ? La frustration envahit ses traits.

– Je ne vois absolument pas de quoi vous voulez parler.

– Voyons, Weld, d'un vieux dur à cuire à un autre, croyez-vous que je sois aussi stupide ? L'ancien shérif, l'homme qui est mort mercredi dernier, a plusieurs fois fait part de ses doutes à votre propos au bureau de Boston. Il a évoqué une fraude fiscale, des détournements de fonds et des abus de biens sociaux, si je ne m'abuse.

Apparemment, oui, il en parle.

– Avez-vous des preuves ? raille Charlie avec un sourire mauvais.

– Weld, je vous en prie. Votre père est un ami, ne parlons pas de choses qui fâchent. Cela fait cependant un moment que nous ne l'avons pas vu, est-ce qu'il va bien ? D'après ce que j'ai compris, les sondages ne lui sont pas vraiment favorables cette année. Ce serait dommage, pour *tout le monde*, de perdre un tel pilier de notre gouvernement.

Charlie reste coi devant l'audace de ce cafard. Ses doigts se referment sur son téléphone et il se dit que si Sanders avait la malchance d'être en face de lui, il lui ferait goûter la saveur de l'accueil des gens du Berkshire.

– Ne vous inquiétez pas pour lui, Sanders, il va très bien.

– J’en suis ravi. En attendant, reprenez-vous, Weld, et laissez Green faire son boulot. Voyez-le comme un chiot un peu agaçant : lancez-lui un bâton et laissez-le courir, il se fatiguera bien tout seul.

Agaçant, c’est le moins qu’on puisse dire.

Il ne prend pas la peine de répondre et raccroche au nez du directeur. Je t’en foutrais de ses bons conseils ! Il se retient de balancer le téléphone par terre. De quel droit ose-t-il lui parler sur ce ton ? Il plisse les yeux, la fureur dans le ventre. Alors comme ça, Rosenberg a enquêté sur lui ? Et il est allé baver à Boston… Il a de la chance d’être déjà mort, celui-là. Heureusement, l’ancien shérif ne devait avoir aucune preuve, Charlie en est certain. Premièrement, parce qu’Emelyne est une professionnelle, et deuxièmement parce qu’il serait déjà à l’ombre si c’était le cas.

Laisser Green faire son boulot, et puis quoi encore ? C’est vrai qu’il ressemble à un chien à fourrer son nez partout. Il sent la rage monter, ses poings se serrent. Il ne laissera jamais personne lui prendre sa ville. Il se redresse brusquement, range son téléphone et attrape sa veste.

Non, jamais.

***

– Je crois que ta petite sorcière rousse te monte à la tête, balance Zucko avec un gloussement moqueur.

Ethel sort son téléphone de sa poche et lui montre de nouveau la photo qu'il a reçue par l'intermédiaire du compte Instagram de Tara.

– C'est la même que sur la boucle !

– C'est effectivement la même lettre, mais sur la boucle de ceinture de Weld, c'est un H. Horace Charlie Weld. Il a abandonné son premier prénom à la fin de l'école primaire. Un peu trop lourd à porter pour un gosse. Chacun des hommes Weld a son propre fermoir, c'est une sorte de tradition familiale.

Ethel ignore sa remarque. Dans son esprit, de petites alarmes clignotent dans tous les sens. Et s'il s'était planté depuis le début ? Et si en fin de compte rien n'avait à voir avec Les Sorcières mais avec Weld ? Charlie Weld qui est là chaque fois que quelqu'un a besoin d'un alibi : Emelyne Mailand, Marysa Clarks. Weld dont la famille a financé la construction du refuge où un meurtre a eu lieu. *Tara, Tara, est-ce que tu avais découvert ce qui se tramait là-bas ? C'est pour ça qu'on t'a tuée ?*

– Qu'est-ce que tu marmonnes dans ta barbe ? demande Dany.

– Il faut que je retourne au poste, répond Ethel en se levant brusquement.

– Tu veux pas un café ? On a encore le temps avant que les filles arrivent.

– Ramenez-m'en un quand vous rentrerez. Je voudrais creuser un truc, mais pas ici.

Il leur fait signe que les murs ont des oreilles et file sans dire au revoir. Il doit absolument découvrir si Tara connaissait Weld, et pour ça, le maillon manquant, c'est Mels. Elle aura la réponse à coup sûr et vu l'état dans lequel elle semblait être la dernière fois, il est persuadé qu'elle lui dira ce qu'elle sait. Son téléphone vibre dans sa main alors qu'il cherche son numéro. *Marysa*. Il s'arrête sur le trottoir, pétrifié. Qu'est-ce qu'elle lui veut ? Il fixe son nom affiché à l'écran sans savoir quoi faire. La sonnerie s'arrête. *D'abord Mels, ensuite Marysa*.

Mais il n'a pas le temps de composer le numéro de Mels parce que le maire est là. Il fait le pied de grue devant le poste, les mains dans les poches, les yeux vissés sur une publicité punaisée sur le tableau d'affichage public. Sentant une présence, il tourne son regard vers Ethel. Et se fend d'un sourire carnassier qui lui promet de passer un sale quart d'heure, et qui est plus révélateur que n'importe quel aveu : Weld est définitivement lié à cette affaire.

– Ethel Green, je crois que vous êtes en train de faire une énorme erreur.

Ethel le bouscule un peu pour insérer la clef dans la serrure.

– De quelle erreur parlez-vous ? Celle d'interroger vos associées ? Très joli tract, entre nous.

Il ouvre la porte, Weld le suit et referme derrière lui.

– Vous n'êtes pas d'ici, vous ne pouvez pas comprendre. J'aurais aimé vous expliquer mais vous

vous bornez à suivre l'exemple de ce lourdaud de Rosenberg.

L'enquêteur pose sa veste sur le premier bureau et se tourne vers le maire. Il se frappe le poing de la poitrine, singeant l'attitude que celui-ci a eue chez Rosalie.

– Vous êtes bien en train de parler de l'homme que vous encensiez hier chez sa veuve ?

L'autre ne répond pas, à peine si un sourcil bouge. Seul le sourire s'élargit un peu, dévoilant ses petites incisives sur lesquelles sa langue fait des allers-retours incessants. On le croirait prêt à mordre.

– Nous devions parler de vos directives, commence Weld.

– Non, argue Ethel, je vous ai dit que je ne recevais mes directives que du bureau de Boston.

– Ça vous arrive de faire preuve de bon sens ?

– Oui. En ce moment même, par exemple.

Bien qu'il commence à se dire que ce n'était peut-être pas très intelligent d'avoir laissé Weld fermer la porte derrière lui. Est-ce qu'il serait capable de lui faire quelque chose ? Ici, en plein jour ?

Son téléphone se remet à vibrer dans sa poche, il se demande s'il ne serait pas bienvenu de décrocher. Et décide finalement de le poser sur le bureau, face cachée. Il ne doit pas se laisser impressionner. Tout du moins, ne rien montrer.

– Vous êtes dans une petite ville, ici. Nous n'avons pas le même mode de fonctionnement qu'à Boston.

– Si vous alliez droit au but, monsieur le Maire ? Vous voulez que je laisse en paix les Sorcières de Salem jusqu'à l'élection de votre père, c'est ça ? Pour lui assurer le vote des femmes du Massachusetts ? Je vais être franc avec vous, la politique, je n'en ai rien à foutre. Tout ce qui m'intéresse en ce moment, c'est Tara Stevens.

Une petite lueur d'amusement brille dans les yeux de Weld.

– Laissez tomber, cette gamine n'était qu'une écervelée juste bonne à exhiber ses nichons soi-disant pour défendre une cause. *Quelle* cause ? À cause de filles comme elles, on ne peut même plus prendre l'ascenseur seul avec une femme !

– De qui parlez-vous ? Tara était influenceuse.

Pour la première fois depuis qu'Ethel le connaît, Charlie Weld paraît déstabilisé. Ça ne dure cependant qu'un court instant, et son sourire détestable apparaît de nouveau.

– Ces filles sont toutes pareilles, il suffit d'ouvrir Internet pour tout connaître d'elles.

– Sauf son meurtrier.

Pirel et Mirandi poussent la porte au même instant, et Ethel ressent un soulagement au plus profond de ses entrailles.

– Qu'est-ce qui se passe ? demande Zucko en zieutant tour à tour les deux hommes.

– Nous discutions directives, répond Weld avec ce ton sûr de lui. Mais il semblerait que votre nouveau shérif ne l'entende pas de la même oreille que feu notre cher Karl.

Espèce de trou du cul.

Weld s'avance vers la porte en tapotant sa tempe droite de l'index.

– Réfléchissez bien, Green, ce serait dommage de commencer votre carrière sur une mauvaise note.

Puis il sort en claquant la porte sans se retourner.

– Il vient de se passer quoi là ? demande Dany en lui tendant son café.

– Un avertissement, je dirais.

Ethel fait bonne figure, mais il se sent nerveux. Ce petit tête-à-tête avec le maire lui a permis de comprendre pourquoi personne n'a envie d'avoir Charlie Weld pour ennemi. Il l'a vu dans ses yeux. Cette détermination froide. Pourtant, il n'oublie pas l'erreur qu'il a commise : le lien entre Tara et Ninel n'est pas évident, en tout cas pas suffisamment pour la trouver d'une simple recherche Internet. À moins de savoir ce que l'on cherche.

– Une menace, plutôt, rétorque Dany. À cause des convocations ?

Le shérif hoche la tête, la tasse au bord des lèvres, mais rien que l'odeur lui porte au cœur. Weld lui a coupé l'envie. Il repose le mug sur le bureau et récupère son téléphone en même temps. Trois appels en absence. Marysa a continué à l'appeler. Qu'est-ce qui se passe encore ? Il a l'impression que le défilé des emmerdes n'en finit plus. Et quelque chose lui dit que ce n'est que le début.

– J'ai un coup de fil à passer, soupire-t-il en agitant son téléphone en l'air, et j'arrive.

La main de Marysa n'a pas dû bouger du téléphone, car il ne sonne qu'une fois avant que la communication s'enclenche. Ethel est toujours incertain quant à la responsabilité de sa logeuse dans la mort de Karl – bien que sa première impression le pousse à la considérer coupable – mais le son de sa voix le fait flancher.

– Ethel ! Je suis tellement heureuse de t'entendre !

Elle est en larmes, il le perçoit dans sa voix.

– Qu'est-ce qui se passe ?

– Il faut que je te parle ! S'il te plaît, je n'en peux plus !

Elle renifle et se remet à sangloter. L'image de Weld s'impose dans l'esprit d'Ethel. Weld, qui a assuré aux flics de Providence que Marysa était avec lui le jour où son mari a été tué. Il faut qu'il reste calme, qu'il ne s'investisse pas émotionnellement tant qu'il n'aura pas éclairci tout ça. Qu'il ne s'investisse plus.

– Dites-moi ce qui ne va pas, Marysa.

– Pas au téléphone, gémit-elle, il faut que tu viennes, ça fait trop longtemps que j'ai ça sur la conscience…

– C'est Charlie Weld ? Il vous a menacée ?

Il y a un petit silence à l'autre bout du fil et au même instant, un SUV noir, vitres teintées, jantes chromées, entre bruyamment dans la rue. Il ralentit et se gare devant le poste, à un mètre d'Ethel.

– Je t'en prie, Ethel, viens me voir à la maison !

Trois portières s'ouvrent et trois femmes descendent de l'énorme véhicule. Elles sont en avance, évidemment.

– Je ne peux pas maintenant, souffle Ethel.

Le regard mordoré de Katherine Priest s'attarde sur lui et il se demande si toutes les sorcières ont des yeux aussi magnifiques, mais cette pensée s'envole aussitôt qu'Emelyne le toise. Elle a un regard si froid qu'il gèlerait l'enfer.

À l'autre bout du fil, Marysa n'a pas arrêté de pleurer.

– En fin d'après-midi, ça vous va ?

– Oui, oui, dès que tu peux ! Je t'en supplie, ne me laisse pas tomber…

– Je serai là Ma… (Puis il se dit que ce n'est peut-être pas judicieux de prononcer son nom devant ces trois femmes qui s'obstinent à rester devant lui.) Je serai là dans l'après-midi.

Il coupe la conversation et tend le bras vers la porte.

– Mesdames, si vous voulez bien vous donner la peine d'entrer.

Elles s'avancent sans lui répondre. Il pousse un long soupir avec cette impression qu'il monte sur le ring.

CHAPITRE 29

La salle d'interrogatoire du poste de police d'Hinsdale est plutôt de bonne taille, surtout en comparaison de celle des bureaux. Ethel s'était demandé à son arrivée pourquoi personne n'avait jamais songé à la diviser en deux, histoire d'être moins à l'étroit dans la salle principale où tout le monde se partage l'espace de travail. Pourtant, il se sent oppressé face à la prestance de Katherine Priest. Elle a passé une robe noire terriblement cintrée et élégante et continue de le fixer à la manière d'une avocate qui vient bouffer les sales flics qui ont osé arrêter son client. Il songe qu'elle doit être redoutable en affaires et qu'il a sûrement fallu une énorme force de caractère à la petite gamine qu'elle était pour arriver où elle en est aujourd'hui.

« Si on ne l'avait pas trouvée, elle serait sûrement au Canada à l'heure actuelle », lui a dit Karl. Une gamine déterminée. De qui peut-elle avoir tiré cette force ? Qui a-t-elle fui ? Il décide d'y aller de but en blanc, sentant que cette femme ne sera pas dupe, quoi qu'il dise.

– Katherine Priest, c'est votre vrai nom ?

Elle ne cille pas, ne crispe pas les doigts sur la table, à peine ses lèvres sont-elles imprimées d'une légère vibration.

– Non.

– Pouvez-vous me donner votre véritable identité ?

– Non.

– Pour quel motif ?

Il suppose qu'elle va refuser de répondre, mais il se trompe.

– J'ai fui mon beau-père qui m'a violée pendant de nombreuses années et mise enceinte à treize ans. C'est un personnage certes vieillissant mais connu et toujours en vie. Je ne désire pas être associée à son nom en raison des femmes que je protège par le biais de mon association.

– Pourtant, vous ne voulez pas rester dans l'anonymat.

Il pose sur la table le tract électoral. Elle a un petit sourire.

– Bien sûr que non. Mais croyez-moi, Katherine Priest est à mille lieues de la petite fille que mon beau-père a massacrée.

– Je veux bien vous croire. Une question me taraude cependant et je vous avoue que je me la suis souvent posée au sujet de Tara Stevens également : comment avez-vous fait pour changer d'identité ?

En tant qu'avocate, vous devez savoir que ce n'est pas une chose si simple à faire de manière légale ?

– En tant qu'avocate, je ne me souviens pas que votre convocation stipulait que j'étais mise sur le banc des accusés.

– Vous ne l'êtes pas. Je vais reformuler si vous préférez : savez-vous de quelle façon Ninel Holmes a pu changer d'identité et devenir Tara Stevens ?

– Je ne sais pas, non, répond-elle avec un sourire.

– Mais vous saviez que les deux n'étaient qu'une seule et même personne ?

– Je ne l'ai su que récemment.

– Vraiment ?

Elle acquiesce d'un mouvement de tête.

– Quels sont vos rapports avec Charlie Weld ? poursuit Ethel.

– Professionnels.

– Mais encore ?

Elle survole le tract de la main.

– Vous pouvez le deviner par vous-même.

– Vous vous lancez en politique, donc.

Elle hoche la tête.

– Je veux apporter ma pierre au combat des femmes.

– C'est pour cette raison que vous souhaitiez que Tara Stevens vous rejoigne ?

Elle arque un sourcil, mais Ethel n'arrive pas à déterminer si c'est de surprise ou d'incompréhension.

– Un témoin nous a affirmé que vous harceliez Tara Stevens pour la convaincre de rejoindre votre groupe.

– Moi ? Personnellement ?

– Les filles de votre association.

– Donc pas moi personnellement. C'est mon nom qu'on a cité ? Toutes les fois où j'ai croisé Tara, nos rapports étaient cordiaux, je vous l'assure.

– Quand l'avez-vous rencontrée pour la première fois ?

Elle fait mine de réfléchir.

– Il me semble que ça doit remonter à deux ans, lors d'un meeting. Il me semble aussi que je vous l'avais dit. Je ne note pas ce genre de chose informelle.

– Elle était brune ou rousse ? Est-ce le genre de choses que vous notez ?

Elle a une petite hésitation.

– Elle était rousse.

– De quoi avez-vous parlé ?

– Elle avait entendu parler de mon projet d'entrer en politique, qui n'est un secret pour personne, et elle voulait en faire partie.

– Est-ce qu'elle a rencontré Charlie Weld lors de cet événement ?

Elle ne répond pas tout de suite, ses yeux passent de ses mains, posées sagement sur la table, aux bras d'Ethel, croisés sur sa poitrine, puis à ses yeux. Elle le fixe intensément, comme si elle cherchait à savoir ce qu'il sait. Ethel ne soutient pas son regard, il baisse les yeux sur le tract, sur cette initiale. H. Le chaos, Weld. C'est fou comme les deux s'assemblent bien.

– Non, finit-elle par dire. Le maire Weld n'était pas présent à ce meeting, mais j'ai dû mentionner son nom en parlant de ma campagne pour les élections, alors si les projets de Mlle Stevens n'avaient pas changé, elle a dû finir par le rencontrer d'une manière ou d'une autre.

C'est une demi-vérité, ou un demi-mensonge, en tout cas ce n'est pas clair. Ethel relève la tête et plonge son regard dans le sien.

– Les projets ? Mon témoin m'a affirmé que Tara Stevens voulait juste changer de vie, trouver la paix.

– Ce n'est pas l'impression qu'elle m'a donnée. Bien au contraire, elle me semblait déterminée à continuer la lutte pour les droits de la femme, mais de manière légale cette fois. C'est peut-être ce que sous-entendait votre témoin.

– Continuer la lutte ? C'est sous l'identité de Ninel Holmes qu'elle luttait, et vous m'avez dit n'avoir appris que récemment que Tara était aussi Ninel.

Elle pousse un soupir d'exaspération en levant les yeux au ciel.

– Tara m'a raconté avoir fait partie d'un groupe extrémiste qui menait des actions ultra-violentes, les Witches Scare, si vous voulez le nom. Un groupe d'enragées que je mets personnellement sur le même plan que ces conservateurs qui veulent garder un droit de maîtrise sur nos corps humains ! (Elle expire bruyamment pour se calmer.) Mais Tara ne m'a jamais dit sous quel nom elle militait. C'est

Anya Jenkins, votre source, n'est-ce pas ? Si vous cherchez quelqu'un qui harcelait Tara, c'est vers elle que vous devriez vous diriger. Cette femme est folle à lier, une véritable furie.

– Je croyais que vous la connaissiez à peine ?

– Je ne la connais pas, mais c'est l'impression que j'ai eue lorsqu'elle est venue à Lanesborough. Elle criait partout, elle hurlait le nom de Tara.

– Elle vous accuse de harceler Tara et vous faites de même. C'est le diable qui se mord la queue, raille Ethel, agacé.

– Voyons, shérif Green, vous n'allez pas tomber dans l'ésotérisme vous aussi ?

– Est-ce que le nom d'Eve Cardel vous dit quelque chose ?

Elle fronce les sourcils, et pour la première fois depuis le début de l'interrogatoire, Ethel la sent vraiment surprise.

– Absolument pas.

– Son cadavre a été retrouvé l'an dernier près du refuge d'East Mountain. Refuge appartenant à M. Charlie Weld et dans lequel un témoin a régulièrement aperçu Emelyne Mailand.

Elle a une expression lasse et hausse les épaules.

– Que voulez-vous que je vous dise ? Je ne surveille ni le maire d'Hinsdale, ni Emelyne. Je ne surveillais pas Tara Stevens non plus. Je ne connais pas cette Eve Cardel et je dois vous avouer que toutes vos questions me semblent vraiment décousues. Quel rapport avec moi ? Ou ma fondation ?

– Où étiez-vous le soir du meurtre de Tara Stevens ?

Son expression change. Ethel voit de la stupeur, de l'incrédulité et enfin de la colère se peindre sur les traits de Katherine. Mais pas de culpabilité.

– Vous m'accusez ? demande-t-elle, soufflée, comme s'il venait de lui envoyer un direct au plexus.

– Simple question pour la procédure.

La mâchoire de la jeune femme se crispe.

– Chez moi, avec les deux femmes que vous allez interroger à ma suite. J'ai travaillé jusque tard dans la nuit. J'ai des mails qui peuvent le prouver.

Ses lèvres sont tellement pincées que sa bouche disparaît presque.

– Maintenant, si vous n'avez plus de questions, j'aimerais m'en aller, dit-elle en se levant.

– Juste une dernière chose, répond Ethel en se mettant debout à son tour. Informative, ne vous inquiétez pas.

Elle ne répond pas mais ne bouge pas non plus. Ethel prend ça pour un oui et sort son téléphone de sa poche.

– Pouvez-vous me dire ce que signifie cette rune ?

Katherine fixe l'image puis hausse les épaules en levant les yeux au ciel.

– Ce n'est pas une rune, raille-t-elle, c'est un simple H. La barre du milieu dans la rune Hagalaz est penchée de manière bien significative.

– Merci, répond Ethel avec un large sourire, vous m'avez été d'une aide précieuse.

Elle ouvre la porte et tombe nez à nez avec Zucko qui s'apprêtait à frapper. Elle a un mouvement de recul et se décale pour le laisser passer avant de disparaître dans le couloir.

– Alors, ça a donné quoi ?

– Pas grand-chose, cette femme est blindée au niveau émotionnel.

– C'est une avocate, elle doit avoir l'habitude.

– Et elle doit être redoutable. Tu voulais me voir pour quoi ?

Une petite lueur d'excitation brille dans les yeux de Zucko.

– Ton amie vient de nous envoyer ses résultats par mail.

Il a un petit sourire.

– Ça ne m'étonne pas. Je me rappelle qu'elle était du genre très investie.

– Oui, et il faut absolument que tu les voies avant de poursuivre tes interrogatoires.

CHAPITRE 30

– L'analyse des restes de l'estomac de Tara et les analyses toxicologiques lui ont permis d'identifier ce qui l'a tuée : un cocktail de plusieurs plantes toxiques. Mais celle qui a provoqué l'arrêt cardiaque, c'est l'actée à gros pédicelles.

John, Zucko et Ethel se sont réunis dans le bureau du légiste, laissant poireauter Emelyne Mailand et Ava Randolph dans la salle d'interrogatoire sous la surveillance de Dany.

– Une plante ?

– Très toxique, explique John. Ses petites baies blanches contiennent des toxines qui ont un effet sédatif sur les tissus du muscle cardiaque. En gros, ton cœur s'arrête.

Ethel secoue la tête, ébahi.

– Ce n'est pas tout, ajoute Zucko, elle a également analysé les restes de l'estomac de Karl. Et ce sont bien des graines de ricin, comme tu le supposais, John.

Deux meurtres, deux empoisonnements aux plantes.

– Et elle fait quoi, celle-là ? demande Ethel.

– Elle inhibe la synthèse des protéines et entraîne la mort cellulaire. Ça prend plus de temps, mais c'est fatal.

– Donc Tara et Karl ont tous les deux été tués par le même mode opératoire. Tu as pu faire la comparaison que je t'ai demandée ?

John hoche la tête, il a l'air déconfit.

– Oui…

– C'est Marysa ?

De nouveau, John acquiesce.

– J'ai retrouvé la même empreinte sur le sachet du gâteau. Avec les crêtes plus épaisses à cause du gras, mais impossible de passer à côté de la marque.

– OK, donc c'est bien Marysa qui a volé ma montre et l'a mise dans le sac mortuaire de Tara.

Il aurait vraiment aimé que ce ne soit pas le cas.

– Si on part de ce principe et qu'elle a cuisiné le gâteau empoisonné, on peut supposer qu'elle a également tué Tara Stevens.

– Et son nom pourrait coller à la première ligne qu'il nous manque sur le parchemin, déclare John de plus en plus blafard.

– Merde, souffle Ethel dépité ! Ça collerait parfaitement, même !

– Reste à trouver son mobile, le contre Zucko. Pourquoi elle aurait fait ça ? On n'a aucun lien entre Tara et elle. Et toi, pourquoi elle aurait voulu te tuer ?

– On pourrait la placer en garde à vue si on avait les résultats officiels, mais pour le moment… il va falloir se contenter de mes suppositions.

– Weld ?

– Tout revient toujours à Weld, insiste Ethel.

– Tu penses qu'il l'a manipulée pour qu'elle fasse tout ça ? demande John.

Le pauvre se décompose de plus en plus. De petites rides s'accumulent sur son front et des cernes assombrissent ses yeux.

– J'en suis persuadé. Elle était en larmes et paniquée au téléphone, je pense qu'elle craque.

Zucko se passe nerveusement la main sur son crâne rasé, comme pour tenter d'en extraire toutes les questions qui semblent l'assaillir.

– Admettons que tu aies raison. Pour quel motif aurait-il tué Tara Stevens ?

– D'après Katherine, Tara souhaitait prendre part à son combat politique, elle aurait pu approcher Weld par ce biais et mettre au jour ses magouilles.

– Et toi ? En quoi tu lui faisais du tort ?

– Ma réputation de fouille-merde que je traîne depuis Boston n'a pas dû jouer en ma faveur.

Zucko a un petit sourire qui lui confirme qu'effectivement, ça pourrait être le cas. Weld a horreur qu'on mette le nez dans ses affaires. Il ne craignait pas grand-chose de Karl vu la proximité de sa retraite, mais Ethel est plus pugnace.

– Putain, cette histoire va faire mal ! s'exclame John. Si Charlie Weld est impliqué dans un meurtre de près ou de loin, son père va chercher par tous les moyens à étouffer l'affaire. Les élections ne sont que dans six mois et il est déjà parti en campagne, tu peux être sûr qu'il ne va pas s'emmerder avec un petit shérifon.

Ils restent quelques instants sans rien dire, contemplant les frigos étiquetés Tara Stevens à droite et Karl Rosenberg à gauche. *Pas de place pour moi*, songe Ethel.

– Je commence à avoir l'habitude qu'on veuille me faire taire.

Il inspire profondément pour calmer la tension qui l'envahit et souffle un bon coup.

– Je vais aller interroger Emelyne pour voir ce qu'elle peut me dire sur Weld et ensuite j'irai voir Marysa.

Zucko approuve d'un hochement de tête furieux.

– C'est probable qu'on l'y ait poussée. Ça doit être en rapport avec son mari. Weld l'a peut-être couverte pour le meurtre et maintenant, il la fait chanter.

– C'est très possible.

Ses doigts sont tellement crispés qu'ils lui rentrent dans la peau.

– Tu sais quoi, Zucko ? Je pense que c'est toi qui devrais aller interroger Emelyne et moi, je vais aller voir Marysa tout de suite.

– Tu es sûr que tu ne veux pas qu'on y aille ensemble ? Dany peut interroger Emelyne, tu m'as l'air un peu énervé.

– Justement, j'ai envie qu'elle me voie comme ça. J'ai envie qu'elle flanche, et elle ne le fera que si on est seuls. Elle a toujours adoré nos tête-à-tête. Dis à Dany d'interroger Ava.

– OK, mais tu m'envoies un message dès que tu arrives là-bas et quand tu repars. Et tu fais gaffe !

– Je ferai attention, promet Ethel avec un sourire forcé.

« Ne leur serre pas la main, n'accepte rien à manger ni à boire. » Au final, le conseil de Karl à propos des sorcières devrait s'étendre à toute la population d'Hinsdale.

– Un dernier truc avant que tu partes, le retient Zucko, mais sans réelle confirmation. Ta copine a évoqué un enfant.

– Un enfant ? De Tara ?

Zucko hoche la tête avec un petit sourire.

– D'après elle, Tara aurait eu un enfant l'année dernière. Il y aurait eu des rumeurs de sa grossesse sur Internet que Tara n'aurait jamais démenties ni confirmées, mais elle n'est plus apparue en public à ce moment-là, et sur Instagram elle se mettait en scène de façon à ne jamais montrer son ventre.

– Et ça aurait suffi à déclencher une rumeur ? demande John, interloqué.

– Tu n'imagines pas tout ce que les réseaux peuvent entraîner comme bêtises, répond Ethel. Tu n'avais rien remarqué à l'autopsie ?

– Un an après, c'est difficile, il aurait fallu que je fasse des analyses internes plus approfondies, mais à l'examen visuel je n'ai rien remarqué. Pas de cicatrice d'épisiotomie ni de césarienne.

– Ça expliquerait pourquoi Tara voulait changer de vie.

– Vous pourriez faire une recherche d'acte de naissance pendant que je suis chez Marysa ?

– Je m'y colle si vous voulez, propose John. Faites vos interrogatoires.

– Merci beaucoup.

Et il leur lance un salut à la hâte avant de quitter le poste et de prendre la direction de son ancien logement.

Il est temps pour lui de régler ses comptes.

CHAPITRE 31

Il éteint le contact et prend quelques secondes pour vérifier les alentours. Seule la voiture de Marysa est garée devant sa porte, mais rien ne prouve qu'elle n'est pas accompagnée. Que l'énorme Hummer n'est pas planqué dans une rue parallèle.

Il envoie le SMS promis à Zucko qui répond dans la seconde.

« Confirmation d'un acte de naissance
au nom d'Ethan Holmes.
Mère Ninel Holmes et père inconnu.
Fais attention à toi. »

Il reste quelques secondes à fixer le message. Donc Tara a bien eu un bébé et elle a choisi de le cacher. Pourquoi ? Son expérience relative des réseaux lui a démontré à plusieurs reprises que les influenceuses ne rechignent d'ordinaire pas à montrer leur grossesse et leur progéniture à leurs followers, alors pourquoi Tara a-t-elle fait le choix inverse ? Et qui est le père ?

En levant la tête de son téléphone, il perçoit des tremblements dans le rideau de la cuisine. Marysa surveille son arrivée. Il se décide à descendre après avoir vérifié que le cran de son holster est enlevé. Au cas où il devrait sortir son arme précipitamment.

Il marche jusqu'à la porte, et elle attend qu'il frappe pour lui ouvrir. Elle a l'air épuisée. De gros cernes noirs ont remplacé son maquillage excessif et elle est encore en pyjama.

– Merci d'être venu aussi vite.

De petites larmes remplissent ses yeux, il les ignore et pénètre dans la maison en la poussant légèrement.

– Je sais pour la ricine.

Elle arque les sourcils et les larmes dégringolent.

– Ce que je ne sais pas, en revanche, c'est pourquoi vous avez voulu me tuer.

Elle se couvre la bouche des deux mains. Ethel referme la porte après avoir vérifié que personne n'est apparu derrière lui et la pousse dans le salon.

– Nous allons avoir une petite discussion, Marysa.

Elle hoche la tête sans découvrir sa bouche et le suit.

Il est surpris en entrant dans le salon : un plaid traîne sur le canapé et un bol de soupe encore plein gît sur la table basse. Un détail en soi, mais qui veut dire beaucoup en ce qui concerne Marysa ; jamais elle n'aurait toléré ce qu'elle considère comme un tel laisser-aller. Il se tourne vers elle et en plus de l'épuisement, il note de l'effroi sur son visage.

– Racontez-moi, Marysa. Ça commence par le meurtre de votre mari, c'est ça ?

Ses yeux s'écarquillent et elle s'effondre dans le fauteuil le plus proche d'elle. Ses mains quittent enfin sa bouche et un « oui » s'échappe avec un peu de bave d'entre ses lèvres. Au temps pour l'interrogatoire, il a apparemment déjà tout deviné. Il s'assied et lui laisse le temps d'attraper un mouchoir. C'est le seul geste de compassion qu'il aura.

– Vous avez tué votre mari parce qu'il vous battait ?

Oui de la tête.

– Et Weld vous a couverte et vous fait chanter depuis.

Nouveau oui.

– Pourquoi ne pas être allée voir les flics ? C'était de la légitime défense, s'il vous battait.

Elle inspire cette fois et répond :

– Non, ça n'en était pas. J'ai attendu qu'il soit endormi et je l'ai tué dans son sommeil. Et ensuite, j'étais tellement soulagée d'être enfin débarrassée de lui que je me suis endormie à ses côtés.

Il fronce les sourcils, soufflé. Elle serre les bras contre sa poitrine, les yeux rivés sur la table basse.

– Ça faisait des années que je ne dormais plus tellement j'avais peur de lui. J'avais réussi à m'enfuir, mais il m'avait retrouvée et obligée à revenir à Providence vivre avec lui. Il m'avait promis de changer ! Mais c'était faux, évidemment. Ça a été la meilleure nuit de toute ma vie. J'ai dormi dix heures d'affilée. Et puis… je me suis réveillée.

– À côté d'un cadavre, et vous avez paniqué.

Elle confirme d'un mouvement de tête. Elle soupire comme si elle était confrontée à une tâche insurmontable.

– Charlie et moi, on se connaissait depuis toujours. On avait flirté à une époque et on était plus ou moins restés en contact, discrètement. Mon mari m'aurait tuée s'il l'avait su. Il est la première personne à laquelle j'ai pensé. Et quand je l'ai appelé, il est venu tout dc suitc.

– Il vous a aidée à maquiller le meurtre ?

– Il a dit qu'il ferait en sorte de faire passer ça pour une bagarre de rue. Il s'est occupé du corps, pendant que moi je nettoyais l'appartement. Et quand les flics m'ont interrogée, il a dit qu'on était ensemble. Il n'y avait aucune preuve contre moi, alors ils l'ont cru.

– Qu'est-ce qui a changé, alors ? Pourquoi vous fait-il chanter alors qu'il vous a aidée ? Il avait déjà une idée derrière la tête quand il a accepté de mentir pour vous ?

Elle a un bref sourire.

– Enfant, Charlie Weld n'était pas un gentil garçon, mais il était relativement inoffensif. Depuis qu'il est maire, il s'est transformé. Il est devenu (elle fronce les sourcils pour trouver le bon mot) possessif.

Il considère Hinsdale comme sa propriété et il déteste qu'on touche à ses affaires.

– Et c'est exactement ce que je fais…

Elle hoche la tête.

– Il me fait peur, mais il me tient. Je pense qu'il m'a aidée parce que j'étais son amie, mais oui, aussi parce que de cette manière, il aurait quelqu'un sous la main si besoin. C'est ce qu'il fait avec tout le monde.

– Avec les Sorcières de Salem aussi ?

Elle a un bref hochement de tête. Elle tend la main vers son verre, s'aperçoit qu'il est vide.

– Est-ce que tu veux un verre d'eau ou autre chose ? demande-t-elle.

– Non.

– Oui, je… je comprends, bafouille-t-elle en reposant le sien du même coup.

– Vous avez tué Karl, Marysa, c'était un homme bien qui devait enfin profiter de sa femme et de sa retraite, et vous l'avez tué.

– Non ! crie-t-elle, des sanglots plein la gorge. Ce n'est pas ce qui était prévu !

– Je sais, il était prévu que ce soit moi qui y passe.

Un sanglot la secoue. Elle met la main devant sa bouche, comme si elle se rendait compte de ce qu'elle avait fait.

– Charlie n'appréciait pas Karl, parce que Karl lui tenait tête et l'empêchait de faire ce qu'il voulait. Mais il avait un certain respect pour lui, car ils se connaissaient depuis toujours. Quand il a su que Karl prenait sa retraite et que c'est un petit jeune de Boston qui allait le remplacer, on aurait cru qu'il avait gagné le gros lot à la loterie tellement il exultait. Il pensait qu'il allait enfin pouvoir mettre la main sur la dernière résistance d'Hinsdale.

– Mais il s'est avéré que j'étais pire que Karl.

Elle pâlit.

– Ça l'a rendu fou ! Alors il m'a demandé de te droguer. À petites doses avec la citronnade ou le thé, juste pour que tu perdes les pédales, que tu fasses n'importe quoi. Ce n'était pas dangereux, les effets ne sont pas permanents, ça provoque juste des hallucinations qui disparaissent rapidement.

– Tara… pense-t-il à voix haute. C'est à cause de vous que je vois Tara.

Elle fronce les sourcils sans comprendre et Ethel tique.

– Christabella, c'est lui aussi qui l'empoisonnait ? Non, non, je suis bête, il était gamin quand elle a eu ses problèmes mentaux.

Il se couvre la bouche de la main et ses yeux s'écarquillent quand les éléments s'emboîtent enfin.

– Mais Cardel, c'est lui. La petite bête velue ! Putain, c'est quoi le lien entre Erny Cardel et Christabella ?

– Son père, bafouille-t-elle, terrifiée par sa colère, c'est son père qui empoisonnait Christabella.

– Et il a repris les techniques de son père pour mettre les gens à sa botte. Quelle belle famille de salopards. C'est vous qui avez tué Eve ?

Elle secoue la tête de façon hystérique et Ethel se dit qu'elle ne va jamais tenir le coup. Qu'elle va s'évanouir ou littéralement crever de peur sous ses yeux. Et dans un sens, ce serait mérité, pour Karl. Il inspire pour se calmer et reprend :

– Pourquoi la ricine ? La drogue, ce n'était pas suffisant ?

Elle fond en larmes et tend une main vers lui, mais Ethel recule. Si elle le touche, il ne sait pas de quoi il sera capable. Karl est mort ! Il a envie de tout balancer, de tout péter dans cette maison si bien rangée, si proprette, qui cache pourtant une meurtrière.

– Elle n'avait pas d'effet sur toi, et tu persistais à poser des questions, tout le temps, à tout le monde, et Charlie n'en pouvait plus d'attendre. Alors il m'a dit qu'il fallait que je tape plus fort !

– La montre, je suppose ? Il espérait que John me balance à Sanders et que je me fasse virer.

Elle acquiesce d'un mouvement faiblard du menton.

– Et comme John n'a rien fait, vous avez décidé de me tuer.

– Ce n'était pas censé te tuer, mais les dosages sont tellement aléatoires…

– Les dosages ?

Il est estomaqué, elle en parle comme d'une simple recette de cuisine.

– Il faut que tu saches que je n'avais pas le choix, Ethel ! Charlie a gardé le couteau avec lequel j'ai tué mon mari, il me fait chanter.

Elle a les yeux et les joues rouges et c'est à peine si elle peut finir sa phrase tant elle tremble, mais il est trop furax pour ressentir de la compassion. Elle a tenté de le tuer ! L'entendre avouer est encore plus brutal qu'il ne se l'était imaginé. Karl y est passé, merde !

– Vous devez absolument faire une déposition. Vous êtes la seule qui puissiez mettre fin à sa folie.

Il essaie de garder son calme, difficilement. Elle lève des yeux paniqués vers lui.

– Non ! Non, je ne peux pas faire ça ! Je ne veux pas aller en prison, je ne suis pas assez forte ! Je t'en prie, Ethel, ne me demande pas ça !

Elle tombe à ses genoux et crochète ses mollets.

– Alors pourquoi je suis là, Marysa, pourquoi vous m'avez fait venir ?

– Parce que je n'en peux plus de supporter ça toute seule !

– Je suis là pour soulager votre conscience ? Sérieusement ? Je suis flic, Marysa, et je peux vous assurer que vous n'échapperez pas à la prison. Je ne vous laisse pas le choix. La question, c'est de savoir si vous irez seule. Est-ce que c'est vous qui avez tué Tara ?

– Non ! Ce n'est pas moi, je te le jure ! Je ne lui ai rien fait !

Il attrape ses mains pour les dégager de ses jambes.

– C'est lui qui l'a tuée ?

– Je ne sais pas ! Je t'assure que je ne sais pas !

– Tara a été empoisonnée avec des plantes, exactement de la même façon que Karl. La même arme qui aurait pu me tuer, moi !

– Ce n'est pas moi ! Je te jure que ce n'est pas moi ! C'est Charlie qui m'a donné la ricine pour la mettre dans le gâteau…

Elle écarquille les yeux soudainement. Ethel n'a pas le temps de voir ce qu'elle regarde derrière lui, il ressent juste une violente douleur à l'arrière du crâne, qui l'aveugle un instant et le fait lâcher prise. Un bourdonnement explose dans ses oreilles et ses jambes vacillent. Il s'effondre lourdement sur le parquet. Mais il ne s'évanouit pas tout de suite. Il a le temps de sentir la souffrance se diffuser dans sa nuque, dans sa colonne vertébrale, puis de sentir la pointe d'une chaussure s'enfoncer dans son dos, avant de sombrer.

CHAPITRE 32

– Pourquoi c'est pas le joli shérif qui m'interroge ?

Emelyne n'est pas du genre à se laisser impressionner. Elle mâchouille un chewing-gum depuis dix minutes en répondant dc façon sporadique aux questions du flic.

– Parce qu'il est occupé ailleurs, réplique Zucko. Qu'est-ce qu'il y a, vous n'aimez pas ma gueule de beau gosse italien ?

– J'ai rien contre, c'est juste que j'aurais bien aimé lui rentrer dedans.

– Et si vous arrêtiez de jouer les bonshommes et que vous répondiez à mes questions, plutôt ? Vous trafiquez quoi au refuge ?

L'allusion sexiste fait mouche. Elle colle son chewing-gum sous la table et croise les bras dessus.

– Je fais de la randonnée.

– Ah ouais, vous n'avez pas une gueule de randonneuse.

Elle hausse les épaules avec mépris.

– Vous avez pas une gueule de flic.

– Pourquoi Charlie Weld s'est-il senti obligé de vous fournir un alibi pour le meurtre d'Eve Cardel ?

Elle a un petit frémissement dans la mâchoire et détourne les yeux un instant.

– Parce que c'était vrai, on bossait ensemble sur les comptes de la mairie.

– C'est fou, vous n'avez pas la gueule d'une comptable non plus !

– Je suis analyste financière, connard !

Il a un petit gloussement.

– Ouh, outrage à agent, ça peut aller loin, vous savez ?

– Et le fait que vous me posiez des questions comme si j'étais une criminelle, c'est normal ? Je ne suis pas en état d'arrestation que je sache ! Je n'étais même pas obligée de venir !

– Alors pourquoi êtes-vous venue ?

– C'est Green que je voulais voir !

– Qu'est-ce que vous voulez au shérif Green ?

Elle se recule contre le dossier de la chaise, mâchoires serrées, et tourne la tête vers la porte.

– Vous avez des infos sur Tara ? Sur Charlie Weld ?

Elle esquisse un mouvement de tête vers lui mais garde le silence.

– On sait que Weld est mêlé de près ou de loin à cette affaire de meurtre.

Il voit qu'elle se décompose. Elle se décompose mais elle continue de se taire.

– Est-ce qu'il a tué Tara ? Est-ce qu'il a tué Eve Cardel ?

Il sent son ton monter et il envisage de la boucler, avant de penser : *Et puis merde !*

– Si vous ne me dites pas ce que vous savez, je vous arrête pour le meurtre de Karl. J'ai tout un tas de témoins qui seraient prêts à dire qu'ils vous ont vue plus d'une fois vous prendre la tête avec lui. Et on ne peut pas dire que vous ayez une bonne réputation, ici.

– Vous avez pas le droit de faire ça ! C'est complètement faux ! On s'est engueulés plus d'une fois parce qu'il appréciait pas que je vanne ces crétins de machos chez Lester, mais ça n'allait jamais plus loin !

– Je m'en tape ! Et quand vous serez en cellule pour quarante-huit heures, j'aurai tout le temps de vous cuisiner.

Elle se met à rire.

– Allez-y, faites ce que vous voulez ! Après ce que mon père m'a fait subir pendant des années, c'est pas vos quarante-huit heures de garde à vue qui vont me faire peur.

– Bordel, Emelyne, ça vous apporte quoi de vous taire comme ça ? Qui protégez-vous ?

Elle se penche en avant, allonge ses bras sur la table et envahit son espace.

– Votre chef, répond-elle.

– Mon chef ? Vous parlez d'Ethel, c'est ça ? Qu'est-ce que vous voulez dire ?

Elle se contente de hausser les épaules avec un sourire en coin. Zucko ferme les yeux, il est à deux doigts de perdre son calme, ce qui serait une énorme connerie vu qu'ils n'ont rien contre cette fille. Il attend encore quelques secondes, puis se rend à l'évidence : elle ne veut parler qu'à Ethel.

Il s'apprête à sortir prendre l'air et se heurte à Dany qui allait frapper à la porte.

– Qu'est-ce qu'il y a ? T'as obtenu quelque chose de l'autre fille ?

Dany jette un coup d'œil à Emelyne qui les écoute et referme la porte derrière eux dans le couloir.

– Pas vraiment, elle se contente de me sortir des articles de loi comme quoi elle n'est pas en état d'arrestation et qu'elle peut se tirer quand elle veut.

– Elle aussi, ronchonne Zucko. Elles ont été briefées par Katherine, à n'en pas douter.

– C'est certain, par contre elle m'a dit un truc qui me chiffonne.

– Laisse-moi deviner, en rapport avec Ethel ?

– Comment tu le sais ? Elle m'a dit qu'il fallait absolument qu'Ethel arrête d'enquêter sur la mort de Tara.

– L'autre m'a dit qu'elle le protégeait.

Dany se passe une main fébrile dans les cheveux.

– Ça sent mauvais ! J'ai essayé de joindre Ethel mais il ne répond pas.

– Il a peut-être éteint son téléphone le temps d'interroger Marysa.

Le regard que lui lance Dany veut tout dire.

– OK, t'as raison, ça pue.

***

La poussière remonte dans ses sinus et bloque sa respiration. Il tousse violemment, réveillant la douleur qui sommeillait sous son crâne. Son cerveau explose en courts-circuits successifs et la douleur se répand de sa nuque jusque dans ses reins comme une énorme décharge électrique. *Peu de temps.* Les mots lui traversent l'esprit comme une évidence : il lui reste peu de temps. Il a trop mal. Traumatisme crânien sûrement. Depuis combien de temps a-t-il perdu connaissance ? Et surtout, où est-il ? Pas chez Marysa, à l'évidence.

Il pose une main au sol pour prendre appui. Ses muscles se contractent et durcissent, même les plus petits muscles de ses paupières et de ses narines. Un frémissement le parcourt, un râle d'effort sort de sa gorge, il soulève le buste de quelques centimètres et retombe lourdement sur le sol en gémissant. Merde, son corps ne répond plus, ça doit faire un moment qu'il est là.

OK, calme-toi. Si ça fait longtemps, quelqu'un va s'inquiéter. Dany, ou Zucko. Tu n'as pas envoyé le SMS de retour, Zucko va s'inquiéter et va venir.

Mais où ? Sa main opère un mouvement de va-et-vient. OK, c'est de la terre. Un peu humide. Il tente de gratter et d'enfoncer ses doigts mais rencontre au bout de quelques centimètres un sol encore plus dur. Une cave ? Est-ce que Marysa a une cave sous la maison ? L'odeur y ressemble en tout cas. Il pose ses deux mains au sol et pousse cette fois pour rouler sur le dos. La douleur irradie dans tout son corps, il se mord la lèvre pour ne pas hurler et attend sans bouger qu'elle passe, les larmes au bord des yeux.

Il sent un souffle sur son visage. Une odeur d'humus emplit ses narines. Une odeur terreuse. C'est celle de Tara. L'odeur de sa mort. Sa main glacée vient lui caresser la joue. Il ne peut retenir une larme de frustration.

– Je suis tellement désolé, gémit-il. J'aurais voulu t'aider.

– Tout va bien, calmez-vous !

Ce n'est pas la voix de Tara, ça. Il ouvre les yeux, tourne la tête de droite à gauche, distingue une forme sombre avec de longs cheveux.

– Qui… là ? mugit-il.

La main caresse ses cheveux, redescend sur sa joue.

– Ava. Vous vous souvenez de moi ?

Il se met à grogner et roule de nouveau, ignorant la douleur. Ava ? La gamine recueillie par Katherine ? Il est à Lanesborough ?

– Ne bougez pas ! lui ordonne-t-elle. Vous allez vous faire mal

À quoi bon ? Il repère un rai de lumière dans un coin – une porte ? – et tente de ramper. Ava lui saisit les épaules et le force à rester en place. Ce n'est pas difficile, il n'a pas réussi à bouger ses jambes anesthésiées d'un iota.

– Arrêtez de bouger ! insiste-t-elle. J'ai soigné votre plaie, ce n'est pas très grave mais il faut faire attention.

Pas très grave ? Pourquoi a-t-il aussi mal, alors ? Pourquoi l'a-t-elle soigné ?

– Pourquoi… moi… ici ? crache-t-il en s'étouffant presque.

Il a la voix rauque, haletante. Qu'est-ce qu'elle lui a filé ?

– Katherine a eu peur. Elle veut que vous arrêtiez d'enquêter, Ethel ! Il le faut absolument !

Katherine ? C'est Katherine qui l'a frappé ? Mais elles étaient au poste… Ethel s'efforce de respirer profondément, il sent de petites décharges électriques sous son crâne. Rien de comparable avec les précédentes, mais elles lui donnent l'impression de partir en arrière à chaque fois. Elle a dû l'empoisonner.

– Ethel, ça va ? s'inquiète Ava.

C'est tellement drôle venant de sa part qu'il aurait bien piqué un fou rire, mais il a besoin d'air, là. Ses poumons sont comprimés dans cette position. Il met quelques secondes à faire bouger les muscles de sa nuque qui sont durs comme de la pierre. Il sent viscéralement son corps manquer d'oxygène et les mots « peu de temps » prennent tout leur sens. *C'est la panique ! Arrête de paniquer !* Au prix d'un gigantesque effort, il parvient à se retourner encore une fois sur le dos et à ingurgiter une grande goulée d'air qui lui tourne la tête. Ça va mieux comme ça, oui, ça va mieux. Il a moins mal.

– *Ethel ? Ça va ?*

Ça, c'est Tara. Un sourire niais se dessine sur ses lèvres. *Tara, ma Tara, tu viens me chercher ?* Il regarde autour de lui, désorienté. Il y a de la lumière dans la cave, plus que tout à l'heure. Qu'est-ce qui se passe ?

Tara se penche sur lui pour déposer un baiser sur sa joue.

– *Tout va bien... Elle est partie chercher du secours.*

Il lève la main vers son doux visage mais elle retombe aussitôt.

CHAPITRE 33

Elle est comme en équilibre sur le fil du rasoir. À fleur de peau. Katherine les a briefées avant de venir, elle ne veut pas qu'elles parlent. Ses doigts pianotent sur le verre de flotte qu'elle vient de vider, le regard braqué sur la photo de Tara Stevens qui dépasse du dossier.

– Emelyne, soulagez votre conscience ! On sait qui a tué Karl, on sait que c'est Ethel qui était visé, on a toutes les preuves. Ethel est parti l'interroger et dans quelques minutes, on aura de quoi mettre Weld en accusation. D'après vous, il va dire quoi pour s'en sortir ?

Il va balancer tout le monde. Et on croira qui ? Le fils d'un gouverneur, maire de surcroît, fervent défenseur des valeurs chrétiennes, ou une fille de l'Arkansas lesbienne ? Surtout qu'il a toujours pris soin de faire faire le sale boulot par les autres. Et ça se passera comme pour Eve, tout le monde fermera sa gueule.

Elle lève les yeux sur le flic, les mâchoires tellement serrées qu'elles saillent.

– Vous êtes toute seule dans cette galère, Emelyne. On a dû relâcher Katherine parce qu'elle nous sortait des textes de loi, mais pas une seule fois elle ne s'est inquiétée de votre sort. Ava non plus.

Il la voit se décomposer.

– Katherine n'est plus ici ? Elle sait où est Ethel ?

– C'est quoi, le rapport avec Ethel ?

– C'est un fouineur et Katherine a de grands projets.

Zucko frappe la table du poing avec un gloussement sarcastique.

– C'est dingue le nombre de gens qu'il fait chier. C'est quoi, les grands projets de Katherine ? La politique ? En quoi Ethel la fait-il suer ?

– Parce qu'elle a besoin de Weld et que si Green le fait coffrer, ça remettra tout en cause. Sans compter sur Weld qui balancera leurs petits arrangements.

– Il me semble que vous en avez avec lui aussi, non ? C'est pour ça qu'il vous a couverte lorsqu'on a retrouvé vos empreintes sur le lieu du crime ? Qu'est-ce qu'elles y faisaient, d'ailleurs, vos empreintes, dans le refuge ?

– Je ne fais pas partie de leur trafic, je suis juste une intermédiaire !

Il sent qu'elle est sur le point de craquer. Emelyne n'a jamais été qu'un pion, et elle est en train de le regretter.

– Alors balancez-les ! Faites comme eux, assurez vos arrières.

Elle baisse les yeux et entortille ses doigts les uns aux autres. Elle déglutit et relève la tête en poussant un long soupir.

– Katherine avait régulièrement besoin de faux papiers pour les filles qu'elle récupérait, pour les faire disparaître et qu'elles se construisent une nouvelle identité. C'est Weld qui s'occupe de les faire fabriquer et moi, je gère le transport.

– C'est Weld qui a effacé l'identité de Tara ?

– Pas lui, il est bien trop con pour faire ça, mais il a les contacts nécessaires. Toute une équipe bien rodée qui se charge d'effacer votre ancienne identité pour vous en créer une toute neuve, toute nouvelle. Tara, Katherine et beaucoup d'autres y sont passées. (Elle se renfrogne sur sa chaise et ajoute en grognant :) J'aurais dû le faire, ça aurait évité qu'on retrouve mes empreintes.

– Oui, vous avez manqué de jugeote sur ce coup-là.

– Mon père est en taule, j'en ai rien à battre de me cacher.

– Et vous faisiez quoi au refuge pour qu'on y retrouve vos empreintes ?

– C'est là-bas que s'effectue la livraison. Je viens en ville apporter les renseignements à Weld, il les file à son équipe qui me livre là-haut. Il y a une cache aménagée derrière le refuge. Ni vu ni connu.

– OK, donc Weld vous a couverte pour que vous ne balanciez pas son implication dans cette histoire.

– Et pour continuer à empocher le fric au passage, précise-t-elle avec un petit rictus.

– Logique. Et Tara dans cette histoire ? Elle avait mis au jour tout ça et elle voulait le balancer ?

Elle se met à rire.

– Vous n'y êtes absolument pas !

Elle prend le temps de se calmer et poursuit :

– Tara, elle voulait changer de vie. Elle s'était battue depuis qu'elle était née parce que ses parents l'avaient entraînée là-dedans et elle avait l'impression que sa vie ne lui avait jamais vraiment appartenu. Quand elle a pris contact avec Katherine, c'était pour avoir des papiers. Le truc que Tara ne savait pas, c'est que Weld est un gros taré. (Devant le sourcil relevé du flic, elle insiste.) Vraiment, c'est pas un mot en l'air !

– Qu'est-ce qui s'est passé ?

– Il a voulu la rencontrer parce qu'il l'avait trouvée sublime sur les photos que je lui avais données pour les papiers d'identité. Et il a commencé à la draguer. Au début, Tara a joué le jeu, d'une parce qu'elle voulait vraiment ses papiers, et de deux, parce que Weld avait une liste de contacts extrêmement intéressante pour lancer sa nouvelle carrière.

– Elle s'est servie de lui pour se propulser.

– Disons qu'elle avait du talent, mais que le portefeuille de Weld a été bien utile. Ça a duré un an à peu près, avant qu'il ne se rende compte qu'elle se foutait de sa gueule. Et le moins qu'on puisse dire, c'est qu'il n'a pas du tout apprécié. Ce mec, il pousse à l'extrême la définition du mot « propriété ». Il estime qu'Hinsdale est *sa* ville, autant qu'il estimait que Tara devait être *sa* propriété.

– Mais Tara l'a rembarré.

Elle hoche la tête.

– Si je peux vous donner un conseil, ne dites jamais à une féministe qu'elle est la propriété d'un homme.

Son expression change. Le masque de gros dur qu'elle se donne s'effrite soudain. Ses joues deviennent cramoisies et elle essuie d'un geste rageur les larmes qui veulent les souiller.

– Alors d'abord, il lui a foutu une dérouillée.

Nouveau silence.

– Et il l'a violée.

Cette fois, elle s'arrête plus longtemps et renifle un bon coup.

– C'est lui qui l'a tuée ? demande Zucko.

Elle hausse les épaules.

– Possible.

Elle fait une pause et secoue la tête.

– Si je devais parier je dirais que oui, même si je n'ai aucune certitude. Je suis persuadée qu'il n'est pas étranger à sa mort. Je peux ravoir un verre d'eau ?

Il lui prend le verre des mains et va le remplir à la bonbonne dans le coin de la pièce.

– Katherine est au courant, pour le viol ?

Elle ferme les yeux.

– Katherine est au courant de tout.

– Ce que je ne comprends pas, dit-il pendant que l'eau coule, c'est pourquoi vous le couvrez. Pourquoi Tara n'a pas porté plainte contre lui ? Elle avait sûrement des traces de son ADN sur elle, s'il l'avait… battue.

Elle attend qu'il lui redonne le verre et le vide d'une traite avant de répondre.

– Une grosse preuve, même, raille-t-elle, mais quand tu te fais violer, c'est pas à conserver les preuves que tu penses. Déjà, tu penses à te laver pour dégager toute trace de son odeur ou de ses sales pattes dégueulasses, alors tes traces ADN…

Il hoche la tête, convaincu, et se rassied.

– Katherine n'a rien voulu faire ? Après ce qu'elle a vécu enfant ?

Elle a un petit rire sarcastique.

– Katherine, elle est entrée en politique. Elle dit qu'on ne peut pas s'arrêter pour sauver tout le monde parce que sinon, on n'avance pas. Enfin, ça, c'était avant. Sur le coup, elle a pas réagi, mais quand elle a vu l'état de Tara, elle a changé d'avis. Elle a dit qu'on s'occuperait de lui après. Ça me gonfle d'attendre, mais si on finit par lui mettre la main dessus…

– Attendez, après quoi ?

– Après avoir mis son fils à l'abri de ses sales pattes.

– Son fils ?

Il tilte.

– Weld est le père de l'enfant de Tara ?

Le sourire d'Emelyne s'agrandit.

– Ouais, de toute cette merde abjecte est né un petit bébé. C'est pour ça que Katherine a retourné sa veste. Quand elle a appris qu'elle était enceinte, elle s'est revue vingt ans plus tôt. Tara voulait absolument le garder et tout se passait bien, jusqu'à ce que Weld apprenne qu'il allait être père.

– Tara le lui a dit ?

Elle le regarde comme s'il était complètement idiot.

– Jamais elle ne le lui aurait dit ! Elle avait tout fait pour le cacher, elle ne se montrait plus en public, elle ne participait plus à aucune manifestation ! Elle ne venait même plus à Lanesborough.

– Alors, comment il l'a su ? Katherine ?

Elle secoue la tête et de nouveau, elle a ce regard méprisant pour lui.

– Non, Katherine a les dents longues, mais jamais elle n'aurait fait ça ! Tara avait une amie, enfin, elle pensait que c'était une amie. Elle s'est confiée à elle au sujet du viol et cette fille, elle était complètement dingue à l'idée que Tara garde le bébé ! Pour elle, c'était impensable !

Elle déglutit et se lève soudainement pour faire les cent pas dans la pièce.

– C'est cette fille qui a balancé la grossesse de Tara à Weld.

Zucko se laisse aller sur sa chaise, pensif. Il parle à voix haute, mais presque pour lui-même.

– Mels Varlow.

– Je sais pas, Tara ne m'avait pas dit son nom, pour moi c'est Anya Jenkins. Une fille avec une longue cicatrice sur la joue. Elle est venue une fois à Lanesborough pour agresser Katherine. Elle disait qu'elle lui avait volé Ninel, que Tara l'avait tuée, on ne comprenait rien, elle était complètement hystérique. J'en ai parlé à votre chef, même si Katherine voulait que je me taise.

– Je me souviens oui, Ethel nous a dit que c'était vous qui lui aviez donné cette information quand ils sont venus à Lanesborough avec Karl. Pourquoi aller à l'encontre de Katherine ?

Elle se rassied brutalement.

– Parce que le crime de Tara ne peut pas rester impuni ! Je comprends les motivations de Katherine et sa volonté d'aller plus loin dans la lutte pour les droits des femmes, mais de là à sacrifier des personnes en route !

Elle se mordille la lèvre nerveusement et ajoute :

– Weld est dangereux, et même s'il n'a pas tué Tara, il finira par tuer quelqu'un, j'en suis sûre. Et cette Anya, ou Mels, elle n'est pas nette non plus !

Le téléphone de Zucko sonne et le fait sursauter. Son froncement de sourcils s'accentue. Il décroche et à mesure qu'on lui parle, il pâlit.

– Merci Dany, je me renseigne !

Il raccroche et se tourne vers Emelyne.

– Marysa Clarks, ça vous dit quelque chose ?

Elle a un grand sourire cette fois, qui dévoile deux longues canines.

– La petite marionnette sur les genoux de Charlie Weld ? Oh oui… On voit rarement l'un sans l'autre. C'est son petit jouet, elle fait tout ce qu'il lui demande.

– Ethel était censé aller la voir. Ils ont disparu tous les deux.

Elle a un petit sourire sarcastique.

– Et vous avez relâché Katherine. Vous n'êtes vraiment pas doués les gars !

***

Ethel se réveille la joue collée sur des coussins trop rembourrés. Il a le vertige et des spasmes nerveux parcourent son corps, son sang pulse dans ses veines à lui donner la nausée.

– Que… s'est-il passé ? coasse-t-il.

Personne ne lui répond. Le tumulte dans la pièce couvre sa voix déjà étouffée par l'assise du canapé. Il voit des ombres se mouvoir autour de lui. Tout est flou, tout tangue.

– Il faut l'emmener à l'hôpital !

– Hors de question, on ne peut risquer que Green intervienne auprès du petit, il doit tenir jusqu'à demain !

Le bébé de Tara ? C'est de lui qu'elles parlent ? Il ouvre la bouche mais rien ne sort.

– Il va crever cette nuit si on ne fait rien !

Trop de voix, trop de bruit, trop de douleurs. Il essaie en vain de se lever, ses bras tremblent toujours, ses jambes lui donnent l'impression de deux poteaux électriques couchés au sol, et la migraine qui lui laboure le crâne est un calvaire.

– Au secours, réussit-il à expulser avant de vomir par terre.

L'ombre blonde se précipite à ses côtés. Il reconnaît Ava.

– Katherine, il faut l'emmener voir un médecin !

Les murs tournent tout autour de lui. Non, en fait, il a l'impression que toutes les personnes réunies autour de lui sont dans un manège et qu'elles défilent au rythme nauséeux d'une musique assourdissante. Même Christabella est parmi elles. *Je suis en train de mourir*, a-t-il le temps de penser avant de sombrer de nouveau.

– Qu'est-ce que tu fais, ma fille ? Je ne t'ai pas élevée comme ça !

Il se réveille encore. Cette fois, le visage menu d'Ava a disparu, remplacé par celui de Christabella. La vieille femme essuie sa bouche avec un mouchoir tout en agrippant sa main. Ça y est, il est mort ? C'est pour ça qu'il voit la vieille sorcière ? Comme elle a vu Karl avant qu'il ne parte ?

Il tend le cou pour capter son regard. Il doit faire un effort pour immobiliser sa tête qui oscille malgré lui comme le balancier d'une grosse horloge.

Ses poumons produisent une substance glaireuse, il a mal à la nuque comme si on y enfonçait une lame. C'est trop réel pour qu'il soit mort.

– Emelyne a eu raison de m'appeler, maugrée Christabella en dépliant sa carcasse. Qu'est-ce que tu es en train de faire ? Un enlèvement d'enfant, puis de shérif ? Tu vas trop loin, Katherine !

– C'est juste pour une nuit, le temps qu'un couple récupère le petit. Ensuite, il ira à l'hôpital.

– Stupide gamine ! Il ne tiendra pas la nuit ! Tu aurais dû me dire ce qu'il se passait !

– Et tu aurais fait quoi de plus que moi ? s'indigne Katherine, furieuse, en leur tournant le dos. Tu en aurais parlé à Rosenberg ? Et il aurait fait quoi, lui ? Il l'aurait caché dans ta forêt comme il l'a fait avec moi, voilà comment il se serait débarrassé du problème. En le cachant ! Ce n'est pas comme ça qu'on résout un problème, Christabella ! C'est en l'affrontant sur son propre territoire ! Et il n'y a que moi qui peux combattre Weld !

Elle disparait du champ de vision d'Ethel, mais il l'entend continuer de marmonner au loin. Le visage ridé de Christabella prend toute la place. Il y a une infinie douceur dans le bleu délavé de ses yeux.

Ethel se détend et il repose sa tête sur le coussin. En dépit de la douleur, de son malaise général et des séquelles qu'il gardera peut-être, il sait que tout va bien se passer. Pas grâce à l'intervention de Christabella, non, mais parce que Tara est là. Tara et ses jolis yeux bleus. Il a envie de lui dire qu'il comprend maintenant pourquoi elle a voulu changer de vie. *Pour lui, c'est ça ?*

Son esprit s'enfuit de nouveau, le temps qu'on le transporte en voiture. Il entend des bruits de pas, des hurlements de sirène. Il se réveille brusquement en regardant d'un air hagard tous ces inconnus qui l'entourent, il sent sa main serrer la sienne fermement. Elle est glacée.

– Me laisse pas, Tara, baragouine-t-il.

La lumière s'obscurcit soudainement, il sent sa main quitter la sienne, et l'obscurité l'engloutit.

CHAPITRE 34

Le calme a succédé à la tempête. Comme toujours. Les yeux collés, les membres lourds, la tête ouatée, Ethel n'a plus mal. Il savoure cette douceur cotonneuse plus que bénie après l'horreur qu'il a traversée. Ce précieux instant de semi-conscience afin de retarder celui, inexorable, où il va devoir ouvrir les yeux et réintégrer la dure réalité. Tara, les sorcières, Weld, Marysa. Les souvenirs sont là, à attendre sagement à la porte de son esprit qu'il daigne se réveiller. *Attendez encore un petit peu.* Les sons se matérialisent. Des bruits familiers de sonneries, de voix chuchotées, de pas arpentant les couloirs. L'hôpital, on l'a emmené à l'hôpital. Les sensations affleurent : les draps rêches à l'odeur de lessive industrielle, des picotements à l'extrémité de ses doigts, des démangeaisons à l'arrière de son crâne et un souffle froid sur son visage.

Tara.

Mais ce n'est pas Tara, elle est partie, il le sait. Quelque chose dans l'air a changé. Elle est partie et il se sent terriblement seul.

Il perçoit, entre ses paupières qu'il refuse d'ouvrir, la lumière crue et blanche d'un néon. Son corps agit en contradiction avec sa volonté. Ses paupières frémissent et s'entrouvrent de quelques millimètres. La lumière devient plus intense, la forme d'un visage se précise. Non, il n'a pas envie. Pas encore, s'il vous plaît, un instant de plus. Il n'a pas envie de cette réalité infecte à laquelle il ne comprend plus rien. On l'assomme, puis on le sauve, on lui ment, on l'empoisonne, on l'aime. Un festival émotionnel. La roulette russe d'Hinsdale.

– Allez mon pote, reviens !

Zucko ? Il cligne des yeux, les contours se dessinent avec plus de précision, il inspire à pleins poumons et recrache aussitôt cette bouffée d'air aussi pure qu'une renaissance.

Zucko s'esclaffe à ses côtés, un petit rire nerveux débordant de soulagement. :

– Putain, tu m'as fait peur ! Le médecin a dit que ton réveil serait décisif mais t'as traîné.

Le grand costaud italien est prêt à chialer, ça lui tire un sourire. Quand les autres sauront ça. Ses paupières papillonnent entre le sommeil et l'éveil.

– Je vais appeler quelqu'un, bouge pas.

Pas de risque, il ne sait même pas s'il va rester conscient. Pourtant son corps insiste. Les fourmillements se répandent dans ses membres comme une coulée de vie. Est-ce qu'il aurait vu Tara s'il était mort ? Pour de vrai, il veut dire. La lumière, le tunnel, tout ça. Et elle… juste elle.

Déjà Zucko revient, ne lui laissant pas le temps de poursuivre sa rêvasserie. Il tire bruyamment une chaise pour se rapprocher de son lit, tapote son avant-bras, les yeux humides.

– Sérieux, me refais plus jamais ça !

Il cligne des yeux, déglutit, sa gorge est sèche, sa langue lui donne l'impression d'être un vieux paillasson.

– Promis, crache-t-il avec un son rocailleux.

Une infirmière apparaît dans son champ de vision. Souriante, les joues rosées, la poitrine sanglée dans une blouse trop petite. Il détourne le regard. Tara est plus jolie.

– Eh bien, ça m'a l'air d'aller mieux, dit-elle d'une voix chantante. Vous avez eu un traumatisme crânien de niveau deux, avec un léger épanchement, mais j'ai l'impression que tout rentre dans l'ordre.

C'est une affirmation ou une question ?

– Quand est-ce que je pourrai rentrer ? grommelle-t-il.

Il a l'impression de charrier une tonne de caillasse chaque fois qu'il parle. Il tend un bras tremblotant vers le verre posé sur la table.

– Oh là là, pas tout de suite, monsieur le shérif, répond-elle en remplissant le verre. On va déjà vous faire passer un nouveau scanner et vous surveiller encore un peu.

Elle ponctue sa phrase d'un petit clin d'œil tout en appuyant sur le bouton pour redresser la tête de lit. Elle lui fait du gringue ou quoi ? C'est dans la nature des gens de cette ville ? Penser à Marysa, qui a voulu l'empoisonner, ravive sa rancœur.

– J'ai une enquête à finir, grogne-t-il en forçant sur son poing pour se relever tout seul.

Il chancelle un peu mais réussi la manœuvre pour finir par se faire engueuler :

– Vous auriez pu y rester, shérif Green, le sermonne la jeune infirmière en forçant sur les gros yeux, donc vous allez faire ce qu'on vous dit !

Elle claque sa fiche médicale sur la barre du lit.

– C'est une ambulance qui vous a amené. On vous a retrouvé sur le bord de la route, vous avez eu un accident de voiture. Preuve qu'il faut que vous restiez encore un peu avec nous.

Elle s'éclipse de la chambre avec un sourire fier qui lui fend le visage en deux.

– C'est faux ! s'insurge Ethel une fois qu'elle a refermé la porte.

– De quoi tu parles ? répond Zucko en fronçant les sourcils.

– J'ai pas… eu d'accident de voiture. On m'a assommé !

– Qu'est-ce que tu racontes ? Ta bagnole est enroulée autour d'un platane.

– Quoi ? proteste Ethel.

– Tu ne répondais pas au téléphone, alors Dany est allé vérifier chez Marysa. On a commencé à flipper et on a reçu un appel. Quelqu'un a signalé un accident un peu après la sortie d'Hinsdale. Alors on a pris la route en pensant que tu avais pu vouloir te rendre chez les Sorcières, et on a bien fait. On t'a retrouvé étalé. On a juste pu constater les dégâts. La bagnole est pliée en deux. Irrécupérable.

Il se prend la tête dans les mains :

– C'est elles qui ont dû appeler, j'étais là-bas.

Sa voix se barre encore un peu mais c'est plus compréhensible.

– De qui tu parles ?

– Des Sorcières de Salem ! Katherine m'a assommé et elles m'ont emmené à Lanesborough.

– Marysa était là-bas ?

Il hausse les épaules faiblement.

– Je ne l'ai pas vue. C'est Ava qui s'est occupée de moi, puis Christabella est venue. Pourquoi vous les avez relâchées ?

– Calme-toi, répète son ami, regarde-toi, tu es tout en sueur et je comprends pas grand-chose à ce que tu racontes. On a relâché Katherine et Ava parce qu'on n'avait rien contre elles. Emelyne s'est mise à table et elle nous a révélé tout un tas de trucs sur Weld. Dany est parti l'arrêter.

Ethel s'essuie le front d'un revers de main et chope maladroitement le verre pour boire une gorgée d'eau. La moitié se renverse sur le drap avant d'atteindre sa bouche et l'autre coule sur son menton.

– Attends, je vais t'aider, lui propose Zucko.

Il repousse son aide d'un mouvement de bras.

– Laisse tomber, faut qu'on y aille !

– Quoi ? Mais faut qu'on aille où ? Ça va pas bien, non ? Tu t'es regardé dans une glace récemment ?

Ethel inspire profondément. Zucko a raison sur un point : il doit se calmer. Il sent sa carotide frapper sa gorge par impulsions rapides et son sang bouillonner dans ses tempes. Pour le reste, ça semble aller. S'il ne se détend pas, il n'arrivera jamais à convaincre Zucko ; parce que oui, il le voit bien, son adjoint le prend pour un illuminé. C'est probablement pour ça qu'elles ont finalement décidé de le déposer là, sachant que tout le monde penserait que ce qu'il dirait serait dû à sa commotion, et que personne ne le croirait. Il reprend plus posément :

– Il faut qu'on aille chez Marysa et à Lanesborough. On ne peut pas les laisser se barrer.

Il a parlé le plus calmement possible, mais ça n'a pas l'effet escompté sur Zucko.

– Tu ne vas rien faire du tout. Tu as la tête enrubannée dans un bandage, tu viens de subir un traumatisme et pour le moment, tu dois récupérer.

– Mais on ne peut pas les laisser s'en tirer ! Marysa m'a avoué le meurtre de son mari et sa complicité dans celui de Karl. Katherine m'a assommé et kidnappé. En plus, elles ont parlé d'un enfant chez elles. Je suis sûr qu'elles détiennent le bébé de Tara !

Son ami le regarde avec dépit.

– C'est Weld le père, il a violé Tara et elle est tombée enceinte de lui.

Ethel envoie valdinguer le drap et la perfusion.

– Où est ta voiture ?

– Ethel, Dany est parti avec John arrêter Weld.

– OK, alors nous, on va à Lanesborough. Je suis sûr que le bébé est là-bas avec ces foldingues !

– Non, toi tu vas rester ici et moi, je vais aller à Lanesborough interroger Katherine au sujet de ton… agression. Je pense que tu as pris un bon coup sur la tête, mais c'est vrai que certaines choses que tu racontes se recoupent avec ce qu'on a trouvé…

– Je viens avec toi.

– Non, tu n'es pas en état. Tu vas crever si tu bouges.

– Ces filles sont acculées, et seul, c'est trop risqué. Et j'ai l'impression qu'elles ne vont pas garder le bébé beaucoup plus longtemps, il faut qu'on le récupère avant qu'il ne disparaisse.

Zucko fronce les sourcils, inquiet.

– Rien ne prouve que le bébé soit là-bas, Emelyne a confirmé que Tara avait eu un enfant mais il a peut-être été donné pour être adopté, on n'en sait rien.

Ethel pose un pied à terre, tirant à Zucko un air blasé.

– J'ai clairement entendu Katherine parler d'un enfant.

– Tu ne changeras pas d'avis, hein ? lâche l'Italien.

– Tu ne peux pas aller là-bas tout seul.

– C'est sûr que je vais être vachement aidé avec un estropié.

Il n’obtient pour toute réponse qu’un deuxième pied par terre et un ordre.

– File-moi mes fringues.

Zucko soupire bruyamment mais obtempère. Le moment est venu de secouer les puces à tout ce petit monde.

CHAPITRE 35

– Tu m'avais promis !

Elle tapote ses cuisses de façon hystérique. Petit geste nerveux qui a tendance à lui porter sur les nerfs. *Elle* lui porte sur les nerfs en ce moment, elle s'est beaucoup trop enhardie ces derniers temps à lui donner des conseils comme si elle était sa femme. Il l'a récupérée chez elle il n'y a pas un quart d'heure et il regrette déjà. Il arrête ses tapotements en posant sa main sur la sienne.

– Après Eve, tu m'avais dit que tu ne recommencerais plus !

Un petit sourire rêveur étire ses lèvres. Eve Cardel. Un très bon souvenir. Des cuisses et des fesses bien fermes grâce à la pratique de la randonnée. Marysa devrait se mettre au sport.

– Tout ça, c'est à cause de cette merde que tu prends !

Elle chope son flacon de gélules et fait mine de vouloir le balancer par la fenêtre.

La main de Charlie se referme sur son poignet comme un gant de base-ball sur une balle, et il serre jusqu'à ce qu'elle lâche prise.

– Ce n'est pas bon pour toi, ces médicaments, ça te rend dingue ! Il faut que tu ailles voir un vrai médecin, pas un charlatan.

– Pour que tout le monde sache que sans ça, j'ai du mal à bander ? (Il transfère sa main sur sa nuque.) C'est ça que tu veux ? Qu'on m'humilie ?

– Arrête, Charlie, tu me fais mal…

– C'est toi qui me forces à te corriger avec toutes les crétineries que tu sors. Et ne me fais pas la morale sur ma libido. Tu crois que je ne t'ai pas vue ? Tourner autour de ce petit merdeux ?

Elle baisse ses yeux remplis de larmes.

– Il n'y a que toi que j'aime, tu le sais, bafouille-t-elle en se retenant de pleurer. C'était pour te rendre service que je lui parlais comme ça.

– Tu as plutôt intérêt, après ce que j'ai fait pour toi.

Elle déglutit en priant intérieurement pour qu'il n'apprenne jamais qu'elle l'a balancé à Ethel. La taule serait préférable, tout compte fait. Mais Katherine lui a promis de s'en occuper.

– Qu'est-ce qu'on vient faire ici ?

– J'ai encore un boulot à faire et après, on sera tranquilles, d'accord ?

Il a pris sa petite voix cajoleuse, celle à laquelle elle ne peut résister. Si seulement il pouvait tout le temps être comme ça.

– On pourrait le garder, nous, le bébé, ose-t-elle.

Le regard qu'il lui lance confirme qu'elle n'aurait pas dû.

– Un gamin ? Et quoi, le mariage, aussi ?

Elle n'aurait pas été contre. Une petite vie tranquille. Elle hausse les épaules en souriant bêtement. Ce sourire aussi a tendance à lui taper sur le système. Il va devoir songer à se débarrasser d'elle, elle devient trop collante. Un petit appel à son ami de Boston pour falsifier son ADN ou ses empreintes sur une affaire quelconque ne devrait pas être trop compliqué. Ou lui glisser ses petites gélules comme il l'a fait avec Cardel pour le faire enfermer. Un bon plan, ça. Son père le faisait déjà à l'époque de l'autre folle et on peut dire que ça lui a toujours porté chance. Oui, ce serait une bonne idée.

– Tu restes dans la voiture et tu te tiens tranquille. Ça ne devrait pas me prendre beaucoup de temps.

– Tu ne vas pas faire de mal au bébé ?

Elle penche la tête et il se dit qu'elle a déjà l'air tellement stupide que ce ne sera pas difficile de la faire passer pour aliénée. Il lui sourit.

– Bien sûr que non, pour qui tu me prends, voyons ? Cette fille qui m'a appelé, c'est elle qui va s'occuper de lui, je lui apporte juste les papiers qu'il faut pour officialiser la chose.

Elle hoche la tête, l'air rassuré. D'abord, il va s'occuper de cette pétasse qui le fait chanter et ensuite, il se chargera de Marysa. Et une fois que Katherine l'aura débarrassé de ce petit shérif de merde, il pourra enfin se consacrer pleinement au prestige de sa ville. Il se sent de bonne humeur maintenant, plus qu'un petit détail gênant à régler et il se prendra une soirée de repos.

***

Il a peut-être un peu surestimé ses capacités. Si la sortie s'est faite sans encombre, à la vue de tous et le plus naturellement du monde, la position assise dans la Toyota de Mirandi s'avère bien plus délicate qu'il ne l'aurait pensé.

Sa tête lui semble peser une tonne, il a beaucoup de mal à la garder droite et en se regardant dans le petit miroir du côté passager, il a pu constater que son adjoint n'a pas menti. Il a vraiment une sale gueule. Pire que ça, on a l'impression qu'il sort d'un coma. Ses joues sont creuses, il a le teint cireux et des cernes profonds. La lumière, pourtant pas éblouissante, suffit à lui piquer les yeux et il sent la nausée tenter à deux reprises l'ascension de son œsophage.

Et c'est sans compter sur la grande éloquence de Zucko qui n'a de cesse de se plaindre depuis qu'ils sont partis, titillant la migraine qui s'était jusque-là planquée dans l'un de ses hémisphères et n'attendait qu'une petite impulsion pour ressortir.

– T'es complètement dingue, tu vas crever dans la bagnole et moi, je vais finir en taule pour t'avoir aidé à t'enfuir.

– Je suis… le shérif de ce comté, je te… protégerai.

Merde, s'il se met à peiner pour parler, ce n'est pas bon signe. Il toussote pour cacher ce nouvel état.

– Et accessoirement… je ne vais pas… mourir.

– C'est marrant, je suis persuadé que Karl te disait la même chose.

Les mâchoires d'Ethel se crispent douloureusement.

– C'est dégueulasse… de me dire ça.

– C'est réaliste. Tu commences à un peu trop lui ressembler et pour être honnête avec toi, j'ai pas envie de perdre un deuxième ami.

Ça lui fait plaisir, jusqu'à ce qu'un vertige lui envahisse le crâne. Il l'arrête en se prenant la tête entre ses mains.

– Ça va ? s'inquiète Zucko.

– Oui, c'est bon.

– Tu comptes jouer les justiciers ?

– Juste faire mon boulot.

– Depuis quand tu es devenu un super shérif ?

Depuis quand en effet ? Depuis Tara, depuis Karl ? À quel moment cette vie a-t-elle pris le dessus sur la sienne ? Au point que mourir lui importe si peu ? Depuis ses parents ? Est-ce que Karl se foutait de mourir aussi ? Certains des propos de Rosalie lui font penser que oui. Mais Karl n'avait pas de raison de s'investir autant, il avait une femme, lui est seul. Même si le sentiment de solitude qu'il ressentait en arrivant à Hinsdale s'est apaisé depuis.

– J’ai toujours été un super shérif, mais tu ne t’en rendais pas compte, ironise-t-il.

– Nan, tu as toujours été un casse-pieds, nuance.

Le large portail de la demeure des Sorcières de Salem se détache à l’horizon.

– On arrive, dit Ethel en tendant le bras en avant. Gare-toi ici et aide-moi à ne pas avoir l’air trop éclopé.

– Ça va être compliqué, tu transpires et tu es blanc comme un linge. Et si tu as mal à la tête, c’est peut-être le signe d’un nouvel épanchement.

– Je vais tenir le coup, t’inquiète.

Zucko s’apprête à répondre, mais son téléphone sonne.

– Dany et John, murmure-t-il en décrochant et en mettant le haut-parleur. Ça va les gars ? Vous êtes où ?

– Devant chez le maire, l’informe Dany, mais il n’y a personne. Personne à la mairie non plus. On est même retournés chez Marysa, c’est vide.

– Weld s’est tiré ? demande Ethel.

Zucko lui fait signe de se taire.

– T’es encore à l’hosto ? demande Dany en entendant la voix du shérif. Comment va Ethel ?

Zucko pousse un long soupir et lève les yeux au ciel.

– Il va mal mais il a insisté pour aller crever chez les Sorcières de Salem.

Dany braille tellement fort à l’autre bout du fil qu’Ethel a un mouvement de recul.

– Attends, de quoi tu parles ? Vous êtes à Lanesborough ?

– Exactement, notre cher nouveau shérif, qui va bientôt me clamser dans les pattes, voulait participer à l'arrestation de Priest et vérifier que l'enfant de Tara dont je t'ai parlé au poste est là.

Ethel a le temps d'entendre Dany beugler « Pourquoi Priest ? Laisse tomber, on arrive » avant que Zucko raccroche.

– Je suppose que tu ne veux pas les attendre, dit Zucko en voyant la tête d'Ethel.

Ce dernier ne prend même pas la peine de lui répondre. Ils n'ont pas atteint les marches que déjà, la porte d'entrée s'ouvre. Il faut dire qu'il traîne la patte. Qu'importe, il escalade les huit marches tant bien que mal et plante son regard brouillé dans celui de Katherine. Les yeux de l'avocate glissent un instant sur Zucko et reviennent sur lui, plus froids que jamais.

– Katherine Priest, vous êtes en état d'arrestation. Vous avez le droit de garder le silence. Si vous renoncez à ce droit, tout ce que vous direz pourra être et sera utilisé contre vous devant une cour de justice. Vous avez le droit…

– Je suis avocate, minaude-t-elle en tendant les poignets.

Ethel reprend son souffle et la place entre les mains de son ami pour qu'il termine :

– … Vous avez le droit à un avocat et d'avoir un avocat présent lors de l'interrogatoire. Si vous n'en avez pas les moyens, un avocat vous sera fourni gratuitement. Durant chaque interrogatoire, vous pourrez décider à n'importe quel moment d'exercer ces droits, de ne répondre à aucune question ou de ne faire aucune déposition.

– Merci de ce rappel de la loi Miranda, mais puis-je connaître le motif de cette arrestation ?

– Enlèvement et séquestration d'un agent de police. Je pourrais même ajouter… enlèvement… d'enfant.

Il la voit pâlir et partir en arrière. Elle ne va quand même pas lui faire l'outrage de tomber dans les pommes ? Pour quoi ? Gagner du temps ? Elle a le don de le faire suer jusqu'au bout ! Mais quand des petites lumières scintillent devant ses yeux, il comprend que c'est lui qui est en train de tomber.

Et merde, ça recommence.

CHAPITRE 36

Ethel se réveille, la tête enfoncée dans le canapé et une impression de déjà-vu chevillée au corps. Il se redresse d'un coup, hagard, posant un regard effaré sur les personnes qui l'entourent. Zucko, Dany, John et Katherine. Une petite chose chétive et intimidée l'observe depuis le fond de la pièce. Ava, c'est comme ça qu'elle s'appelle, s'il se rappelle bien.

– Depuis combien de temps je suis inconscient ?

Ça semble clair, du moins dans son esprit anesthésié, mais dans sa bouche ce n'est qu'une suite de sons inarticulés. Il le comprend aux regards inquiets de ses observateurs. Il lève l'index pour les faire patienter, déglutit péniblement et répète lentement sa question.

– Cinq minutes à peine, répond froidement Katherine.

Il a l'impression que ça fait plus longtemps. Il remarque qu'elle n'a pas les menottes aux poignets. Pire, elle déclare :

– On vous a donné un antalgique pour calmer votre migraine, mais il va vraiment falloir retourner à l'hôpital.

Zucko, les yeux furax et les joues rouges, approuve d'un hochement de tête angoissé.

– On allait partir, on a appelé une ambulance, ils vont passer te prendre.

– Tu l'as laissée faire ? bafouille Ethel à l'attention de son collègue.

Ce dernier l'ignore, préférant s'enquérir de son état de santé, bien que la tête d'Ethel soit assez révélatrice.

– Comment tu te sens ?

Ethel s'analyse quelques secondes. Étrangement, il se sent bien. En vrac, mais relativement correct.

– J'ai la tête dans le coaltar.

– C'est le médoc, il va faire effet quelques heures, largement le temps de vous emmener à l'hôpital, déclare Katherine en croisant les bras.

Au moins, elle ne fait pas semblant d'être affectée. Il a même carrément l'impression de la faire chier. Ethel prend appui sur le canapé pour poser ses jambes par terre. La pièce tangue légèrement, comme au ralenti, mais c'est gérable. Il ne tente pas le diable en essayant de se lever.

– Non, commence-t-il, largement le temps d'aller au poste et…

– Elle vient d'avouer, Ethel, déclare Zucko.

Le shérif fronce les sourcils.

– Elle a avoué t'avoir assommé et gardé à la cave pour te ralentir le temps de mettre l'enfant à l'abri. Ça ne servait plus à rien de mentir après la déposition d'Emelyne. Mais elle veut négocier…

– Où est le bébé ? le coupe Ethel.

Les gravillons sont revenus et s'accrochent désespérément à sa gorge. Katherine ne lui répond pas de suite, suffisamment pour qu'il pense qu'elle n'a pas compris.

– Weld s'est volatilisé, grogne-t-il. Où est le bébé de Tara ?

– Il est avec Emelyne, finit-elle par dire, chez Tara. Elle m'a appelée en sortant du poste, tout va bien.

Ethel tourne la tête vers Zucko.

– Vous n'avez pas gardé Emelyne non plus ?

– Elle n'a rien à voir dans le meurtre de Tara, au pire dans une histoire de faux papiers dont je te donnerai les détails plus tard, quand tu seras remis. Pour l'instant on doit se concentrer sur Weld.

– Est-ce que Weld sait où Tara habitait ? bafouille Ethel en se relevant.

Il titube un peu, sent une vague de faiblesse envahir sa tête, lui donnant l'impression d'être soulevé. Il se cramponne au premier truc qu'il rencontre, le bras de Dany en l'occurrence, et lutte contre son vertige.

– Je ne sais pas, entend-il Katherine murmurer au loin. (Son visage si impassible est désormais marqué par la peur.) On a tout fait pour la cacher. Weld ne doit pas trouver l'enfant, il veut le tuer !

– Alors on va vérifier, dit-il une fois la sensation envolée.

– On ? répète Zucko. Toi, ton ambulance arrive. Si tu t'étais réveillé une minute plus tard, on serait déjà partis !

– Et vous m'auriez abandonné ?

– Ava serait restée avec vous, minaude Katherine.

– Pour m'achever ? rétorque Ethel. Hors de question ! Zucko, annule l'ambulance, je viens avec vous. Si Weld veut le bébé, il ne peut être que chez Tara.

– C'est exactement ce qu'on s'est dit le temps que tu étais dans les vapes. Tu vois, on gère. Maintenant, tu lâches Dany, tu te rassieds et nous on y va.

L'adjoint fait mine de s'en aller mais Ethel le retient, avec plus de poigne qu'il ne s'en serait cru capable.

– On y va ensemble, ce n'est pas négociable ! Et elle (il désigne Katherine d'un mouvement de menton), vous me la menottez et elle vient avec nous. Je veux la garder à l'œil.

« *Gros bourdon, gros bourdon sous le toit, je vais attraper bébé juste sous le bras.* »

Il lui revient en tête une comptine que lui chantait sa mère en lui faisant des chatouilles chaque fois qu'elle disait « bras » – sauf que c'est Tara qu'il voit. Il a un sourire bête sur les lèvres, les yeux rivés sur le paysage qui défile par la fenêtre.

– Ça va, Ethel ? s'inquiète Zucko en le zieutant dans le rétroviseur.

Ethel le regarde comme s'il ne le voyait pas. Puis le voile arachnéen qui entoure l'esprit du jeune shérif se déchire d'un coup. Il cligne des yeux et se racle la gorge.

– Excuse-moi, le truc qu'elle m'a filé (il désigne de l'index Katherine assise à l'avant) me fait planer un peu. Mais ça va, du coup, je n'ai plus mal.

– Je persiste à dire qu'on aurait dû t'emmener à l'hosto.

– Dès qu'on aura récupéré le bébé, je te promets d'y aller.

– Ouais, si on a la chance que tu sois pas mort avant.

Ethel fait comme s'il n'avait pas entendu. S'il tient à être dans cette voiture, c'est pour éclaircir des zones d'ombres concernant cette femme.

– Pourquoi vous teniez tant à ce que Tara vous rejoigne ? demande-t-il à Katherine.

Elle se tourne vers lui et semble réfléchir.

– Arrêtez vos mystères, grommelle-t-il, Mels Varlow nous a dit que vous vouliez Tara !

– Je ne voulais pas Tara. Elle s'est liée d'amitié avec Emelyne, et elle venait régulièrement à Lanesborough. Mais j'ai fini par découvrir son potentiel.

– Sa liste de contacts.

Elle hoche la tête.

– Elle était très populaire, les gens l'auraient suivie si elle leur avait dit que c'était une formidable idée de se jeter d'un pont.

– Alors j'imagine ce que ça aurait donné si elle leur avait dit de voter pour votre parti…

Elle ne répond pas, mais un petit sourire se peint sur ses lèvres.

– Tara était quelqu'un de fantastique, elle aurait fait de grandes choses pour la cause des femmes.

– Fantastique, mais pas au point de l'aider quand Weld l'a violée.

Elle ne répond pas, mais il voit sa mâchoire se crisper.

– Pourquoi continuer de bosser avec un type comme Weld ? Après ce qu'il a fait à Tara ? Après ce que vous avez vécu enfant ?

– Ce n'est pas pareil ! C'était mon père et…

– Un viol est un viol, non ?

– Tara ne voulait pas porter plainte, encore plus quand elle a su qu'elle était enceinte. Elle voulait protéger son fils à tout prix, et c'est ce que j'ai fait.

– Tout en protégeant vos petits intérêts.

– Je me suis battue toute ma vie pour en arriver où je suis ! J'ai sacrifié ma vie à la défense des femmes. Je ne peux plus faire marche arrière !

Elle lui tourne le dos pour clore la conversation et Ethel ne peut s'empêcher de penser qu'il y a des regrets dans sa voix. Le sacrifice de Tara a peut-être été la goutte de trop, la raison pour laquelle elle s'est enfin décidée à coopérer avec eux.

Soudain, elle tend l'index vers la fenêtre.

– C'est là, après le virage.

Tamarack Road, un long ruban de bitume serpentant entre deux rangées d'arbres, serrés les uns contre les autres tels des enfants dans le froid. Un mur vert et sombre. Sans espace, même pour le brouillard. Et soudain, au milieu, un trou. Un chalet rouge bouffé par l'hiver.

– C'est là ? s'étonne Zucko en arrêtant la voiture.

Il coupe le contact et ouvre la portière. Il s'attendait à mieux.

– C'est moche, ajoute-t-il.

– C'est discret, nuance Katherine en sortant.

– C'est calme, renchérit Dany en descendant de la deuxième voiture.

Ethel soupire avec lassitude. Si son traumatisme crânien ne le tue pas, ce sont eux qui le feront.

– Quelqu'un a un autre adjectif à ajouter ou on peut y aller ?

– Attendez ! le retient Katherine.

Elle a l'air inquiète.

– Emelyne a un chien. Une espèce de pitbull croisé.

Ethel se contracte. Il n'aime pas les chiens. Les petits sont hargneux et les gros, perfides. Pourquoi faut-il toujours que les gens aient des chiens ? À Boston, toutes les filles de Back Bay se promènent avec des chihuahuas dans leurs sacs, qui vous gueulent dessus chaque fois qu'on les croise.

– On ne l'entend pas, remarque Zucko. Il doit être à l'intérieur.

Et il avance l'air de rien. Lui, il adore les chiens. Il a un gros boxer marron. Cinquante kilos de muscles et autant de bave. Le pitbull, c'est à peu près pareil.

Les autres le suivent, plus lentement, sur la réserve, et plus ils avancent et se rapprochent de la porte du chalet rouge, plus Ethel se dit que ça ne sent pas bon. Un clebs, surtout de garde, ça gueule. Encore plus quand il est enfermé. Et il n'est pas le seul à le penser : le visage de Katherine s'est crispé. Elle se tord les doigts et se mordille la lèvre.

– Aïe.

Ils se tournent vers Zucko.

– Quoi aïe ?

– Le chien est mort.

Ethel rejoint le flic en traînant la patte. Il a un mouvement de recul, manque de s'étaler sur son adjoint et se couvre la bouche.

– Zucko, il n'est pas juste mort, il a les tripes à l'air !

Il n'aime pas les chiens, mais la pauvre bête étendue dans son propre sang lui retourne le bide. Il est ouvert de la gorge à la cuisse. Qui a pu faire une chose pareille ?

Ça ne sent vraiment pas bon. Il pique le SIG Sauer dans le holster de Zucko – le sien lui a été confisqué à l'hosto – et se précipite à la suite de Katherine qui vient de pénétrer dans la maison sans l’attendre. Son cri retentit avant qu’il ne la rejoigne. Pourtant le chalet est petit, mais il boitille de plus en plus, sa jambe droite s’engourdit, il a le temps de se dire que les séquelles risquent d’être douloureuses avant de retrouver Katherine, penchée sur le corps d’Emelyne.

Oh bordel, il y a du sang partout est sa seconde pensée.

Sur le magnifique tapis écru, Emelyne est en train de rendre son dernier souffle. Elle halète et tente de boucher des deux mains le trou béant qui s’est formé sous son sternum.

– Appelle les secours ! hurle Ethel à Dany qui passe la porte.

Sa propre voix renforce sa migraine. *Ça me tiendra éveillé.* Il préfère ne pas penser à ce qui est en train de se passer sous son crâne.

– Elle ne tiendra pas, murmure Katherine en tournant la tête vers lui.

Elle tient fort la main d’Emelyne, et elle pleure. Jamais Ethel n’aurait cru ça possible.

– Vous auriez dû vous connecter plus tôt, baragouine Emelyne.

Un filet de sang s’écoule de sa bouche. Ethel s’accroupit à ses côtés.

– Quoi ?

Elle libère une main et trace un H maladroit sur le tapis.

– Les messages, c’était vous ?

Elle cligne des yeux. Une fois pour oui.

– Quels messages ? demande Katherine.

– Pourquoi ne pas être venue me voir directement ?

Elle lâche Ethel du regard pour se tourner vers Katherine, un faible sourire aux lèvres. Ethel tourne la tête lui aussi, en colère.

– Pour vous, évidemment ! Assurer vos arrières et vos magouilles !

Katherine baisse les yeux mais Emelyne lève un bras faiblard pour lui couper la parole.

– Pour… la fon… dation et… et Ethan. Ga-gagner… du…

– Gagner du temps pour faire disparaître le bébé de Tara, finit Ethel. Qui vous a attaquée, Emelyne ? Où est le bébé ?

– Laissez-la respirer ! l'invective l'avocate en le tirant par la manche.

– M-Mels, balbutie-t-elle.

– Mels Varlow ? C'est elle qui a le bébé de Tara ?

Une fois pour oui.

– Elle… a tué… T-T-Tara.

CHAPITRE 37

Elle s'assied dans le noir, baisse les paupières et renverse la tête en arrière. Il faut juste qu'elle dorme un peu avant qu'il arrive. Elle a mal au crâne. L'impression que son cerveau est en train de frire. C'est con, tout allait bien avant que ces shérifs de mes deux se pointent. Depuis, tout est parti à vau-l'eau. Elle ne dort plus, elle entend des voix et l'alcool qu'elle ingurgite pour sommeiller un peu ne sert au final qu'à la foutre un peu plus en vrac.

Elle se marre toute seule dans le noir, adossée contre un mur sur lequel courent des étagères remplies de boîtes pour chat. « À vau-l'eau », c'est son père qui employait toujours cette expression. Elle n'est même pas sûre qu'il savait réellement ce que ça voulait dire. Mels n'est pas très sûre non plus de le savoir, mais ce dont elle est certaine, c'est que c'est la galère depuis que les flics sont venus pour Tara. Ninel. Elle a un instant de flottement. Elle se frotte la tête. Ils sont venus parce que Tara est morte. Non, c'est Ninel qui est morte ! Sa Ninel.

Elle ne sait plus. C'est la faute des migraines ! Ces foutues migraines qui lui vrillent le crâne ! Elle se frappe la tête dans l'espoir de les faire disparaître, mais ça ne fait qu'accentuer la douleur. Tara était méchante. Elle lui a dit qu'elle était grotesque, que pour rien au monde elle ne reviendrait en arrière. « Fais-toi une raison ! C'est fini tout ça ! J'ai assez donné, et pour quoi ? Pour finir dans un entrepôt de merde ? J'ai du fric maintenant et je dois penser à mon bébé. » *Son* bébé. Uniquement son bébé. Et puis les migraines sont venues, tapant contre son crâne comme des pierres, tapant, tapant, comme les mots de Tara, brutaux, blessant, tapant aussi, contre Tara, contre son crâne, jusqu'à ce que ça cesse, que tout cesse. Et alors, le silence.

Un petit grognement parvient à ses oreilles. Elle entrouvre les paupières pour s'assurer que le gosse dort toujours. Il a braillé tout le long de la route à lui déchirer les tympans, pourtant elle a toujours entendu dire que la voiture endormait les gamins. Pas celui de Tara, à l'évidence ! Mais maintenant, il dort à poings fermés, heureusement. Elle soupire et plisse les yeux pour tenter de lire l'heure sur l'horloge. Seize heures dix. Qu'est-ce qu'il fout ce con ? Toujours à croire que les gens sont à sa disposition. Qu'il peut faire ce qu'il veut avec eux. Leur taillader la tronche ou leur fourrer de force des gamins dans le bide ? Elle rampe silencieusement jusqu'à la couverture sur laquelle elle a posé Ethan. Comment Ninel pouvait supporter ça ? *Tara, c'est Tara qui le supportait, parce que*

Ninel avait déjà disparu. Elle ne pourra jamais être comme Tara, avoir une jolie maison avec un bébé qui crie autant ! Comment un truc aussi petit peut-il hurler aussi fort ?

Une onde de haine et de dégoût l'envahit. Elle choppe par le goulot la bouteille de vodka qu'elle a traînée avec elle et en avale une longue gorgée pour que l'alcool dissolve sa colère. Parce que si elle la laisse l'envahir, elle sait qu'elle risque de faire une connerie, une connerie qui pourrait lui faire perdre dix mille dollars.

– Et on ne veut pas perdre dix mille dollars, raille-t-elle tout bas à l'attention du petit qui pionce dans le salon au rythme lent du berceau automatique.

Parce que c'est comme ça qu'elle va s'en sortir, pas en étant comme Tara. Elle va prendre son fric et se tirer d'ici. Et avec la vente de l'entrepôt, elle pourra se refaire une petite vie ailleurs. Une petite vie rien qu'à elle. Au même instant, la sonnette de la porte retentit. Elle jette un regard inquiet au mioche, mais il dort toujours. Elle souffle, soulagée, elle a besoin de sa concentration pour affronter l'autre. Il n'est pas beau mais il a le talent verbal des politiciens et elle ne veut pas qu'il l'entourloupe. Elle veut son blé, et qu'il dégage en emportant son marmot.

Elle prend une dernière gorgée de vodka – pour se donner du courage – et se redresse en s'agrippant au mur. Elle tangue et se marre. *Merde, je suis pompette*, et elle ricane encore plus. Pompette, son père aimait bien ce mot aussi. « Ma poulette pompette », qu'il l'appelait. Elle arrive sans encombre – et sans réveiller le gamin – devant la porte et a à peine le temps d'enlever le verrou que l'autre appuie de nouveau sur la sonnette.

– Arrête ton bordel ! lâche-t-elle tout bas en lui ouvrant.

– Merci pour l'invitation, répond Weld en pénétrant dans le hangar comme un serpent dans un trou de souris.

Il regarde autour de lui avec cet air dédaigneux qui lui va si bien, donne son manteau à Mels comme si elle était sa bonniche et entre dans le salon. Ses yeux furètent partout, rien n'échappe à son regard perçant, et il a comme un haut-le-cœur rien qu'à regarder la crasse qui s'accumule dans tous les recoins. Son regard s'arrête sur l'enfant.

– Il est tout petit.

– Il a un an, imbécile. Tu as mon pognon ?

Il se tourne vers elle avec le sourire d'une hyène.

– Tout doux, l'Amazone. Je prendrais bien un café.

Elle balance le manteau par terre, porte une main à son cœur pour calmer son stress et passe devant lui pour aller à la cuisine. Comme elle s'en doutait, il va tenter de négocier, de baisser le prix, de la menacer peut-être. De tenter de voir jusqu'où elle est prête à aller. *Jusqu'au bout Weld, je suis prête à tout.* Elle en a marre de cette vie de merde. De cette odeur de merde qui imprègne ses fringues et son moral. Elle veut repartir à zéro. Alors seulement, la voix de Ninel s'éteindra.

Elle remplit généreusement deux tasses de café et les dépose sur la table basse. Il lorgne dedans, méfiant. C'est sûr qu'on est loin de ses habitudes ! Entre l'odeur agressive de renfermé et celle de pisse de chat, ça doit le défriser de poser son cul ici.

– Alors comme ça, c'est le gamin de Tara.

Elle hoche la tête en crispant les mâchoires. La tension commence à s'accumuler sous son crâne, sa migraine va la rendre dingue. *Vas-y tout doux, ma poulette pompette. Ce serait dommage de tout foutre en l'air.* Sage conseil, papa !

– Et le tien, lui balance-t-elle en ingurgitant une gorgée de café.

Il est froid. Elle déteste le café froid. Mais elle n'allait pas en refaire pour ce salopard.

Ce dernier la regarde avec un petit sourire.

– C'est elle qui t'a dit que c'était mon gamin ?

Il a une voix rauque. Toutes ces saletés qu'il avale pour booster sa virilité ont laissé des traces. Elle hoche la tête de nouveau, plus lentement. Il la regarde avec un air méprisant.

– Et tu l'as crue ?

Mels sent la colère papillonner dans son ventre.

– Bien sûr que je l'ai crue ! Elle est revenue en larmes de cette putain de soirée où tu l'as violée, et elle m'a tout avoué ! Quatre mois après, elle avait le bide rond !

Charlie Weld la regarde avec ses yeux bouffis, un petit sourire aux lèvres. Elle voit sa grosse langue s'agiter sur ses dents comme s'il voulait la bouffer.

– Et elle a fait un test de paternité ?

– Oui, répond-elle du tac au tac, elle a récupéré un de tes cheveux dégueulasses.

Elle s'était attendue à cette question. Elle n'en sait rien mais elle a toujours cru Ninel sur parole, et il ne sait pas qu'elle ment, de toute façon. À ce stade, Mels sait qu'elle n'a qu'une option pour en finir et obtenir ce qu'elle veut : l'offensive. Weld est de ces personnages qui insufflent la crainte pour casser les autres. Il sait qu'elle est assez forte pour lui réduire le visage en bouillie et son arrogance avec, il n'ira donc pas jusqu'à l'agacer à ce point. Il cherche à la déstabiliser, il n'a que ça. Et son fric. Et ça tombe bien, parce que c'est tout ce qui l'intéresse.

– Bon, souffle-t-elle en croisant les mains sur ses genoux, et si on arrêtait de papoter et qu'on passait à l'échange ? Tu récupères ton môme, qui peut je te le rappelle t'apporter beaucoup d'ennuis, et tu me files mon blé pour que je ferme ma gueule. Après ça, ni vu, ni connu, je t'oublie.

– Des ennuis, vraiment ?

Oh que la tentation d'utiliser ses poings est forte.

– Tu as violé Tara, la preuve est juste en train de dormir sous tes yeux, et elle est morte assassinée. D'après toi, combien de temps mettra ce shérif à la con pour faire un rapprochement ?

– Ce shérif à la con, Katherine s'en est occupée. Il doit être en train de pisser le sang dans la cave des Sorcières de Salem.

Son bide se tord. Katherine… C'est son nom à elle plutôt que celui de Marysa qu'elle aurait dû foutre sur le papier qu'elle a glissé dans la bouche de Tara.

Elle plisse les yeux et tapote sa cicatrice avec les doigts de la main gauche. Mais c'est Marysa qui a refusé de l'aider quand ce salopard lui a ouvert la joue, parce que c'est son petit chéri à elle. Mels n'aurait pas dû faire confiance aux flics pour se débarrasser d'elle. Ils comprennent jamais rien, les flics ! Sa gonzesse et sa planque, c'était quand même pas compliqué à comprendre ! Elle est persuadée que même si elle avait écrit le nom de Weld sur ce papelard, ils auraient rien capté non plus. Ou alors, ils l'auraient couvert !

– T'as pas amené ton petit toutou ?

Il a un soupir excédé.

– De qui tu parles ?

– De ta petite Marysa chérie.

Il secoue la tête et lève les yeux au ciel.

– Écoute, comme tu l'as dit toi-même, tu ne m'as pas appelé pour papoter en buvant du café dégueulasse. Je récupère le paquet et je m'en vais.

Weld se lève et fait mine de s'avancer vers le gamin.

Ça part à vau-l'eau, ma poulette pompette. Elle se tourne vers le petit. Il ressemble tellement à Ninel. Elle a un moment de doute. C'est le bébé de Tara ou celui de Ninel ?

– Tu vas en faire quoi, du petit ?

Un sourcil s'arque sur le gros front de Weld, puis il éclate de rire.

– Qu'est-ce que tu as, Mels ? Ne me dis pas que tu veux le garder, maintenant ?

Elle se reprend et secoue la tête pour chasser l'esprit de Tara qui tente de s'immiscer dans le sien. Tara la méchante, qui disait des vilaines choses à force de vouloir se prendre pour une sorcière et qui a enfin fermé sa grande bouche avec un petit cocktail magique et naturel.

– J'en ai rien à foutre de ce gamin, je veux juste mon fric !

Il éclate d'un rire sonore.

– Tu crois que je vais te filer dix mille dollars bien gentiment après toutes les emmerdes que tu m'as causées ? Qu'est-ce qui t'a pris, de vouloir faire porter le chapeau aux filles de Salem ?

– Ces pétasses devaient payer pour m'avoir enlevé Ninel.

– Allons, tu t'emballes. Ta Ninel était bien contente de devenir Tara. Qui voudrait vivre dans ce trou à rats ?

Ça y est, elle en a marre. Qu'il se foute de sa gueule à elle, OK. Qu'il critique où elle vit, pareil. Mais Ninel était à elle, ça, il n'a pas le droit de le nier.

– Donne-moi mon fric.

Sa voix gronde. Elle serre les poings le long de ses cuisses.

– Même toi, tu en as ras le bol, je me trompe ? Sinon tu n'essaierais pas de me faire chanter.

Il est au-dessus du berceau qui continue inlassablement de se balancer.

– Je me demande bien ce qu'elles ont, toutes ces femelles avec leurs gamins. Il n'y a pas à dire, vous vous laissez vraiment contrôler par vos hormones. (Il pousse un soupir dans lequel il met tout le bien qu'il pense de la gente féminine.) Et ça veut l'égalité ! Franchement les filles, apprenez à gérer…

Il ne termine pas sa phrase. Il ne crie pas non plus, car sur le coup il ne sent pas grand-chose. Juste un choc qui l'empêche de penser. Puis il sent quelque chose couler de sa tête. Un truc chaud et un peu gluant. Il y porte la main et quand il la ramène devant ses yeux, il voit du sang.

– Putain ! Tu m'as fait quoi sa…

Il a la force de se retourner, mais pas d'éviter le nouveau coup de bouteille de vodka qu'elle lui assène sur le côté gauche cette fois. Weld vacille et fout un coup de pied dans le berceau qui s'arrête de tanguer. Un filet de sang s'écoule entre ses yeux et le petit se met à brailler. Deux secondes, songe Mels, il s'est arrêté deux secondes de se balancer ! Elle lance la bouteille sur le canapé et va prendre le gosse pour le faire taire. Quand elle plonge son regard dans ses iris, elle ne peut pas s'empêcher de se crisper un peu.

– Tu as les beaux yeux de ta mère, tu sais.

Elle caresse sa petite tête dégarnie et le renifle.

– Mais tu viens de me faire perdre dix mille dollars.

CHAPITRE 38

Ethel s'essuie le front discrètement. Il est en sueur et il a l'impression qu'un petit point noir danse devant ses yeux. Il s'amuse à sauter d'un œil à l'autre.

– Tu vas bien ? demande Dany, inquiet.

Ethel tente une expression rassurante, mais n'y arrive pas.

– Ça peut aller. Je vais tenir le coup, t'inquiète.

– Tu ressembles à Karl, tu sais ?

Un pauvre sourire naît sur les lèvres d'Ethel.

– On me l'a dit, oui.

– Quand on aura résolu cette enquête, je t'emmènerai un week-end sur tes plages de Boston, histoire que tu reprennes un peu de couleur.

– J'ai l'impression que tu fais une promesse à un cadavre.

– C'est parce que tu *ressembles* à un cadavre, rétorque Zucko au volant.

– Merci, Zucko, tu es un vrai ami.

– Si tu t'en sors, je t'attache moi-même à ton lit d'hôpital !

– Avec plaisir, souffle Ethel.

Il sent une petite pression sur son sternum et une grande fatigue. Une pointe d'inquiétude aussi. Il pense à Rosalie, qui n'a même pas encore enterré son mari et qui serait sûrement très triste de devoir le mettre sous terre lui aussi. Et puis il pense à Tara, et au fait qu'il aimerait bien qu'elle repose à côté de lui. *Putain de bordel, arrête de penser à ça ! Tu ne vas pas mourir !*

Il regarde par la fenêtre pour se changer les idées, juste à temps.

– C'est là ! braille-t-il comme il peut en mettant des coups dans le siège de Zucko.

Contrairement à lui la dernière fois, Zucko ne prend pas la peine de chercher une place. Il se gare en travers sur le trottoir, coupe le moteur et saute du véhicule. Ethel met un peu plus de temps à descendre. Dany a le temps de faire le tour pour lui filer un coup de main.

– Merci mon pote.

– Tout le monde soutient l'équipe, répond Dany avec un clin d'œil.

Ethel hoche la tête et montre du doigt la porte métallique.

– C'est ici.

Zucko marche en tête, Ethel ferme la marche. Les trois hommes à la queue leu leu grimpent les quelques marches, laissant Katherine Priest menottée dans la voiture. John est resté au chalet.

– Tu la surveilles ? murmure Ethel à Dany en la désignant d'un mouvement de menton.

Il hoche la tête.

– T'inquiète, je m'occupe d'elle et de vos arrières.

Ils s'approchent, ne tentent pas de frapper. La porte est fermée, mais pas à clef. Zucko l'ouvre, arme en main ; tout est calme, tellement silencieux. Et odorant.

– Ça schlingue, murmure Ethel en se couvrant le nez.

Sang et pisse de chat ne s'accordent pas vraiment. Zucko s'avance et balance le pied dans le corps qui gît au sol dans une mare de sang. Il secoue la tête – pas de réaction – puis désigne d'un mouvement du menton la fille au milieu de ce qui ressemble à un salon, qui vient, si elle a bien tué le fils du gouverneur, d'amorcer le pire bordel dans les services de police du Massachusetts. Ça va être la merde ! Weld senior va se faire des cheveux blancs.

Ethel se glisse jusqu'à Charlie Weld tandis que son adjoint tient Mels Varlow en joue, mais elle semble ne pas les voir. Elle berce entre ses mains ensanglantées le petit bébé de Tara. Elle prend la main potelée et caresse sa cicatrice avec. *Cette fille a pété un câble*, pense Ethel en tâtant le pouls de Junior. Et merde, il bat. Il aurait peut-être mieux valu pour le bazar qu'il meure. Raté.

Il lève le pouce vers Zucko.

– Dis à Dany d'appeller les secours, dit-il avant de se tourner vers la jeune femme, qui ne s'est toujours pas aperçue de leur présence. Mels Varlow ? Vous vous souvenez de moi ?

Il se rapproche doucement. Zucko revient et avance au même rythme, le flingue toujours pointé vers elle. On dirait qu'ils effectuent des pas de danse.

Alors qu'ils sont à peine à deux mètres, elle lève enfin des yeux vitreux sur eux. Elle les regarde chacun leur tour, la bouche entrouverte sur un semblant de sourire un peu dérangé.

– Il a les yeux de Ninel, marmonne-t-elle.

– C'est vrai ? dit Ethel. Tu veux bien me montrer ?

Elle fronce les sourcils, l'air sceptique. Recule d'un pas en resserrant le bébé contre elle.

– Je suis un ami de Ninel, balance Ethel. Elle vient souvent me voir la nuit.

Il sent le regard de Zucko dans son dos. Mels écarquille les yeux.

– Toi aussi ?

Il hoche la tête, ça lui fait mal, comme si on lui frappait la tempe avec un marteau, mais il a l'esprit encore assez clair pour l'amadouer.

– Ouais, souffle-t-il avec un sourire. Elle vient me chercher et on danse dans la forêt.

Deux grosses larmes roulent sur les joues de Mels, son visage se décompose.

– Moi aussi, mais elle veut pas danser avec moi. Elle m'en veut parce que j'ai tué Tara ! Parce qu'elle préfère être avec elle plutôt qu'avec moi !

Elle s'effondre en sanglots et tombe sur un genou. Zucko retient un cri dans son dos, mais elle ne lâche pas le bébé. À peine si ce dernier s'est aperçu de quelque chose. Il sourit et babille en tripotant les cheveux sales de Mels.

– C'est vrai qu'il lui ressemble, admet Ethel. Les yeux surtout, et le sourire.

En espérant qu'il n'ait pas hérité de la folie de son père. Mels secoue la tête.

– Tu sais, Mels, si tu veux danser avec T… Ninel, il faut que tu me donnes le bébé.

Elle secoue lentement la tête.

– Nan, il a fait dans sa couche, il pue.

– C'est pas grave, la rassure Ethel, je peux le changer, si tu veux.

Elle met un temps fou à répondre. Elle le regarde avec ses yeux voilés sans bouger, puis elle le lui tend en se marrant.

– Oui, vas-y, j'aime pas ça, moi. J'aime pas les mioches, ça crie tout le temps et ça réveille mes migraines, et après je fais des bêtises.

– OK, on va s'en occuper alors.

Il attrape le bébé et le plaque contre lui. Zucko se précipite sur elle pour lui passer les menottes, mais c'est à peine si elle se rend compte de ce qui se passe. Elle garde les yeux sur l'enfant.

– Les secours arrivent ! balance Dany, qui déboule dans la pièce.

– Génial, répond Ethel. Est-ce que tu peux prendre le petit, maintenant ?

Dany s'avance, bras tendus.

– Quoi, t'aimes pas les bébés, en fait ? demande Zucko.

– Si, mais je crois que je vais m'évanouir.

Il a à peine le temps de le dire. Ses jambes le lâchent et il s'effondre mollement sur le sol.

CHAPITRE 39

Elle sourit, de ce sourire de dingue qui fait perdre la tête. Et on peut dire qu'elle en a fait tourner, des têtes, dans cette histoire.

– *Il faut y aller maintenant, Ethel.*

Il ouvre les yeux, la tête enfoncée dans une taie d'oreiller et avec l'impression qu'il passe son temps dans cette position ces derniers jours.

Rosalie lève les yeux de son magazine et lui sourit. Un sourire tendre sur une expression de soulagement.

– Ah, te voilà enfin.

Les lèvres d'Ethel s'étirent.

– Bonjour, mon garçon. Comment tu te sens ce matin ?

Il réfléchit, il a la tête dans le gaz, c'est peu de le dire. Une impression d'apesanteur, du moins c'est comme ça qu'il se l'imagine. Mais ça va. Il n'a pas mal. La perf accrochée à son bras y est sûrement pour beaucoup.

– Je me sens mieux. Ça va. Et vous madame Rosenberg ?

– Ton coup sur la tête t'a fait oublier les bonnes manières ?

Nouveau sourire.

– Ça va, merci Ethel.

Elle tripatouille les pages du magazine qu'elle était en train de lire.

– On a enterré Karl hier. C'était un bel enterrement, il faisait même beau, pas un nuage ! C'est fou, non ?

Il acquiesce d'un mouvement de tête, déçu. Il a raté l'enterrement de Karl. Elle prend sa main dans la sienne.

– On ira le voir ensemble, si tu veux.

Oui de la tête encore, ce ne sera pas pareil, mais c'est gentil.

– Je n'aurais pas voulu que tu viennes dans ton état. Tu as pris beaucoup de risques, Ethel, tu m'avais promis de prendre soin de toi.

Il n'y a pas de colère dans sa voix, juste de la tristesse et de l'effroi. Elle a eu peur pour lui. Il serre sa main plus fort.

– Je suis désolé, marmonne-t-il, ému. C'était pour le bébé de Tara.

– Ethan, dit Rosalie, il s'appelle Ethan.

– Il est où ?

Mais la porte s'ouvre sur ses deux adjoints – *amis* –, ce qui empêche Rosalie de répondre.

– Ah, la Belle au bois dormant est enfin réveillée ! s'exclame Zucko.

Dany lui broie la main, tandis que Zucko abat sa grosse paluche sur son épaule. Il s'en fout, il est content de les voir. D'autant qu'ils ne sont pas venus les mains vides : Zucko porte un sachet graisseux et Dany agite sous ses yeux un énorme paquet de bonbons.

– Je vais très bien, les gars ! Je vous manque ?

– Pas un poil, rétorque Dany avec un clin d'œil. Le poste est même plus tranquille depuis que tu n'es plus là. Pas de meurtres étranges, pas de coups sur la tête, pas de fantôme qui vient danser sous la lune.

Ethel a un petit haussement d'épaules gêné.

– Il fallait que je trouve un truc pour qu'elle lâche le bébé.

– Ouais, ouais.

Ethel arque les sourcils :

– Elle est où ?

– Bridgewater, hôpital pour aliénés criminels.

Il hoche la tête.

– Lester te passe le bonjour, lâche Zucko en s'asseyant sur le bord du lit. Et il nous a donné ça pour toi.

Il lui tend le sachet qui embaume le chocolat.

– Certifié sans ricine, plaisante Dany. (Puis il se tourne vers Rosalie, les joues cramoisies :) Pardon, c'était con.

– Très con, oui, murmure Rosalie en baissant les yeux. Mais venant de toi, ça ne m'étonne pas, Dany.

Elle a un petit sourire et Ethel ne peut retenir un gloussement.

– Lester me passe le bonjour, t'es sûr ? Ma mémoire doit sûrement déconner un peu mais je me rappelle que nous ne nous sommes pas quittés en très bons termes.

Ses deux adjoints se marrent.

– Il n'y a pas que ton absence qui a changé les choses à Hinsdale, rétorque Dany. Celle de notre cher maire a entraîné une certaine euphorie dans les rues. Des langues se délient étrangement. Son père va sûrement mettre un terme à tout ça, mais pour le moment, c'est plutôt appréciable comme ambiance.

– Il est toujours vivant ?

– Ouaip, confirme Zucko en levant le doigt vers le plafond. Mais dans le coma. Sixième étage.

– Mais qu'est-ce que c'est que ce bordel ? braille l'infirmière en pénétrant dans la chambre. Vous savez que c'est un hôpital, ici ?

– Tant que vous me garderez ici de force, ce sera l'annexe du poste de police, rétorque Ethel avec un air malicieux.

Elle l'ignore et pousse les hommes avec le bout de son chariot.

– Donnez-moi votre bras pour la tension, dit-elle, et si vous êtes encore là, c'est de votre faute.

– Ouais, mais mon équipe et moi, on a sauvé un bébé, rétorque-t-il en s'exécutant.

Elle a un petit sourire en coin tandis que les deux autres se fendent la poire en deux. Ils ne sont pas peu fiers eux non plus d'avoir participé au sauvetage.

– Vous avez eu de la chance d'y arriver dans cet état, le réprimande-t-elle malgré tout.

Elle veut avoir le dernier mot, eh bien soit, il consent. En dédommagement de l'engueulade qu'elle a dû recevoir quand il s'est enfui.

– Vous avez eu des nouvelles de Christabella ? demande-t-il en se tournant vers Rosalie pendant que l'infirmière vérifie sa tension. Je lui dois une fière chandelle.

– On l'a interrogée rapidement pour savoir ce qui s'était passé exactement. Comme elle n'est pas responsable de ton séjour à l'hôpital et qu'elle t'a aidé, on l'a laissée tranquille. Aux dernières nouvelles, elle est retournée dans sa forêt. Toute cette histoire l'a un peu retournée, Katherine était comme une fille pour elle. Qu'elle soit arrêtée lui a mis un coup.

Ethel hoche la tête, pensif.

– J'ai cru le comprendre, oui… Je passerai la remercier une fois que tout ça se sera tassé.

– Une fois que tu seras guéri, l'avertit Rosalie en agitant son index sous son nez.

Il acquiesce, obéissant.

– Alors, qu'est-ce qu'on fait avec ça ? demande Dany plus sérieusement une fois l'intruse repartie.

Il tend à Ethel le rapport du meurtre de Tara. Ethel le parcourt rapidement. Il est épais. Une fois son manipulateur hors circuit, Marysa a ouvert les vannes. En plus du viol de Tara, des magouilles financières, du trafic de faux papiers et de sa complicité dans le meurtre du mari de Marysa, on peut ajouter à cette longue liste des méfaits de Weld le viol et le meurtre d'Eve Cardel, dont il a gentiment fait accuser son mari. Le shérif pose le rapport sur sa table à roulettes.

– M'est avis que ça va foutre une sacrée merde.

– Je suis bien d'accord, approuve Zucko. Le fils du gouverneur impliqué dans deux viols, un meurtre et un trafic de faux papiers, ça va pas faire joli joli aux élections. On a arrêté Katherine, mais même du fond de sa cellule, elle ne ferme pas sa bouche. Une pure politicienne, celle-là !

– Et Marysa ?

– Elle attendait sagement dans la bagnole de Weld qu'on vienne la cueillir. On l'a refilée aux flics de Providence.

Ethel secoue la tête, désemparé. Ils ont foutu un sacré de coup de pied dans la fourmilière !

– Un truc m'échappe, dit-il. Qui a mis le bout de parchemin dans la bouche de Tara ?

Dany a un grand sourire.

– Je peux répondre à ça. Enfin, c'est John qui y a répondu grâce aux analyses ADN qui nous sont enfin parvenues. Je crois que les gars de Boston se sont magné le cul quand ils ont appris que Weld était impliqué. Il y avait sûrement un type parmi eux que Weld faisait chanter mais je ne suis pas certain qu'on sache qui un jour. C'est probablement lui qui a effacé les traces de Tara dans nos fichiers, d'ailleurs. Pour en revenir au papier, c'est Mels.

– Mels Varlow ?

– Oui, répond Dany, il n'y avait que ses empreintes dessus. Partielles, mais suffisantes. D'après ce qu'on a pu tirer du charabia qu'elle nous a sorti, elle a voulu se venger de tous ceux qu'elle détestait. Des Sorcières de Salem par la mise en scène de la mort de Tara, de Charlie Weld par le papier nous mettant sur la piste du refuge et donc du meurtre d'Eve Cardel, et de Marysa en inscrivant son nom pour punir ce qu'elle représentait : une femme soumise.

Ethel pousse un long soupir. Les événements se sont alliés pour les conduire sur un enchaînement de fausses pistes.

– Je crois savoir ce qu'on va pouvoir faire de ça, déclare Ethel en reprenant le dossier.

Un large sourire fend en deux le visage de Zucko.

– On va foutre la merde ?

Ethel hausse les épaules.

– Est-ce que ma carrière pourra être pire que ce qu'elle est déjà ?

– Ils vont t'enterrer ici, marmonne Dany.

– Dans le bled où il y a le restaurant qui fait les meilleurs petits déjeuners au monde, rétorque Ethel avec un sourire.

Il se tourne vers Rosalie.

– Est-ce que Karl aurait aimé foutre la merde ?

Elle a un petit rire, le premier depuis la mort de son cher et tendre.

– Karl était le roi pour foutre la merde.

Il hoche la tête et tend le rapport à Zucko.

– Alors, envoie-moi ce rapport à Boston.

– Ouais ! rétorque Zucko en fermant le poing pour taper dans le sien.

Ils restent quelques instants silencieux, réfléchissant à ce que cet acte va avoir comme conséquences. Weld père étouffera l'affaire à n'en pas douter, mais il se heurtera peut-être au roc Katherine. Elle semble décidée – déterminée – et elle arrivera sûrement à faire entendre sa voix quelle que soit la cellule où elle sera enfermée – une fois le rapport rendu public, difficile de passer sous silence le trafic de faux papiers. Il y aura sûrement des manifestations féministes dans le pays et quelques défilés de sorcières dans les rues. Et pour finir, il n'est même pas sûr que ça fera avancer les choses pour la cause des femmes. Le *backlash*, l'inévitable retour de bâton, récurrent chaque fois que les femmes commencent à progresser vers l'égalité, aura sûrement lieu. Mais c'est important pour Tara. Et pour Ethan.

– Qu'est-ce qu'il va advenir du bébé de Tara ?

Zucko hausse les épaules.

– Pour le moment, il est en pouponnière. Tara n'avait plus de famille et n'a laissé aucune directive, donc il va sûrement être proposé à l'adoption.

Ethel serre la main de Rosalie qui n'a toujours pas lâché la sienne.

– Je suis persuadé qu'une famille va prendre soin de lui.

Il regarde ses collègues, ses amis, puis se tourne vers Rosalie qui a les larmes aux yeux.

– Je suis vieille, ils ne voudront jamais me confier un enfant.

Il hausse les épaules.

– Ce n'est pas à vous que je pensais.

Et il sourit. Ethan, Ethel, leurs deux noms sont trop proches pour que ce ne soit qu'une simple coïncidence, non ?

REMERCIEMENTS

On dit souvent qu'écrire est un travail solitaire. C'est vrai, en partie. Au départ, j'aime être seule en tête à tête avec ma cafetière pour construire le récit et donner vie à mes personnages. C'est une étape presque intime, que j'aime garder pour moi seule.

Mais pour que l'histoire se transforme en roman, elle a besoin d'une équipe. La mienne a eu la chance d'en rencontrer plusieurs. Merci tout d'abord à celle de Fyctia qui a repéré entre mes paragraphes aux 7000 caractères imposés et imposants, les balbutiements d'une bonne idée et de m'avoir permis de la développer. Merci aux lecteurs de la plateforme qui ont su m'encourager pour que je poursuive l'écriture alors que je pensais être hors thème. Merci à l'équipe Hugo et plus particulièrement à Marie, ma coéquipière de choc qui a su traquer la moindre incohérence et me pousser à bout pendant nos longues semaines de corrections. Tu as su faire grandir mes personnages, ils te doivent une grande part de leurs décisions.

Merci enfin à la meilleure équipe, celle qui supporte au quotidien mon stress et mes idées farfelues. Merci à mes fils de m'apprendre à travailler autrement, dans le bruit, les cris et les questions incessantes. Merci à mes parents qui n'ont pas fait soigner ma folie. J'espère que vous aimerez Tara.

Composition et mise en pages
Nord Compo à Villeneuve-d'Ascq